劳马作品集
小说·话剧·随笔

一个人的合唱

劳马 著

中国人民大学出版社
·北京·

序·答一位"文学爱好者"问

十年前一个雾霾浓重的下午,一位自称喜欢读我小说的新入学的大学生以见习记者的身份强行采访了我,答问如下:

记者:您是马老师吗?

我:也许是吧,都说我跟他长得很像。

记者:那就一定是的。我想耽误您几分钟时间,跟您请教几个文学问题。

我:不敢。我只是个业余写作者,我对文学一窍不通。

记者:那您喜欢文学吗?

我:有点喜欢。

记者:为什么?

我:因为我不喜欢化学。

记者:我就是学化学专业的。

我:对不起,我以为你是学数学的呢!

(接下来他说他读过我写的许多书,包括《丰乳肥臀》《废都》《受活》《活着》《妻妾成群》《尘埃落定》等,我频频点头并流下了热泪。)

记者:您是因为写作才当上副校长的吗?

我：是的。

记者：那您如果不写作现在会做什么呢？

我：会做正校长。

记者：那您为什么还要写呢？

我：因为我只想当副校长。

记者：您为什么要用笔名，干嘛不用真名呢？

我：我做的事情太多了，一个名字不够用。

记者：您还用过别的笔名吗？

我：用过。比如有鲁迅、老舍、契诃夫、马克·吐温、左琴科、里克科、伯恩哈德、星新一、若佛雷……

记者：请您说慢点，我要记下来。对不起，鲁迅的"鲁"字怎么写？

我：我也想不起来了，就在嘴边上。你自己回去查查字典吧！

记者：不用查字典，一翻手机就知道了，您认为怎样才能写好小说呢？

我：随便。这是汪曾祺说的。

记者：什么旗？

我：算了，那不重要。

记者：您为什么把小说写得那么小呢？

我：因为我写不了大的。

记者：您认为大小说和小小说有什么不同？

我：大小说"长"，小小说"短"；大小说是老虎，小小说是老鼠；大小说是雄鹰，小小说是苍蝇；大小说是栋梁，小小说是牙签……

记者：我懂了，大小说是大海，小小说是小溪；大小说是大象，小小说是蚂蚁……

我：求求你，别再打比喻了，我很自卑。

记者：真对不起，我不是故意贬损您的。对了，您读过刘震云新写的《一句顶一万句》吗？

我：正在读。这个书名很棒，是对小小说的最高评价，也是对我本人的巨大鞭策。过奖啦，他认为小小说"一句顶一万句"。

记者：您认为您的小说影响大吗？

我：不，影响很小。目前仅有二十多个语种的四十几个版本在三十多个国家出版发行，而且销量极少。

记者：您觉得中国作家有可能获得诺贝尔文学奖吗？

我：当然，我深信这一天即将到来。

记者：您能预测一下谁会是第一个幸运儿吗？

我：天机不可泄——莫言。

目录

在酒楼上 1

在酒楼上　3
朝向未来的回忆　5
永不退休之人　8
尾随跟踪管理法　10
问题女人　13
改不掉的毛病　16
送礼者的记忆力　18
演员　21
你在笑什么？　24
下午茶　26
代表作　28
化妆　30
受表扬的人　33
在问询处　36
监视　39

不想儿子的母亲 41

不想儿子的母亲　43
村里的写作者　46
走遍世界　49
我是怎样变得想不开的　52
同志，您去厕所吗？　56
终于兑现的死亡　59
断了线的风筝　63

1

上升的星座　67

信梦的人　71

你们为什么不笑？　74

爱干净的人　78

外国话　80

书的旅行　83

见见世面　87

见见世面　89

无语的荣耀　93

领舞者　96

二舅的权利　99

官迷　103

一张车票　106

小心啊，千万要小心　109

枯树记　112

我的那首诗呢？　117

无法忍受的福利　121

投资与理财　125

空中管制　128

谁最有可能活到100岁？　133

为何出家？　136

宝柱的训练　138

最浪漫的事　143

迷失在回家的路上　149

迷失在回家的路上　151

不适合做服务员的女孩　156

准确计时的人　162

穷人为什么有钱？　166

双胞胎兄弟　171

领导自费出了趟国　176

猴子台灯　179

你还记得我吗？　183

在飞机上　188

表侄儿的烦恼　193

红袖箍　199

纪念碑　205

后天的想象　208

犯错　215

限定词汇的小说　**219**

限定词汇的小说　221

789 号文件　225

流星雨（五分钟短剧）　231

几句话的事儿　235

坐在紧急出口处　244

一个人的合唱　251

一缕疲弱的光　257

记事本　263

软卧车厢　270

我记不住你的名字　279

目标正前方　287

无法澄清的谣传　297

请帮我找个好司机　310

在酒楼上

我总觉得探讨人生意义是最没意义的事情，老姚专爱干这些没意义的事情。他钻研了几年人生意义的形而上思考后，跳楼自杀了。唉，多可惜呀！

·在酒楼上·

没想到在这里碰到你,真是缘分!

大学入学四十年的时候,也就是去年吧,老同学们搞了次聚会,每人缴 500 元钱,全班 39 名同学,一共来了 26 位,够齐全的了。你没来,我知道,听说你病了,做了胃切除,理解,看你的气色不错,说明你恢复得很好!咱班有个微信群,你没加入吧?那就对了,我从没见过你。我在群里,但从不发言,叫啥来着,对,叫"潜水"。

多数同学我也不联系,全都退休了。原以为班长老毕能多干几年,副部长嘛,退下来后还可以在协会里任个闲差,没想到他被"双规"了,公职、党籍都没保住。这个你肯定是听说了,媒体有报道。

写诗的蒋飘啊?噢,他早就不写了,经商干了十几年,移民去了匈牙利,可能在布达佩斯吧。

好唱歌的巴特?对,蒙古族人!喜欢蒙古长调,上学那会儿这家伙身怀绝技,把肉嗓当乐器使。对、对、对,叫呼麦,声音好奇怪。他前年聚会时也缺席了,说是半身不遂了,估计是喝酒喝的。

最有钱的是谁?那我可说不好,赵年久算一个吧。这老家伙上次聚会没露面,怕花钱!他性格没变,对,就是抠门,缴

500块钱不如直接一刀子捅死他。从不花钱的人就有花不完的钱。他说攒钱比花钱快乐,他就一门心思攒钱,吃穿都节省到了极致。大学时穿的棉袄你记得吧,对,就是那种矿工棉袄,现在还是那件。所以,我猜他最有钱。

班长武雅琼?嘿,老啦,不过在老太太中间还是蛮出挑的。她老伴高咱一届,没过六十就走了,肝癌。后来她改嫁了,嫁给了教过我们的一位姓谢的老师,大她十六岁,身体蛮结实。哈,她成我们"师母"了。

对,还有对哲学特别着迷的老姚。我总觉得探讨人生意义是最没意义的事情,老姚专爱干这些没意义的事情。他钻研了几年人生意义的形而上思考后,跳楼自杀了。唉,多可惜呀!

我吗?我没啥好说的。退休后就宅在家里,都快变成植物人了。早睡早起,晚上过了七点没上床就算是"熬夜"了。正如我老婆如果数十个数还没睡着的话就抱怨失眠了一样。我是个宅人,哪儿也不想去,对旅游毫无兴趣,就是恋家,早上散步稍微走得远了一点,我就会想家,真不夸张。就像我老婆似的,她有恐高症,从不敢穿高跟鞋,试了几次都头晕呕吐,整天羡慕个矮的,同情长颈鹿。哈,我说话有意思?哪里哪里,不过咱俩当年读书时参加过学校业余曲艺团,还一起说过相声呢!啥,你不记得了,你是我同班同学吗?你叫啥来着?

朝向未来的回忆

虚岁二十九那年,小周写完了回忆录,详详细细地追忆了自己短暂而又平淡的一生。他的父母均没活过三十岁,祖父祖母也很短寿。这是他早早地撰写回忆录的主要原因。爷爷奶奶他未见过面。童年时父亲好像跟他提到过爷爷奶奶的故事,但在他的脑海里没有存下任何印记。就连自己的爸爸妈妈,小周回想起来也很吃力,他们的形象遥远而飘忽,像褪了颜色的一块破布。他甚至把电影电视中的某些男女主人公和在街上遇到的某对三十岁左右的夫妻想象成父母当年的模样,这些联想最终导致了他对父母形象的彻底遗忘。

小周三四岁时,父母相继病故。他若能清晰地记住父母的音容笑貌就简直是白日说梦。

然而在他那长达50万字的回忆录中,有相当长的篇幅描述了自己在母亲怀抱中吃奶撒娇的幸福时光,以及与爸爸朝夕相处嬉戏玩闹的美好瞬间。显然,小周丰富的想象力弥补了他记忆中的所有空白。

小周年纪轻轻就着手撰写回忆录的另一个原因是他听到了一位算命大师的不详预言。那位自谦为"半仙"的大师在他人的口中是一个地地道道的"神人"。在一个阴雨绵绵的傍晚,他只斜着眼睛打量了一下小周,便斩钉截铁地下了断言:"你没有老年和晚年！"小周从此深信不疑，他自认为父母的寿命就已从遗传学的角度确定了儿女生命的长短。所以，当听到来自非科学的著名大师预判时他并未感到多少意外和惊愕，内心反而更加淡定平静了。这个预言是超自然的声音，与他自己源于基因科学的推断叠加印证。

于是，小周决定写一本回忆录，记下自己短促而平凡的生命历程。

他集中精力，花了整整两年时间，写出了洋洋50多万言的长篇回忆。据他说，当他拿起笔时，埋藏于记忆深处的点点滴滴都清晰浮现在眼前，就像电影画面一样逼真鲜活。他还说，回忆和书写的过程，犹如自己重新活过一遍那样，生命得到了加倍的延长。

回忆录的最后一句是："今天，也就是此时此刻，公元2010年11月14日下午5点32分，我正在写回忆录的最后一句。结束了，再画个圈儿，就是句号。生命也随之结束了！"有电视新闻现场直播的感觉。

当然，小周的生命并未与他在稿纸上画上句号时同步结束。他至今仍健健康康地活着。

在完成了前二十八九年的回忆之后，小周一连三天穿戴整齐平平静静地躺在床上，祈求那个神圣时刻的到来。强烈的饥饿感把他从逐渐的昏迷中唤醒，他拖着虚弱的身躯艰难地挪到街边一家小吃店狼吞虎咽地暴饮暴食，试图当场撑死，却自决未遂。

经过了一段时间的放松和调整，小周的身体和精神状况得到了恢复并渐渐好转。他又做出了惊人之举,继续撰写回忆录。他感觉自己已回忆成瘾,一天不把脑子里的"记忆"写在纸上,就痛苦难忍。于是,他就重新拿出笔来,朝着另一个方向"回忆",也就是朝着明天和未来"回忆"。他坚称:前世已把来世的所有一切都嵌入每个人的灵魂深处。回忆就是呈现,回忆不仅是指向过去,而且也能指向未来。

所以,目前在小周已完稿的回忆录里,他已变成了老周和周老,并刚刚过完八十大寿。在他的记忆中,他是三十三岁那年结的婚,妻子是某电视台的一位二十一岁的著名美女主持人,出身"嫩模"。三十五岁时生了一对龙凤胎,金童玉女。当年,他还买彩票中了大奖,得奖金八亿元整,且免税。三十八岁那年,发生了中日战争,美国坚定地站在中国一边,联合国一致决定把日本划归中国,称为东洋自治区。同时,金正恩就任美联储主席。……再往后,老周还用几年前彩票中奖的钱买了张去月球旅游的飞船票,去广寒宫里住了三个晚上。五十岁生日时,他站在天安门城楼上向广场上欢庆的人群挥手致意……至于接下去的三十年,中国和世界发生了许许多多惊心动魄和匪夷所思的大事,至少他在六十岁那年的八月,在第三次世界大战后就任了美国国防部部长并被授予五星上将军衔……回忆录中涉及的许多事件现在还不能"解密",有些细节简直太吓人啦,跟真的一样!

•永不退休之人•

老傅今年至少有七十岁了，若从长相看，说他八十也有人信。

老傅十几年前就退休了，手续却一直没办利索，据说他始终不肯在退休书上签字。但不管他签不签字，职务津贴肯定是停发了，他早就开始领退休金了。

但老傅给人的感觉却是一直在上班，在学校举办的各种会议的会场上经常能见到他的身影。

老傅是在学校人事处处长的位置上退下来的，在他担任处长的若干年间，总是把退休年龄作为刚性制度确定下来，用他在各类会议上常讲的一句话说：退休年龄是底线，是红线，是高压线，谁也不能逾越。到年龄就退，一天也不能拖，而且提倡早退，为新人留出位子、留下成长空间。所以他的前任带头提前两年退居二线，即保留职务薪酬，不再担任职务。

到了六十岁，老傅却不愿执行自己当初制定的政策，借口若干种理由，破了规矩，延长了一年任职。待学校任命了新处长后，他又迟迟不腾办公室，害得新处长把办公桌摆在过道里等了半年多，最后趁他不在时撬开了门，搬出了他的私人用品，换上了新锁。

老傅没了办公室，依然坚持天天上班，开会，且早来晚走,风雨不误。他经常到学校各部处和院里转转,只要听说哪里有会,他便准时参加,在会议室里随便找个空座位坐下,掏出个小笔记本写写记记,态度十分认真。

当人事处处长多年,学校上上下下的大部分干部教师都认识他,谁也不好意思开口轰他出去。相反,许多人见他来了都微笑着冲他点点头,甚至有时在一些座谈会上还客气地请他讲几句。老傅本着"让我讲我不客气,不让我讲我不生气"的原则,不请不讲,有请必讲。偶尔也有人挖苦他,说两句风凉话,他总是报以宽厚的笑容。说话的分寸感掌握得也越来越好,每次发言都很简短,不啰唆絮叨,而且不管讲啥,都坚持一个好字不动摇。说领导好,改革好,教学好,科研好,学生好,教师好。反正学校的方方面面都好。

就这样,老傅至今仍频繁地出入于各种会议室,照他这种架式,恐怕永远也不会退休。照他的话说:我就喜欢开会,一天不开会我就浑身难受。据说他曾表示过,将来他死后的追悼会最好也让他自己来主持。

・尾随跟踪管理法・

师傅们说，大余原先是个傻子，当了干部之后就变成了疯子。

大余是一名小车司机，也会开货车，据说当兵时还开过坦克。

机关的小车班共有七辆车八个人，人人都会开车。班长负责日常管理和车辆调度，主要职责是给其他司机派活儿，但并不完全"脱产"，若有司机生病或因事请假，班长要顶班，跟别的师傅一样出车上路。

小车班归局里行政处总务科交通股领导，专门负责局领导公务用车，其他普通干部坐通勤车上下班，由"大车班"负责。像所有单位的司机一样，由于在大机关待久了，难免染上官僚主义和衙门作风。一般看来，官僚主义总是发生在自己的上司身上，官越大架子越大，官僚主义的毛病越严重。其实仔细想想，小老百姓也能染上这种毛病，尤其是大机关里的小职员，有时病得更重，就连看门扫地的都会打官腔、摆架子，俨然一副大干部嘴脸。在这方面，给领导开车的司机格外明显。

局里决定对小车班进行一次革命性的彻底改革，从体制、机制上动大手术。局长说再不改革不行了，到了非改革不可的程度了。小车班的司机们都成了"大爷"了，上班时间打牌搓麻，用公车干私活儿，修车拿回扣……更为严重的是嘴上没个把门的，经常背后说领导的闲话，散布各种"小道消息"，跑风漏气，从人事变动、干部调整、分房涨资一直到宴请吃喝、开会见人和桃色绯闻无所不谈，已经成为全局的信息集散地和谣言源了……所以，局里批准了行政处的改革方案——将小车班改名为小车服务队，实行承包责任制，除保留一辆奥迪归局长一人专用外，其他六辆均向全局干部职工开放，即局领导用车时优先保证，领导不用时允许他人使用，但需参考市场价格（出租车价格）收取费用，以车养车，以弥补行政经费之不足。

大余主动要求承包车队，挨个儿做工作，说服司机同事们投他一票，让他当队长。大余请他们吃饭喝酒，递烟端茶，前后花了一千多块钱。大伙儿嘻嘻哈哈连讽刺带挖苦地选他当了队长。其实，除了大余，谁也不想承包这个烂摊子，更不想当队长操这份闲心，因为这些年，人人都轮流当过小车班班长，只有大余没做过，大伙儿平时都喊他余傻子，埋汰他"一根筋""少根筋""二百五"，说他开车"手潮"，"路盲加路痴"。"只要前面有一辆车，他就说堵车了"，"只要路一顺，肯定是跑错了方向"，让他送王局长开会，他没准就把张局长送到火车站，结果是王局长没开成会，而张局长耽误了飞机。

大余终于做了队长，管上了六辆车，兴奋得一个礼拜都没睡好觉，连夜制定"余氏管理模式"，并让读初中的儿子帮他画了各种"余式改革示意图"张贴于车队办公室。同事们笑喷了，夸余队长有魄力，相当于中国改革的"副总设计师"，嘲弄他不出一年半载准能坐上局长宝座。

为检验自己的新措施是否有成效，大余在上班的第三天就这么调度车辆：早晨八点整，派小胡开车送某副局长去机场，八点十分再派老丁开车跟踪小胡以防止他到机场后干私活；八点二十分他又交代老马开车盯住老丁，看他是否真的去跟踪小胡了；八点三十分又命令新司机小高去追上老马，弄清他是否与老丁串通，一起去郊区游玩了；八点四十，他给因事请假准备参加侄子婚礼的大赵打电话，通知他立马归队加个班儿，让他撵上小高，阻止他和老马去郊游。大赵刚走，大余就在办公室急躁地来回踱步，然后一跺脚，骂了句"他妈的"，就开上因挡风玻璃破碎而停驶的那辆桑塔纳冲出了大门，他狠踩油门，生怕大赵一转眼就跑出了自己的视线外。他断定，大赵追上小高、老马、老丁和小胡后，肯定会拉他们一起去参加他侄子的婚礼，喝醉了喜酒，再送家人们回家。

大余因驾驶破损车辆上路，被交警扣下，他除了交罚款外，还写了份书面检查。警察从中了解了他的"尾随跟踪管理法"。

问题女人

我说的问题女人，是指一位我认识的极其爱提问的女士。不是"问题儿童""问题少女"那种意思，你懂吗？就是说，这位女士，而且是位拥有博士头衔相貌俊美的年轻女人，她总是用提问的方式表明自己的态度和观点，所有的陈述都是疑问句式，对别人的提问，她也能永远以问作答，把问题回踢给对方。你不信是吧？我学给你听。

早晨上班时，她遇见了领导。她会主动打招呼：

"领导早，您好吗？"

"你早，我很好！谢谢！"

"您今天怎么来得这么早？"

"哈，我每天都这时候到！"

"您每天都这么早吗？"

"不早，路上好走。"

"这还不早，那要多早呢？"

"八点半上班，这已经八点一刻了。"

"八点半上班，您八点一刻就到了，这还不早吗？"

"习惯啦。"

"领导，这习惯是什么时候养成的呢？"

"年轻时吧，刚一上班我就这样。"

"是吗，您觉得这个习惯好吗，您不想改改这个习惯吗？"

……

办公室里，处长喊她。

"处长好，您是叫我吗？"

"是的，请坐。"

"好的，处长，您有什么事吗？"

"我昨天让你起草的会议通知，请拿来给我看看。"

"昨天？昨天什么时候？"

"昨天上午九点半，我电话告诉你的。"

"噢，什么会议通知？"

"好嘛，你全忘了。"

"我记忆力有这么糟吗？"

"那得问问你自己。"

"不会吧，我的生日我记得可清楚了。处长，您能记住吗？"

"我记不住！"

"那是不是说明您的记忆力比我更糟呢？"

"你到底写没写会议通知，没写就快点写！"

"领导，你是生气了吗？"

"没生气，快出去！"

"没生气为什么冲我大喊大叫呢？"

"少废话，快滚！"

"处长，我刚才说废话了吗？"

"没有，你没说废话行了吧，我头疼！"

"头疼为什么不去医院呢？需要我叫个救护车吗？"

"求求你，快出去吧！"

"哈，处长您总是这么求人吗？"

……

年底，领导办公室。

"今天找你来，是想跟你谈谈。"

"谢谢领导，您想跟我谈什么呢？"

"谈谈你的工作。"

"我的工作有什么好谈的吗？"

"一句话，你不适合干这个工作！"

"我怎么不适合了？"

"大伙儿都认为你不胜任，你自己也知道。"

"我自己怎么会知道呢？大伙儿都有谁呀？"

"你对自己要有个正确的看法。"

"我对自己的看法错误了吗？"

"简直是胡搅蛮缠！"

"我搅谁了，缠谁了？"

"你就是胡搅蛮缠！"

"我怎么胡搅蛮缠？"

"就是胡搅蛮缠！"

"我为什么要胡搅蛮缠？"

"胡搅蛮缠！"

"怎么就胡搅蛮缠了？"

……

·改不掉的毛病·

"二姐这个人哪儿都好,就是喜欢偷东西!"大朱就是这样评价他老婆的。

大朱管他的老婆叫二姐。听起来既亲昵又别扭。

据大朱说,他家里日常用品基本不用花钱,全是二姐顺手牵羊弄回来的。

他说:"不管是床上铺的,身上盖的,这些被褥枕头,统统都是她在外地被服厂打工时寄回来的,包括我们全家人一年四季穿的衣裤鞋袜。

"你再看看这厨房,锅碗瓢盆、油盐酱醋、瓜果蔬菜没一样是买来的。

"还有洗手间里的五颜六色的化妆品,够十个女人用一辈子了。

"我们家根本不缺钱,她压根就犯不上做这些不干不净的事情。没办法,她就这么个爱好。有人说她这是得了一种病,偷东西上瘾,不偷不行!她妈妈也就是我的丈母娘告诉我,二姐从小就有小偷小摸的天分,笔墨纸张装了好几大箱子,光文具盒就有一百多个。"

二姐做过许多职业,幸亏没在银行干过。结婚后大朱把她强行留在家里,不准她外出工作,甚至限制她到亲戚朋友或街坊邻居家串门。"但她总得买菜做饭吧!"大朱无奈地摇着头,自言自语道,"二姐生性就是个闲不住的人!她空手去菜市场或是小超市,回来时大包小包一大堆,外加满面笑容,从米面鱼肉到香皂手纸牙膏牙刷样样俱全,如果你翻翻她的衣兜,针头线脑又能掏出一大把,连高筒靴里都塞满了餐巾纸。"

常在河边走,哪能不湿鞋?有一次二姐怀里抱着孩子去超市买奶粉,结果被弄到了派出所。隔了两天才回家,孩子饿得哇哇叫,她没有一丁点愧疚,竟笑嘻嘻地从棉袄里拿出了三副手铐和两根警棍。

"唉,"大朱叹口长气说:"我有七八年没敢和她亲过嘴了,生怕丢颗牙!"

二姐出事后,大朱跟警察交代:"我本以为她生了孩子当了母亲后能改掉这些坏毛病,至少别给孩子树立坏榜样。她口口声声答应着,却不按我说的去做。从妇产医院出院时,家里又多了七个听诊器、五根压舌板、四件白大褂、五六顶护士帽,还有十几支体温计和病房里用的床单、枕巾等等。这些我都认了,可以出庭作证,但警察同志,我做梦也没想到连这孩子也是偷的。她是抱回了两个孩子,一男一女,她告诉我是双胞胎,而且是龙凤胎,我一兴奋,就没往别处想,这种事情谁敢想呢?是的,这对孩子越长越不像,可二姐说世上哪有一模一样的双胞胎呢?既然你们证据确凿,该抓就抓,该关就关吧,那是她罪有应得。但是这回你们千万可得给她看住了,别再让她偷两个犯人带回家!"

·送礼者的记忆力·

开组织生活会的时候,办公室刘主任带头直面问题,把自己"摆进去",讲了一段他收礼的故事,告诫我们一定要从中吸取教训,坚决杜绝同事间相互送礼的恶习。他说:

"十年前冬月的一天,正好赶上我过四十岁生日。咱们机关某个部门的一位年轻的女同志,长相一般,很平平,她是那年刚入职的,硕士研究生毕业。我当时也刚当上办公室副主任。话说我四十岁生日那天吧,这位女硕士来到了我的办公室,热情地做了自我介绍。我本来就认识她,她的自我介绍纯属多余。我说你办入职手续时我就见过你。她说主任的记性真好,并感谢这半年多的照顾。我说你别客气了,我没照顾过你什么。寒暄了大约有十分钟,她看我挺忙的,就起身告辞,临走时从手包里掏出一副手套,呢绒毛线的,说要送给我,我连忙婉拒,她说:您太见外了,只是点心意,正好赶上您过生日,不成敬意,祝您生日快乐而已。她把手套扔到我办公桌上,转身就跑了。我追到门口,她从走廊那头冲我摆摆手,我不好意思再追她,人家是个女同志嘛,让同事碰见推推拉拉的挺难为情的。我回头仔细看看那副手套,十分平常,也不是什么名牌,就是普普通通的毛线手套,乡下人戴的那种,城里人很少戴的,不值几块钱。

"过了一天,我收到她发给我的一条短信,问我手套戴着是否合适。我回复:合适,谢谢!其实,我压根就没试,随手扔到了杂物箱里。

"又过了大概一个礼拜,我在机关的大厅里碰见了她,她两眼盯着我的手看,然后用嗔怪的语气问我:您咋不戴我送的那双手套呢?我当时正与几位同事说话,被她突然一问弄得满脸通红,张嘴结舌地不知说什么是好。

"过了些日子机关开大会,我在会场上遇到了她。她还是下意识地瞄了一眼我的双手,说:您不喜欢我送的手套吧?搞得我在大庭广众面前相当尴尬。

"这种窘态在此后的若干年间反复出现,只要她碰见我,不管什么场合,不管人多人少,她都会提及,机关里的很多人也拿手套的事儿跟我开玩笑,暗示我和她的关系非同一般。我一开始就没打算收下她的这份生日礼物,更不缺钱买手套,况且我有好几副手套,皮的棉的羊毛的都有,也从来没把她送的这副手套放在心上,我多次给她打电话让她把手套拿走,她死活不肯,我甚至想把手套扔到她的办公室里,却觉得那样太不讲面子,对她对我都不好。可是她每每见到我总提那副手套,像我收了什么大礼似的,又像有了生活作风问题。没办法,我一气之下把手套丢到垃圾桶里。

"下次遇见她,她还是问:我送您的那副手套暖和吧?我赌着气说暖和!她又问:那您怎么不戴呢?我气冲脑门:你有病吧,这可是三伏天呀,你的脑子被热蒙圈了吧?她倒不愠不恼,说那倒是,等天凉了可别忘了戴啦!我气得没法,塞给她一百块钱,求她以后千万别再提'手套'二字啦!她回敬我说,一个大男人可真小气!前年她调到了别的单位去了,临走还给我发了短信:别忘了戴我送您的那副手套哟!所以,我的结论是:千万不要收同事或下属的礼物,送礼者将永远记得他的付出!"

大伙儿听了主任的诉说和检讨,反响十分强烈。老王说他也遇到过类似的奇葩经历,一位熟人曾送过他两瓶酒,逢人便讲:我送给王科长那两瓶酒,老王过了这么多年还惦记着呢,总夸那酒上档次,真好喝!大强说他曾接过门卫师傅递过的一支烟,好嘛,这都过了多少年啦,他还把那根烟挂在嘴上呢……

会议的气氛一下子热烈起来,就连我这个只负责记录而无权发言的小秘书也忍不住插了句:四年前我得了个办公室年度先进工作者,奖励了三百块钱,直到这次开会前刘主任还提醒我,小马呀,那年要不是因为我力挺你,你能当上先进吗?

演员

他住在公寓楼的一套两居室里，面积不足一百平米。

从客厅、卧室到厨房、厕所，四周的墙壁上都挤满了照片，或贴或挂，密密麻麻。就连天棚上也几乎被照片覆盖了。大大小小，有横有竖，有黑白，有彩色，全是剧照，是他大半辈子在电影、电视剧和舞台上扮演的各种角色的集中展示。

他年过七十，满头白发，不久前他还应邀在社区业余演出中扮演了《白毛女》片段中的杨白劳一角。老人从童年开始就演戏，迄今出演的剧中人物有数百人，扮主角少，演配角也不多，更多的时候只充当跑龙套的"群众演员"。许多剧中，他并无台词或仅有一两句"废话"。

从照片上看，他演过农民、村主任、地主、屠夫、司机、医生、警察、土匪、法官、小偷、老板、嫖客、行长、骗子、教师、流氓、将军、特工、皇帝、奴才，等等，等等，五花八门、形形色色。

即使是假扮皇帝、将军，也是剧中的陪衬，戏份很轻，只有几个镜头，甚至是一闪而过。他作为大清帝国的最高统治者，只对大臣们说过一句话："退朝！"因为那是部武侠剧，皇帝只是个点缀，相当于路边的一块石头或一棵树。他当将军最长的一句台词是："拉出去给我毙了！"就为这句台词，他练了足有十天时间，还给导演搓了一个月的澡。

尽管他演的都是不起眼的小角色，但他相当认真，从表情神态、穿着打扮、举手投足，到仅有一句话的台词对白都反复琢磨、勤学苦练，非常投入。他能够用数十种方言说出"狗日的"和"请上茶"。他在扮演一个嫖客时，光"来呀"两字，就练了不少于一万遍。他甚至在一部电影中分身为好几个人物，一会儿充当八路军战士，换下服装化化妆，又成了国民党士兵和土匪喽啰。不管演什么不起眼的角色，他都能演得惟妙惟肖，贴切到位。

他演了一辈子的戏，很少当主角。演得再像再逼真，也是转瞬即逝，很难让观众记住。他认识很多明星大腕，并与他们合影留念。所以在他家里的墙上，你能看到一些家喻户晓妇孺皆知的熟悉面孔，从客厅、卧室到厨房、厕所，沿着墙壁一路瞄过去，再仰面朝天看看棚顶，基本上就是一部六十年的中国影视史。

据说他曾经有过三次婚姻，均以失败告终，生有一儿一女。婚姻破裂的主要原因，在于他不能扮演好现实生活中的丈夫角色。他也始终搞不懂作为父亲和儿子究竟该说些什么和做些什么，因此，他的儿女和父母都先后与他断绝了来往。

如今，他仍孤身一人住在公寓楼里，整天对着墙上的照片，比比画画，嘴里叨叨咕咕地重复着几个短句子，都是剧中的台词。

有一次，他拽着我到他家参观了他的"个人演艺展"。他眉飞色舞地给我表演当年剧中的人物，一连转换了二十几个角色,累得气喘吁吁。

趁着他喝茶休息的间隙,我很随意地问他:"在您一生扮演的各种角色中,哪个最不成功?"

他沉吟了好一会儿,脸上的表情变得有些沮丧暗淡,眼睛里溢出了泪水。他的嘴唇开始颤抖,欲说又止的样子。我给他递过一张餐巾纸,他擦了擦眼睛和嘴角,终于说出了一句让我吃惊的话:"我自己!"他喝了口茶,补充说:"我演了一辈子别人,却不会演我自己!"

·你在笑什么？·

上司说我没资格笑。我愣了一下又笑了。他愤怒了，把手里的不锈钢保温杯重重地拍到了桌子上，溅起的茶水洒在红头文件上，他慌乱地抓起那叠纸，使劲地甩了几下，又狠狠地摔在桌子上。

我还是没憋住，笑得蹲下身子，顺便帮他捡起几页散落于地板上被茶水溅湿的纸。

您说我没资格笑？我把纸递给他。

对，一点没错，你没资格。他皱着眉头，扫了一眼印有茶渍的红头文件。

您有资格笑吗？我笑着问。

我才不笑呢，你看我什么时候笑过？他坚定的口吻充满自信和自豪。

那谁有资格笑呢？我接着问。

不是有没有资格的问题。我的意思是说你不该笑，这与你的身份不符。我们干的是伟大而严肃的事业，我们的组织也是极其严肃的。这不是儿戏，不能随随便便开玩笑。你看看平时谁在笑？他端起杯子抿了口茶，杯子里的水依旧很烫，刚碰到唇边，他就一个激灵。

我忍不住又笑了。

你看你看，你就这副德性。见什么都好笑，烫了我的嘴，你就乐得合不拢嘴。你这叫什么心态，什么动机，什么思想意识。我正式提醒你，今天约你谈话，不是我个人的意思，是集体研究的结果。我是受组织委派的。你要是聪明人，以后就不要再笑了，有什么可笑的嘛？那些说相声的演喜剧的可以笑，人家有许可证。对，许可证，就像开车得有驾照一样。老百姓、普通群众那是私底下说说怪话笑话罢了，属于闲着没事偷着乐。你是干部，是正经人，哪能随便开玩笑、逗乐子，那是落后的表现。落后你懂吗？就是没上进心，不要求进步，没个长远打算，靠说两句笑话图个嘴上快活。你不行，不能再拿幽默说事了，那是小丑，不是英雄。干部要虎着脸，让人一看就有威严，不能嘻嘻哈哈的。领导干部开玩笑可是个大忌，千万要注意。我这可是为你好。我认为，当干部第一要严肃，第二要严肃，第三还是严肃……他语气凝重，眉头紧锁，还依次伸出三个手指头。

我终于忍不住了，拧大腿、掐虎口。均未奏效。我笑喷了，当着上司的面笑得前仰后合。

他把我推出办公室，砰的一声摔上了门。送我的最后一句话是：简直不可理喻，你疯了。你笑吧，有你哭的时候。

• 下午茶 •

那个遥远的午后像一道闪电烙刻于脑海深处。

我们陪校长一起喝了下午茶。邀请是国际交流部门发出的,他们把这次随意的放松,排练成一场刻意的演出。不过是喝茶而已,这是多么平常稀松的一件小事。然而,下午茶不是茶,是一种庄重的仪式,是提升学校国际性的重大举措,是迈向世界一流大学的关键一步。

据国际处的负责人介绍,下午茶是以英国为代表的老牌资本主义国家极富文化意义的高雅生活方式之一。铺着红白相间方格子桌布的长条桌上摆放着造型奇特的茶具,一看就知道那不是中国的产品,几盘小点心,包括曲奇饼干及色泽鲜丽的糖果,一同出现在茶壶的周围。

茶室是一间小型会议室临时改造的,挂了几幅西洋油画的复制图片,镶了画框的那种。那天我们的兴致很高,校长表扬国际处率先垂范,他赞同这种做法:"提升国际性,不是一句抽象的空话。要从点滴的小事做起,要从细节抓起。"他还建议其他有条件的部门和院系,应向国际处学习,逐步推广下午茶文化。至少在一些重要的会议中间,增加"茶歇"环节,与国际接轨。

由于校长的现场肯定,大家都很兴奋。话题很快从喝茶转移到了卫生间的问题。所有的人都齐声抱怨我们的厕所条件太差了，成了外国客人到访时最大的尴尬。气味不仅刺鼻而且辣眼，只有蹲坑没有坐便马桶，手纸自备，缺少洗手的香皂和镜子等等。大家一致认为要建设世界一流大学必须有一流的厕所，这是阻碍学校国际化进程的致命一环。

显然校长也被大伙儿的情绪所感染，他激动地拍了板：没有一流厕所就没有一流大学。要建一流大学一定要先建一流厕所。

那天下午茶的最大成果就是校长发出了建一流厕所的号召，经过十多年的努力，学校的厕所，特别是负责对外接待活动场所内的厕所都进行了彻底的改造装修，偷手纸的人越来越少了。

……

那个耀眼的下午，我们一起喝了下午茶。

• 代表作 •

去拜访一位著名老前辈——被誉为理论界泰斗级的大师,并恳请他为我们的刊物惠赐一篇文章。

门铃连响三声后,保姆为我们开了门并示意客人换上肮脏的拖鞋。

老教授仰坐在客厅里的摇椅上,微闭着双眼,忍受或享受着来访者们满脸堆笑的恭维与奉承。我们一行三人相互补充着,把他老人家一生的著作如数家珍般一一报出名字,并就其中影响较大的几部代表作竞相赞美了一番,用了不少类似于"开一代先河""里程碑式""无人比肩""影响了几代人"之类的最高级的讴歌模式。

老爷子时而皱皱眉头,时而轻咳两声,耐着性子听完了我们由于崇敬和激动而语无伦次的真诚表达。他终于睁开了眼睛,脑袋和身子转向了来访的客人。他口吻坚定地告诉我们:"你们说的不对,那些书都不是我的代表作,全是垃圾!"

我们确实惊呆了,就在老人一字一句脱口而出的瞬间,我们这三位来访的崇拜者脸上的肌肉僵硬地冻住了。

"这、这、这,您、您、您,您老这是跟谁生气呢?您老真会开玩笑……"我试图从僵局和尴尬的窒息中挣脱出来。

"不,不,不是玩笑,我从不开玩笑。"大师十分严肃

"我可以告诉你们,我只有一篇代表作,可惜你们没有看到,也永远不会看到了。那篇文字的底稿丢失了。"他非常遗憾地叹了口气。

"哟,真的?那是一篇怎样的文章呢?"同往的另一位问。

"是一篇大字报!"老人家兴奋地从躺椅上坐直了身子,"那张大字报,绝啦!是我一生的杰作,我把攻击我的那几个家伙批得体无完肤,骂得狗血喷头!你们年轻,不知道'文化大革命'是怎么回事儿,那是你死我活啊!大字报就贴在学院办公楼南墙上,一共七张,连窗户都遮住了。我是夜里三点多贴在墙上的,用了大半桶糨糊,我用白面熬的。一连三天,围观者挤得密密麻麻。真他妈过瘾,我把那'一小撮'我的死对头的那些卑鄙龌龊之事抖落得干干净净,大白于天下。他们猖狂什么?最后统统被抓了起来,一共抓了六个人。活该,罪有应得!这篇大字报要文采有文采,要观点有观点,有不可置疑的逻辑力量,闪耀着真理的光芒,字字刀枪,句句炮火。你们要是读了,一定感到振聋发聩,屁滚尿流。太可惜了,底稿丢了,你们没有眼福了。若稿子还在,我一定交给你们刊物发表,即使放在今天,仍有很强的现实意义。"

我们在他老人家的激动与亢奋中仍能感受到那篇大作超越时空的沉重分量。"真遗憾,我们没有机会领略大师那篇战斗檄文的磅礴文采了。"

我们不知所措地起身告辞。在回去的路上,一位同事喃喃地说:"真幸运,幸亏底稿丢了。"另一位同事望着车窗外熙熙攘攘的人流,自言自语地小声咕哝着,像是祈祷什么。

· 化妆 ·

母亲侧身躺在床上，双腿弯曲着，脸冲着窗户，背对着卧室门。

我走到床边，她正歪着脑袋，一手托着个小圆镜子，一手拿着眉笔在眼皮上描画，嘴里小声咕哝着，既像是哼唱，又像是自言自语。

"妈。"我叫了一声。

她没反应，继续往脸上画。

"你大点声，你妈耳朵聋了！"父亲在门厅处提高嗓音提醒道。

"妈，"我大声喊着，并弯下腰伸出手碰了碰她的肩，"妈，我回来了！"

母亲转过身来，平躺着脸对我，我吓了一跳，她把脸涂得乱七八糟，鲜红的唇膏抹到了双颊两腮，像个跳大神扭秧歌的老妖精。

"吓死我了，你咋又回来了？"母亲试图坐起来，我顺势扶她一把，她却躺下了。

"是啊，出差，顺便回来看看。"我琢磨着她说"又"的含义，不一定是烦和嫌，是说明她记忆力还不错，上个月我刚回来过，那时医生给她开了病危通知书。

"说到就到,住在楼下也没这么快,饿了吧,我给你弄点吃的!"母亲再一次挣扎着要下床。

"不饿,刚在飞机上吃过了。"我转头跟父亲说,"我妈身体恢复得不错嘛!"

"到岁数了,时好时坏。说不行就不行了。"母亲的耳朵也时好时坏,她抢着回答。

"您每天都化妆吗?"我又转过脸笑着问。

"可不是呗,越老越爱臭美,也不怕人笑话。眼瞅着黄土埋到脖子了,还天天描眉画眼的,精神不正常!"这回是父亲抢着说的。

"你说什么?死老头子!年轻的时候穷得叮当响,连顿饱饭都吃不上。结婚那会儿,跟队里的会计要了一小片巴掌大的红纸,在嘴唇上下咬了又咬,才弄出点红色来。这辈子,不知道什么叫化妆。现在快死了,再不化就蹬腿了!"母亲边说边又举起小镜子照了照。

"那就化吧,想怎么化就怎么化,咱不缺钱儿。"我笑着怂恿她。

"对,化,我就化!你爸老看我不惯,烦死他!"她又拿起粉饼直接往脸上蹭。

"净干些没用的。"父亲气哼哼地甩了一句。

"啥叫有用?不化妆就有用了?我天天化,没事就化。早晨起来化,晚上睡觉前也化。说不定一闭眼就过去了,留下张死人脸谁看了谁害怕,没人给化。不如自个儿先化好了,知道是个啥样子,死了也踏实。"母亲之所以化妆,看来有她的一套想法。

"你看，你看，"母亲从枕头底下摸出了几张照片，"这是前些日子照的，我自己化的妆，这身送老衣裳也是我自个儿选的，不贵。你看，穿上这身躺下照的相，八十多岁的人了，不难看吧？儿子，你拿一张，留个纪念。死了也就这副模样。不要急三火四地往家里赶，路上车多、人多，别磕着碰着，犯不上。这回你看看就行了，不用老惦记我，媳妇、孙子都得要你照顾，只要你们太太平平妈就放心了。"

在家只待了一晚，第二天我就坐飞机返回京城了。临走时母亲又努力欠了欠身子，躺在床上跟我招了招手，没等我转身，她又拿起了那面小圆镜和一支眉笔，准备继续在她那张饱经岁月的老脸上进行美的描画。

受表扬的人

老曹这辈子做过的好事数不清，受到的表扬也数不清，因为数不清的表扬而受到的批评更数不清，把数不清的表扬和数不清的批评加上一起，两项相抵，基本归零。可他自己并不接受这个结论，经常红着脸跟人辩驳："表扬肯定多于批评。"

这么说吧，老曹确实做过不少好事儿，但绝没达到"像天上的星星和地上的芝麻"那么多，寄给单位的表扬信也不像"空中纷纷飘落的雪花"那么夸张。

老曹从小就是个有上进心的孩子，就喜欢做一些助人为乐的好事，更喜欢因为做了好事而受到表扬。他之所以积极主动无休无止地做好事就图一个目的：表扬！班长表扬，老师表扬，校长表扬，主任表扬，厂长表扬……总之领导表扬成了他一生的终极追求和不遗余力做好事的不竭动力。

读小学时他就帮男同学擦桌子，帮女同学拎书包，替老师擦黑板，扶老人过马路，帮蹬三轮的上坡时推车……一直把父母给的零花钱分期上缴给班主任以换取"拾金不昧"的夸赞。每当帮别人做了件好事或帮了个小忙，总傻呵呵地笑着叮嘱受助者："别忘了，写封表扬信呗！"还把信纸、信封、邮票和地址一并塞给人家，或干脆自己先写好了草稿请人照抄一遍，自己再装进信封投进邮筒。

从小学到中学，同学们都嘲笑他，说他"假积极"，骂他"神经病"，也经常遭到老师的批评和挖苦，他脸红过，辩解过，但仍坚持不懈。

进入工厂后，老曹仍然保持着学生时代的上进心。从班组、车间和厂里领导收到的几麻袋的表扬信中可得知曹同志至少做过如下事情：抓过三百余名小偷，挽回人民财产四十三万元；勇斗歹徒二百三十二次，负轻伤一百九十九次；捣毁制假窝点七十八个；收缴非法制品四百多件箱；扶起路边倒下的自行车七万余辆；解救被拐卖妇女儿童五十四人；清除街头小广告二十余万张；深夜送醉汉和迷路女工一千余人次；清扫社区马路和楼内过道八万多平米；捡拾废弃电池三千三百三十三节；替逛商场的女顾客照看孩子五百二十余人次；帮助残疾人按电梯下楼二千多次；清理社区狗屎四千余泡；扑救火灾八十二场；与打劫银行的抢匪搏斗六次……

除表扬信外，单位领导还收到邮寄的锦旗共六十面，经厂宣传部门初步核实，除少量表扬信外，绝大多数信函均由老曹同志一人所写，显然多年来，老曹始终坚持自我表扬，"以骗取领导和同事们的好感，满足自己无限膨胀的虚荣心"。但医院精神病科的主任医生对工厂为他所作的"思想品德败坏"的结论并不认同，称其属于某种人格障碍，应在"精神和心理疾病"方面加以考虑。

老曹有过短暂的婚姻经历，妻子因无法忍受其不可理喻的助人为乐之举而诉诸法律并获准离婚。为此，她还专门给工厂领导写过一封感谢信，表扬老曹最终善良地放了她一马。

根据医院的诊断，厂里在老曹五十岁时为他办理了病退手续，而改变了一度要开除其公职的打算。

病退在家的老曹，做好事的热情丝毫不减。不出一年，所在社区的居委会便收到了成堆的表扬信件，这些信件既有来自国家机关部门的，也有来自学校、部队、医院、厂矿、公司的。既有来自本市的，也有来自外埠的，包括边疆省份和多个灾区，甚至有署名为外国友人的，还有的寄信者是早已死亡的著名人物。

老曹的退休金几乎全花在邮寄表扬信上了，不得不自己节衣缩食过着苦日子。当我作为人口普查员走进他的住宅时，房间的墙壁上挂着密密麻麻的奖状和锦旗，就连棉被套子也是用锦旗缝制的。他告诉我，他一生尽做好事了，做好事的人就是好人，所以他评价自己是这个世界上最大的好人。

临别时，老曹追上我，给我塞了几个贴好邮票的信封，请求我一定替他在打印好的表扬信上签个名并寄给联合国。

·在问询处·

公共服务大厅入口处的左侧,新建了一座很漂亮的小房子,样子很别致,跟报刊亭的大小差不多,但显得更洋气敞亮,有点像童话里积木垒成的小城堡,在柔和的晨光映衬下,越发透着一股萌嫩劲儿和孩子气。亭子面向人行道的窗口上方有三个大字非常醒目——"问询处"。

早晨八点半了,前来公共服务大厅办事的市民们松松散散地排起了长队,他们一边翻看手机或打电话或谈笑着一边等候大厅开门。又过了二十分钟,有的人便着起急了,明知门前公告牌上写着办公时间,却烦躁地开始抱怨了:这都半晌午了,怎么还不上班,说这个服务大厅修得豪华,就是不办实事,差几分钟也不行。有一位老头儿见问询处开门了,便走到窗口向刚坐下喝豆浆的一位三十岁上下工作人员模样的男子打听:

"先生,办户口迁移证明的柜台在大厅的左边还是右边?"

那男子笑眯眯地看了他一眼,咂了一口豆浆,摇了摇脑袋。

"你说啥,小伙子?"老人大声问。

工作人员伸出食指放在自己的唇边,示意不准喧哗。

"到底在哪边,你就说句话呗。"另一位凑到窗前的中年妇女插了句话。

在酒楼上

男子笑而不答，摇头晃脑地吹起了口哨。

"哑巴啦？咋不说话呢？"中年妇女不乐意了。

"你还弱智脑残呢！"小伙子立刻回敬了一句并冲中年妇女瞪起了眼睛。

"能说话？不是哑巴！可听着不像是人话！"那位大妈也不是善茬子。

"我这叫见人说人话，见鬼说鬼话，今天见到您了，吓了我一跳，差点儿尿了！"

"你这个年轻人怎么这么说话，我再难看，也不至于长得像鬼！"

"厕所里都安着镜子，大妈您老方便时自己去照照？"

"我正要问你，厕所在哪儿？"

"就不告诉你！"

"你这可就不讲理了，这不是问询处吗？"

"没到上班时间，我没义务回答您，听明白了吗？"

"那你几点上班？"

"上班时间一到我自然会告诉您！"

"你这是什么态度嘛！"

"这叫态度认真，一切按规定办。您老人家得好好学习，知道什么叫'八项规定'，什么叫'反四风'吗？喊，不到上班时间我不回答任何问题。"

"问你厕所在哪儿，几点开门，就这么点事儿，一句话就说明白了，你就是不肯说，非得等到上班时间？"中年妇女气得直哆嗦，差一点儿晕倒，旁边的老头扶了她一下，并长长地

37

叹了口气。

大厅门前响起了铃声,很刺耳。

小伙子抬起胳膊看了看腕表,冲着窗口喊:"大厅九点开门,厕所往东走 100 米右拐就到了,拜拜!"

中年妇女摆了摆手。"不用找厕所了,尿裤子啦!谢谢您,年轻人,"她转身向扶着她胳膊的老人说,"麻烦您,大叔,快帮我叫辆出租车,我血压上来了,得去医院。"

•监视•

大赵自打家里雇了一个年轻的保姆后,便隔三差五地请假,理由是:"想回家看看保姆!"

同事们调侃说:"保姆年轻漂亮吧?这事儿可别让嫂子知道了!"

大赵答:"她知道,没办法!"

同事说:"哟,你夫人可真够仁慈的。这样的媳妇可不好找!老公跟保姆待在一起,迟早会出大事的。"

大赵答:"不跟保姆待在一起,那才会出大事!"

问其究竟,大赵一脸苦笑,解释了其中原委。

原来,小两口半年多前喜添贵子,爱不释手。随着妻子的产假期满,谁照看孩子便成了头等大事儿。两人均有工作,且须加班加点。双方老人身体状况都不太好,抚养孩子力不从心,也无亲戚可依靠。无奈之下,只好通过家政公司雇聘保姆。但时下好保姆难找,不是工资高低的问题,而是远近各种关于保姆的传闻不断灌入二位年轻父母的耳中。比如说,谁家的保姆把孩子拐走了,谁家的保姆卷走主人所有的细软和积蓄了,谁家的保姆嫌孩子不睡觉而偷偷喂安眠药吃了,谁家的保姆私下虐待孩子,打耳光、抽嘴巴、往肛门里塞大头针,等等,等等,听起来真令人毛骨悚然。这样的新闻,报上网上时有报道，搅得这小两口心神不宁、坐立不安。

经过反复甄别筛选，总算相中了一位各方条件均属上乘的在家政学校受过专业训练的小保姆，请到家里刚干了两周，便死活辞职走了。理由是太不自由，与男友约会的时间太短。

又经过一番周折，由远房亲戚推荐了一位乡下媳妇。干了没几天，又坚持不下去了。原因是这位少妇信佛，每天烧香念经，嘴里叨叨咕咕说些个古古怪怪的话，还按着八个月大的小孩子在地上磕头，吓得父母赶紧辞退，永不聘用。

新找的保姆看上去比较单纯，但两口子还是不放心。他俩商量后决定，轮流请假在家里监督保姆。工作实在脱不开身时，再请双方老人替补。于是，这一年间，大赵请假超过了一百天，公司正准备解聘，妻子的事假也不下两个月，奖金全部扣发。

对于未来大赵还是充满信心的，他说再过四个月，孩子就可以上托儿所了，他恳请公司老板能留着他的饭碗。

老板问："听说托儿所里的阿姨有时也会做出类似保姆的事情，那你怎么办？"

这一问，大赵又忧心忡忡了。他和老婆反复商量后下定决心，到时再聘请一位保姆，每天站在幼儿园窗外，专门监视那里的老师。

不想儿子的母亲

"听说您又病了,我回来看看您。"我用手掌在她的后背上下搓动,相信有助于她的呼吸顺畅。

"你是医生大夫吗?"她问。

"不是,我不是大夫!"我笑着回答。

"那你回来有什么用?"

"看看您呗!"我觉得母亲变得很实际。

"我又不是电影电视,有什么好看的?"母亲不以为然地斜楞了我一眼。

·不想儿子的母亲·

每年春节前,我都从北京回趟东北老家,陪陪老父老母。每次只住一宿,第二天吃过午饭便坐飞机返回北京。这种习惯已经坚持了二十多年。同事们认为我在家里逗留的时间太短,话外之音是我这个做儿子的不孝顺,"在家住一夜"毕竟太少了,学校有寒假,一年只回去一次,父母都八十四五岁了,多陪些日子才是明智之举。

同事们的建议十分合情合理,于是我决定今年春节回老家一定多住一晚上,好好陪陪父母说说话。腊月二十一那天一早我赶到了机场,飞机准时起飞,中午十二点前我便站到了父母的家门口,是母亲开的门。一股冷风扑向她,见到儿子她特别高兴,激动得抑制不住一阵剧烈的咳嗽,我赶紧放下行李帮她轻轻捶背,扶她到里屋坐下。她终于停止了咳嗽,重重地喘息着。母亲患有肺气肿,稍一动作,就呼吸困难,在她的世界里空气总是稀薄的。她抬头看了我一眼说:"你怎么又回来了?"这么多年每次见面的头一句话一般都是这样。

"我去年春节前回来过一次。"我答。

"可不是呗,才走一年又回来了。"她可能是嫌时间过得快。

"听说您又病了,我回来看看您。"我用手掌在她的后背上下搓动,相信有助于她的呼吸顺畅。

"你是医生大夫吗?"她问。

"不是,我不是大夫!"我笑着回答。

"那你回来有什么用?"

"看看您呗!"我觉得母亲变得很实际。

"我又不是电影电视,有什么好看的?"母亲不以为然地斜楞了我一眼。

"我陪您和爸说说话。"我哄她。

"我儿子可真孝顺。那你还住一晚上?"她终于露出点笑意。

"住两宿。"

"啥,在家待两夜?不行,只能住一宿,快回去吧!"母亲皱起了眉头。

"为什么?多住一天不好吗?"我问。

"不行就是不行。你是公家人,年年都来家,难道不干活了?"母亲反问道。

"那也不能天天上班,我还有寒暑假呢!"

"不行,你别骗我,公家人就是公家人,不能光想着自己家那点事儿,就住一宿,明儿个吃了晌午饭赶快走。"母亲口气很坚决。

"哎呀,让儿子陪陪您,说说话呗!"我拍着她皮肤松弛的手背。

"我可不用陪,快死的人啦!也没那么些话要说,都是陈芝麻烂谷子,车轱辘话转来转去,说不说都一样。你好好工作比什么都强。"她又咳嗽了，我赶紧站起来替她找手纸。

"那我明天就走，您可别想我！"我递给她一小块手纸，她又撕成两半，吐了口痰。

"不想，只要你们好好活着就行！"她摇了摇头又补了一句，"我可不像你姥姥！"

我知道她又要讲什么了。"你舅舅当年参军，一去二十多年没回家。瞧把你姥姥想的，成日哭天抹泪儿，眼睛都哭瞎了，托村里人写了不下一百封信，硬是给催回来了。那年冬天嘎嘎冷，你舅舅大年初一刚进家门，凳子还没坐热，部队就来了电报，说是舰艇着火了，你舅舅是舰长啊，吓得瘫倒在你姥姥跟前。那时候交通又不方便，连夜冒着大雪往城里赶，半道摔死了。后来家里的'光荣军属'红牌牌也让人给摘了。你姥姥没出俩月，就跟你舅舅走了。公家人就是公家人，离开家门就不能经常回来。哪天我要是死了，你也别急着往回赶，人都死了，你回来有什么用，又不能再活过来，跌跌撞撞的，可别把自个儿磕了碰了，划不来！"母亲说得气喘吁吁的，不时用手里剩下的那块火柴盒大小的手纸擦擦眼角。

我第二天中午被老母亲撵出了家门。不管同事们当面或背后怎么议论我，我都不会向他们解释，谁让我摊上这个不想念儿子的妈妈呢?！

·村里的写作者·

我早就想劝他放弃写作的念头，可一直没说出口，就像人们常说的那样，每次话到嘴边又咽了回去。

其实，他要是个聪明人或者说还有那么一丁点儿自知之明的话，就一定能从我的吞吞吐吐和上下反复滑动的喉结上看懂我的真实想法。但，他没有，他缺少那比芝麻粒还小的一丁点儿的理解能力和自知之明。

他是我小学时的同学，甚至有两年是同桌。那时候他名字叫大镐，父母显然期望他们的儿子能靠体力谋生，刨地挖煤都需要镐头，在乡下如果你手里攥着一把好使的大镐，又肯下力气的话，温饱问题不愁解决不了。然而，大镐更喜欢纤细的铅笔和钢笔，他觉得把铅笔夹在耳朵上，把钢笔别在上衣的口袋里更能体现生活的美好。

只读完小学，大镐就不再继续上学了。高尔基《我的大学》深深地震撼着他幼嫩的心灵，他持续发烧了好些日子，口中只念叨着一句话："我的大学是社会！"烧退了，体温恢复了正常，但大镐的胸膛变成了炉灶，那里燃起了一团熊熊烈火。他先改了名字，最初叫"夜火"，后来又叫"洪滔"，再往后又叫"岳巅""冠顶"等等，迄今得有百八十个。他告诉我们，那叫笔名，是一个作家的封号和旗帜。笔名没起好，注定文章写不出名堂。

这位拥有百十来个笔名的大镐，一转眼写了四十年，老婆跟村里的兽医跑了，儿子虽随他姓，但相貌、嗓音、脾气都与村东头开小卖铺的丁瘸子惊人相像。原先的三间小瓦房为还债而低价卖了，他只好捡起镐头在村北的山坡下就势刨出了一个可以栖身的坑洞，比窑洞更窄小一些，只能猫着腰进出。从此，他便安坐其中，在自己搭设出的一个小方桌上继续他的文学梦，写风、写雨、写花、写月、写远、写近……每到阳光明媚的春夏之季，他还会把桌子搬到离洞有五十多米处的一棵大槐树下，写一些波澜壮阔、万马奔腾的场景……

每当我回老家过年时，大镐总会执着地背着一个装满新作的大编织袋让我给提提意见。那是我最纠结的时刻，他瞬间的兴奋和希望点亮了他早已昏暗的目光，他从袋子里掏出一摞摞码放整齐的稿纸，按他的分类印有诗歌、小说、散文、剧本，还有一些替大报大刊拟定的社论、述评等等，让我眼花缭乱、气短胸闷。加上他滔滔不绝的口头补充，哪有我提意见的份儿？在我每每试图打断他的自吹自擂，并打算劝他断了当作家的妄念时，家里的亲戚兄弟和周围的街坊邻居总向我使着眼色，阻止我把那残酷的结论说出来。他们都争先恐后地笑着夸赞他写得好，嘻嘻哈哈地哄他捧他，他似乎听不出这些赞美声中的讽刺与嘲弄，十分认真地享受这些虚假的恭维。

"嗨，他就是个精神病，何必跟他较真呢？只要他高兴，爱写啥写啥。他说他是鲁迅，我们也认了。"二哥看得透彻，等大镐一走，我们就开始喝酒。

去年春节回家时,大镐又缠住了我,因为他又写了一部"具有里程碑意义的鸿篇巨制"。他在我家炕上,当着村主任的面,小心翼翼地打开了用三层报纸包裹的三大摞、一尺多高的稿纸,像是给襁褓中的婴儿换尿布似的。上面用毛笔赫然写着四个大字:《奥巴马传》。

"这是你写的?"我一脸迷惑。

"嗯,那还用说!"他亢奋地挠着蓬乱的头发。

"美国总统?"

"嗯,那还用说!"

"真了不起!真了不起!"我也挠了挠头。

"写得真不错!我看了,那里面的奥巴马干的那些坏事,跟我差不多!"村主任嘿嘿地笑着,冲我眨巴着眼睛。

走遍世界

有一种旅游叫足不出户,有一种交往叫一人独处。

——题记

老朱在自家的客厅里支起了一个小帐篷,每晚蜷缩其中,自称是野外宿营。

三年前,他在地板上铺了一层厚厚的塑料布,上面印有世界地图,从此便开始了他足不出户的周游世界计划。

客厅虽说不小,但相对于地球而言则微不足道。用地图铺成的地面,比例再大,也经不起脚的丈量。即使老朱脱了拖鞋,踮起脚尖小心翼翼地在上面跳来跳去,就像在地雷阵中逃生似的,也难免一脚踩上若干个小国。每到此时,他都会产生极端的负面情绪,如同踩到地雷、针尖或狗屎的感觉,会脱口而出:"靠,又偷越国境了。"

出国需要签证,尽管在地图上行走没有海关的盘问,但老朱的心里还是有阴影,每当他想眺望地中海的迷人风景时,大脚趾伸到了乌克兰,小趾头却碰到了罗马尼亚,脚掌的重心十有八九压在了白俄罗斯、波兰和立陶宛,这让他很不安。如果他脚踩西欧某些国家时,心情就会好一些,因为毕竟加入了申根协定,国与国之间游客可以自由往来,无须签证。

为了避免此类麻烦的发生并消除对自己的旅游心情的不良影响，老朱会尽量在大国之间跳来跳去。他每天穿梭于俄罗斯、美国、加拿大、巴西、澳大利亚，偶尔也会去阿尔及利亚或南非，因为他把一个衣帽架塞到了墙角，那儿离南非很近。对面的墙角则竖立着一个小酒柜，那是阿根廷的地盘。

小帐篷当然支在中国的境内，老朱每晚都睡在祖国母亲的怀抱，他说："睡在这里，关键是没有时差。"

他把茶几摆放在澳大利亚，据说喝茶时能闻到从四面弥漫过来的海水味儿。小书桌安静地待在美国东部与加拿大交界处，在没有雾霾的日子，窗外的阳光会同时照到纽约和渥太华以及大西洋北部海岸。

伞状小帐篷的北方，中间隔着蒙古国，跨过这片淡蓝色的疆域时，老朱常常吸吸鼻子，说那股羊膻味让他想吐。要去俄罗斯广袤的大地上散步，每次都必须经过蒙古国地带，淡蓝色遮掩了沙漠，也分不清森林、草原和河流，只有难以忍受的膻味儿刺激着老朱那敏感的嗅觉。他几乎每天一早都到西伯利亚地区打套太极拳，脚踩俄罗斯肥沃的土地，双手在半空中比比画画，不时会侵犯到他国领空。打完拳，老朱边擦汗边凝视窗外，伫立片刻，眺望北冰洋。然后一转身，奔向澳大利亚，在那里泡上一杯酽茶，再端着茶杯跨过印度洋或太平洋到非洲或拉丁美洲转转。杯中的茶水有时会一不小心洒到地上，老朱十分紧张，赶紧蹲下身子察看哪个国家因他遭了水灾。若洒到非洲，他便嘿嘿地笑几声，情不自禁地喊道："靠！又为沙漠地区解除了旱情！"若溅到了低洼之国荷兰，他便惊叫起来，立马找块抹布，擦干那水渍，生怕那里的人民遭受灭顶之灾。

尽管当做地毯的世界地图巨大，但老朱的游览仍然受到限制，除了时时有偷越国境之嫌外，各国的名胜景观挤在一起不能一一驻足观赏。于是他又有了新的举措，他把每个国家的地图都放大至客厅地板的面积，逐一铺到地上，再根据他对这个国家的喜好程度，每过一周或十天半月换一次，这样便实现了他的"深度游"计划。

老朱对自己的创意相当着迷，又添置了一把前后摇晃的躺椅和一把左右震动的按摩椅，分别摆放于所在国家或地区的机场和火车站，经常躺坐在上面微闭双眼体验飞机头等舱和高速铁路飞驰的旅途快感。

如今，老朱除了几个仍处于战乱状态的国家外，差不多游遍了全球。下一步他准备把放大的月球和火星图铺在客厅里，实现他太空旅行的新打算。当然，他说，这可不是闹着玩的，先得进行一番高强度的体能训练。

·我是怎样变得想不开的·

他们并没有分享我内心的喜悦，与我共同庆贺我的"华丽转身"，却争先恐后地向我表示了深切的同情和安慰。

我兴致勃勃地邀请他们喝酒吃饭，他们却一反常态地回拒了我的诚意，话里话外就一个意思：这饭怎么能吃得下呢？这酒更没法喝了！

他们是我的亲朋好友，是多年来以亲情和友谊凝结而成的"小圈子"成员。我珍惜他们的支持与鼓励并珍视他们的意见和建议，他们的言行是我冬天里的暖气和棉衣，也是我夏季里的凉风和电扇。

这一次，他们显然对我的行为感到失望和不安，纷纷向我表达了各自的顾虑和担心。

一个说，事已至此，你就认命吧！

另一个说，干什么不是干，要往宽处想！

又一个说，算了吧，不要太上火了！人这一辈子也就那么回事儿！

还有一个说，平淡是福！千万别想不开，一家老少还得靠你呢！

……

七嘴八舌，说来说去，归根结底就是劝我"想开点"，因为我主动辞去了处长一职。

我本来是愉悦的,甚至是兴高采烈的。在得知组织上同意我的请辞报告的那一瞬间我差一点兴奋得满地打滚儿。我抑制不住内心涌动的幸福暖流,第一时间将喜讯告诉给我身边最亲近的人,希望把这种既渴望已久又突如其来的强烈快感传递给他们,与他们分享!

然而,他们的反应却是出人预料地冷淡,他们对我的深切安慰使我把自己一下子看成了"死人"。

针对来自同学、朋友、同事和亲戚们几乎无一例外的"想开点"的善意劝导,我曾一度大笑不止,并向他们指天发誓,这是我自己几年来朝思暮想梦寐以求的选择。当初升我做处长时你们不是也劝我想开点吗?如今我主动放弃这个"鸡肋"般的职务,重新回系里做教授,你们的反应怎么一下子变得如此消沉呢?

大家都劝我不要笑,最好还是大哭一场比较好,不能憋坏了。他们坚信,人的痛苦达到极处,便以笑的方式呈现。他们排着队劝我痛痛快快地号啕一番,男儿有泪不能强忍,哭出来不会崩溃。我笑得更剧烈了。他们很恐惧,私下里开始商量与精神病院取得联系并派人轮流守候在我的身边。

我竭尽全力说服他们:"这官儿我早就不想当了,不就是个无权无势的小处长吗,当个教授学者多自在!"

他们答:谁信呢?这年头谁会主动辞官?

我反问道:当官有什么好?

他们答:谁当谁知道!

我辩解道：我就不愿意当！

他们答：那是人家不想让你当！

我说：是我主动辞的。

他们答：是人家把你撤了。

我提高嗓门：是辞职！

他们交头接耳小声嘀咕道：是免职！

我反问：为什么是免职？

他们说：是因为你犯了错误！

胡扯！我没犯错误！是我主动辞去职务！

我们相信，可是别人能信吗？

在亲朋好友们络绎不绝持续不断的劝慰下，我终于哭了，哭得泪流满面。

他们如释重负般陪着我唉声叹气，不时地拍拍我的肩，捶捶我的背。

为了维持难得珍贵的亲情与友谊，为了进一步证明他们的正确判断并维护他们的价值取向，我只好顺着他们劝慰的方向去表现自我，以求得尽快从他们善良的折磨中解脱出来。

他们并没有在我擦干眼泪和鼻涕的表演结束之后而罢手。在接下来的日子里，他们依然热情不减，继续关注和关心我的情绪变化。

有人说：哭泣说明你委屈，委屈证明你冤枉。

另有人说：冤枉就要申诉，不能憋屈自己。

又有人说：流泪是软弱的表现！

还有人说：强者不相信眼泪！

大伙儿一块儿说：与其偷偷哭泣，不如行动起来。

我辩驳不过他们，况且我已哭过了，那就意味着我认同了他们对整个事情的研判。

我开始假装冤屈，在他们不依不饶不屈不挠的劝导安慰下逐渐变得怨恨和愤怒。

"凭什么撤我职？"我找到上级领导质问。

"既不是撤职，也不是免职，是你本人三番五次主动辞职的嘛！"领导皱着眉头说。

"我辞职你们为什么就同意了呢？"我理直气壮地反问道。

"你、你、你……你什么意思？辞职这件事……"领导支支吾吾起来。

"什么辞职？分明是免职、撤职嘛！"我乘胜追击……

……

上级负责人终于变得理屈词穷、语无伦次直到哑口无言瘫坐于椅子之上。

我的至爱亲朋们锲而不舍地继续安慰、劝导和鼓励我，始终让我"想开点"，生怕我因为想不开而寻了短见。

那怎么会呢？这一点请他们放心。他们滔滔不绝的劝慰，彻底改变了我的生活方式和生活态度。如今我像一个"怨妇"一样愤愤不平，逢人便讲自己的种种不幸遭遇，但我比鲁迅先生笔下的祥林嫂硬气多了，我的委屈与冤恨、愤怒，是亲友们无私的关心和关爱的结果，我要对得起他们，努力做一个不向强势低头的人。

同志，您去厕所吗？

1

一位中年男子双手捂着肚子匆匆忙忙地跑进了办公大楼，门口值班的小保安竟然没有发现。

"请问，厕所在哪里？"在大厅里，中年男子冲着一位迎面碰上的姑娘问道。

"噢，先生，真对不起。我是一名录入员，并不负责咨询业务。不过，我可以破例告诉您，这事儿您得询问办公室。办公室在本楼的8层，您可以坐电梯上去。很抱歉，今天电梯坏了，您只能爬楼梯了。到了8层办公室，会有工作人员接待您，您向他（她）陈述事由后，他（她）会请示分管副主任，分管副主任再报告给主任，经主任批准后，办公室会安排专门负责人逐级打电话，最后通知到一楼大厅的值班保安，然后他会指给您去厕所的路线。就这样，我说清楚了吗？"

男人憋得满脸通红，咬牙切齿地点点头，牙缝里挤出了几个字："不用，麻烦您啦！"

2

一封投诉信摆在了主任的办公桌上。

主任不仅在信上批示了长长的一段义正词严的文字，还把分管副主任及相关处长、科长们叫到了一起，劈头盖脸地训斥了一番，说到激动处他还啪啪地拍了几次桌子，并扬言要追究责任，一查到底。"让人家尿到了裤裆，真是令人发指，官僚主义作风严重到了何种程度！连问个厕所程序都如此复杂，还能为老百姓办什么事情？荒唐，荒唐透顶！而且这种事情竟然发生在'机关作风改进月'主题教育活动期间，简直是莫大的讽刺……"

主任的批示精神迅速层层传达，各部门召开专题会议研究落实并形成了整改意见。相关责任人被一一追责，大门口的小保安被辞退了——他的责任最大，玩忽职守，未能守住大门。

在接下来的三个月间，局机关广泛征询多方意见，设立了专门的问询处，在体制和机制改革上下大力气；建立常设机构和长效机制。因新成立的问询处为副处级建制，所以处长一职竞争十分激烈，最后被一位在业务处室工作了三十年而未获提拔的海龟博士奋力夺走，既体现了新岗位的重要，也解决了干部选用中长期遗留的问题。问询处还特意聘请当初因寻找厕所而引发改革的那位中年男子担任"作风监督员"，他有权在事先不告知的情况下，扮演各种角色随时检查问询处的工作，只要他掏出一个菱形小巧的"特殊通行证"，门卫即可放行。

3

　　如今当你走进办公大楼的一层大厅,迎面便会走来一位衣着光鲜、身材高挑、笑容可掬的年轻女子,她会用优雅而清脆的嗓音向你主动打招呼:"同志,您去厕所吗?"

·终于兑现的死亡·

他多次预言自己活不过第二天。

预言被成百上千次地打破,他却依然坚信不疑,逢人便发出新的预言,总说明天就会死。每天晚上睡觉前都穿上当年精心准备的寿衣。这身衣服早已不新了,而且膝盖、裤腰已破得不成样子,胳膊肘也露出两个大洞。他抱怨裁缝的心黑,说料子不好,"剩下的钱至少还能做两件,就留给你和老婆穿吧!"他恶毒地咒骂过。"把寿衣当睡衣穿,再结实的面料也经不住。"裁缝笑呵呵地回敬道。

前年回老家过年他特意找过我,说是临死前想见我一面。快五十年没来往了,我俩脸对脸坐着时,彼此其实从相貌上并不认识对方。这些年提起他的名字,我眼前浮出的依然是他童年的模样。他说他能认出我,因为他几年前曾看过我的照片。我摇摇头说,都老啦!他不苟言笑地坐在那儿,手足僵硬,一脸愁苦,反复说一句话:我要死了,没几天活头啦!问他为什么有这种念头,他回答说,他得了绝症,整夜睡不着觉,眼皮跳个不停,嘴角抽搐流哈喇子,还没完没了地咬牙,一照镜子就看到他爹冲着他龇牙,意思是想招呼他过去。他父亲刚过五十岁就死了,死前还请人照了张相,挂在家里的堂屋。他说,镜子里的父亲跟那张遗像长得一模一样,一脸死相。

我宽慰了他好一阵子,他的眼皮和嘴角确实不停地抽动,让人看着很不舒服,他本人可能更难受。我劝他去医院看一看,那不是要命的大病,大概属于面瘫或面部神经出了问题,说不定针灸就能治好。他说他爹当年就得了这个病,进了乡卫生院也是扎的针灸,一针下去就蹬了腿,翻了白眼,再也没喘过气来,因此他对我的建议一百个不接受。我又说了一大堆劝慰他的话,他目光困惑地盯着我,说:"我听不懂!"

我母亲是个直性子的老太太,八十多岁了仍喜欢管闲事儿。她在一旁插话说:"别瞎耽误工夫了,你说什么都没用。他不会听你的,村里的街坊邻居劝了他好几年了,他也没听进一句。人的命、天注定,该死死、该活活。他认准要死,谁都救不了他。"他一声不吭地坐在那儿,使劲地咬着牙。

"咬牙这毛病也不是什么大事,可能跟神经有关系?"我打断了母亲的愤愤不平。

"你是说我神经病?"他问。

"不,你说的神经病不是我说的那个意思!"我觉着他误会了。

"干脆把牙拔掉得了。没牙你就不咬了。"我母亲又没好气地冒了句。

"都这么说,我不爱听。"他有点生气了。

"那你到底恨谁吧,恨谁咬谁去!"老太太也生气了。

"谁也不恨!"

"不恨你干嘛成天咬牙呢?"老太太逻辑也出了问题。

"好啦,好啦,先吃饭。你今天正好赶上饭点了,随便吃几口。"我一看差不多到晌午了，就岔开了话题。

老太太并不情愿留他吃饭，我偷偷向她使了使眼色。"有病了还能吃得下？"母亲没有释放善意。

"能，这病不耽误吃饭。"他冷冷地说。

从他的饭量上判断，他的健康状况绝无大碍。三碗米饭加四个豆包，盘中的荤菜大部分都归了他，包括半只烧鸡和两个猪蹄子。

吃饭时，我又帮他分析病情，讲了若干养生保健之道。从他的面部表情上看，好像都没听懂。这也难怪，他从未上过学，对于从我嘴里冒出的各种名词、概念、术语，他无法准确理解。"你省省力气吧，对牛唱歌、白费唾沫，快吃你的饭吧！"母亲生怕饭菜被他吃光了，赶紧夹了几块肉放进我的碗里。

严格说来，他这辈子只上过一天学校，第二天就死活不去了。我去家里喊他，他赖在炕上不肯起来。他爹用棍子抽他，逼着他穿上衣裤。我拽着他走，他坐在地上打秃噜。我踢他的屁股，他往我的脸上扬沙子，还把我的手腕子挦出了血道子。他爹又来揍他，他像按在案子上待杀的猪一样，没命地号。号累了，干脆躺在院子里装死。他爹只好作罢。从此，他再也没跨进校门，每天跟在父亲赶的牛车后头，帮着拾粪、装车、卸肥。在我读高中时，他已变成村里的壮劳力，挖地窖、打石头、垒猪圈、种大田，样样能干。再往后，娶了个比他大八岁的小寡妇，生产队解散了，他包了块谁都不要的山石地，搭了个窝棚，常年住在山上，没白没黑地开荒种树，很少与人来往。

"哦，那我为什么一照镜子就看见我爹的死相呢？"他打着饱嗝问我。

我告诉他，那是相貌遗传，你跟你爹长得一模一样，就像一个模子刻出来的。你在镜子里看到的是你，不是你爹。你把你当成了你爹。他还是半信半疑，可能心里在想遗传到底是哪条船。我还告诉他，你可能是抑郁了，要去医院诊疗。他依然目光呆滞地看着我，不时摇摇脑袋叹口气。

今年春节回家时，母亲告诉我说："二秃子死啦！"我怔了一下，想起他的外号叫二秃子。

"病死的？"我问。

"上吊自杀啦！"母亲口气很不屑地说。

"为啥？"

"有啥为啥的，不为啥。"

"不为啥为啥呀？他那么怕死。"

"就是因为怕死才自杀的。"母亲说。

"是吗？"虽然母亲的话有一定的哲理，但我还是觉得别扭。

"也许是再活着不好意思了呗！多丢人，天天见他就说自个儿活不过明天了。这都差不多有十来年了，天天说天天说，就是不死。他说话也太不算数了。谁也不搭理他，他就自杀了呗……"

断了线的风筝

他说他姓吴,他叫吴某,要办理退休手续。

您是哪个单位的?我打量着他,中等身材,头发已经花白。

他说:我就是这个单位的,人事处的。

我愣了愣,以为他开玩笑,但看他的表情很严肃。

人事处?哪个单位的人事处?我笑了笑。

就是咱们人事处。他十分肯定地点着头。

您搞错了吧,我在这儿工作了十几年,当处长也有六年了,从来没见过您,也没听说过您的大名。您不是开玩笑吧?我皱了皱眉头,有些不耐烦了。

我真是这个部门的,我没骗您。我刚到这儿工作那会儿,您还没来呢!

哈哈,那么,老同志,我在人事处已经待了十多年了,可我没见过您,难道您穿了隐身衣,或者说是我的眼睛瞎了?

不、不、不,您的眼睛没瞎,是我一直被借调在外面工作。他不停地眨巴眼,频率极快,一秒钟好几下,显然是一种病。

对,我想,说不定这位花白头发,疾速眨巴眼皮的老者精神也出了毛病,或者是个骗子。

借调？哪个单位借调的，一下子借调了十几年？

说来话长，很多单位和部门借调过我，前后加起来差不多有四十年了！

什么？借调了四十年？

接近四十年，至少有三十八九年了。

哪个单位借调的？是国家安全部门吧？我嘲讽地冲他咧了咧嘴。

您怎么知道的？我在那儿工作的时间不长。

我一猜就是。您还在中央的许多部委干过吧？

是的，大部分部委我都待过。

是不是经常给领导写写材料、搞搞调研呀？

对、对、对，这是常有的事情！

哈哈，拉倒吧。你还挺能顺杆儿爬的。快离开这儿吧，我没功夫跟你逗乐子！你回到中央你工作过的部门去办退休手续吧，要骗就骗个大个的，我这儿庙小，容不下你这类的大和尚，快点走吧！我摆了摆手，示意他立即出去。

他依然坐在那儿不动，满脸通红地跟我起急：我原先就是学校人事处的，就是被借调出去工作的，就该回原来单位办理退休手续。

我撵他走，他不肯。我叫人来轰他，他干脆直接躺在地上。

你们谁认识他？我把全处的职员统统喊过来，他们一个个都摇着头说：没见过这老头。

他躺在地上不动，谁也不敢扶他起来，生怕被讹上。

还是报警吧，这老哥们儿不是骗子就是疯子！有人大声建议。

这位自称吴某者说别报警，他从上衣兜里掏出一个红皮小本本，那是他四十年前的工作证。

那证件已废除多年，但确是当年学校颁发的。上面的照片虽有些褪色，却能清晰地辨认出他年轻时的模样。

吴某说出了当时处长的名字，还提到了另外两个同事的姓氏。

老处长早已去世。那两位老同志二十年前也已离休，后随子女离开了本市。几经周折找到他们时，得知均已患上老年痴呆症，连子女都不认识了，谁能记得四十年前短暂相处的年轻小伙子？

沿着吴某提供的线索，人事处查阅了原始档案，并咨询了财务部门。财务部门提供了工资领取记录，四十年的工资一直在发放，始终由其妻子代领。

奇怪！我和许多人对此都觉着匪夷所思。

吴某告诉我，他刚入校人事处报到不久，大概也就一个月的时间，就被抽调到上级某部门下乡调研"人民公社"大食堂问题，回来后又借去搞"四清运动"，随工作组到农村，一年半后结束。他又被另一个文化单位借调去撰写批判材料，接下来又被借调到新成立的一家报社编辑内部情况反映……反正这四十来年他总被借来借去，在一个单位长则一年半载，短则三天五天，工作过的单位和部门究竟有多少，他自己也记不清了。工资一直由原单位发放，至于涨多少，他也从未关心过。

事情确实荒唐,荒唐得令人难以置信。给他办理了退休手续的那年春节,我还特意去家里看望了他。当我问他是否缺米缺油或缺钱缺物时,他摇了摇头。我说你要是缺什么就直接告诉我,他想了想,飞速地眨巴着眼睛,突然冒出了句:缺归属感。我就是一个断了线的风筝,不知那根线到底拽在谁的手里!

上升的星座

一位熟人招呼我出去吃饭,我支支吾吾地拿不定主意。

"别犹犹豫豫啦,整天宅在家里能憋出绿毛,六点半,地址短信发给你。没几个人,随便聊聊,放松放松。"他的口气一半是邀请,一半是命令。

好久没见这么多人了,一走进包房,心里有些紧张,熟人还没到,其他人我一个都不认识,且都是年轻人,姑娘居多。

"大叔,您老走错房间了吧?"一位穿着暴露的女孩冲着我笑。

"也许吧,对不起,"我低头翻看手机,"就是这间呀!"我又说出了熟人的名字。

"没错,您请坐!我们老板马上就到!"另一位姑娘起身让座。

熟人到了,双手抱拳给客人们道了歉,说是路上有两辆车剐蹭,把他堵在了后边:"妈的,真没素质,都上了车险,拍了照把车开走就完了,非他妈占着车道磨磨唧唧讲谁对谁错!"

他招呼客人们坐下,把我介绍给大家,称我是他的"老哥们儿"。又把其他人一一指给我看,他说一个名字,我便重复一遍并点点头,算是认识了。这些孩子的名字听起来全像是假的,因为按照他公司的习惯每位员工都起了一个英文名字。一圈下来，我只记住了一个叫贝贝的姑娘。

贝贝开始称我为"老师"，隆重而庄严；后来改叫"大叔"，亲切又腼腆；等两瓶啤酒灌下去就直接喊我"大哥"了，亲昵且爽朗。喝完第三瓶后，她冲着老板吐了吐舌头，还用手比画了一个"OK"手势，老板问她啥意思，她说那不是"OK"，是喝了"三瓶"的意思，向领导报个数字而已。她开始莫名其妙地兴奋起来，要求与坐在我旁边的一位小伙子换个座位，因为她"觉得大哥特有男人味儿，特有感觉"！

大伙儿起哄把她扶到了我身旁的椅子上坐下，她的醉意使她愈发活泼生动。她目光迷离地盯着我说："大叔，不，大哥。呸，瞧我这张嘴，一激动就不好使了。大哥，你给我看看手相呗。"并把手伸了过来。我摇头笑着告诉她我不会。她撒娇地扭动着身子："咋不会呢？像您这个年龄的熟男都擅长给女孩看手相。您就别害羞了，您就给我看看呗！"她又把手伸到了我的鼻子底下。"别闹了，贝贝，你酒喝高了。"她的老板替我解了围。

"那好吧，不看就不看吧。老板，我没喝高。我可喜欢您这位'老哥们儿'啦，真的，他是男人中的极品！哎，您是天蝎座吧？"她双手托着下巴，一脸的媚笑。

"好像是吧，我是十一月中旬生的。"我笑着答。

"哇塞，怎么样，我说得准吧，我一眼就看出来了。缘分啊，就为这，我敬您一杯。"没等我回应，她自己先端起杯子一仰脖子全灌下去了。"天蝎男，神秘、浪漫、理性、魅力爆棚，跟我是绝配，一见面就来电！"她把空杯子又倒满了酒，并告诉我她的星座。

"你信星座?"我问。

"绝对信!百分之百准!"她的语气十分肯定,还伸手拍了拍我的大腿。

"可你说的那些特点我怎么一点都不具备?"

"装,您就装吧!这正是天蝎男的特点,假装谦虚低调,冷漠麻木,其实内心早就开了锅,您不想懂我吗?"她提高了嗓门,桌上的人一下子安静了下来。

"不!"我尴尬地贴着她的耳边小声说。

"哼,接着装!难道我不性感吗?"她摇摆着站起来,做了几个肢体造型。

"快坐下吧,别再喝了。"有同事上前把她按到座位上。

"如果您觉得我不性感,那说明您老了,没性欲了。"她又冲我回敬了一句。

我的窘态暴露无遗。她的老板呵斥她闭嘴。我面部僵硬地笑着劝他不必认真。

她把脑袋趴在桌子上,安静了几分钟。又抬起头来问我:"您的上升星座是什么?"

"什么叫上升星座?"

"连这您都不懂?您告诉我您的出生年月和生日时辰。"她皱着眉头追问。

我随口回答了她。她拿出手机查找了一番,大叫一声:"我靠!我就说嘛,您的上升星座是巨蟹啊!这就对了,再说,您都快六十岁了,这我可没看出来,您也太会长了,这么显年轻。若按年龄算,您现在已经不是天蝎座,已经变成巨蟹了。所以嘛,您对我没感觉,巨蟹太恋家了,我说得对吧?"

"你确实说得对,真准!我很恋家,晚上散步离家超过一百米就开始想家了。"我说完,大伙哈哈大笑。

"靠!没戏,我又没戏了。咱俩星座不配,浪费了本公主这么多珍贵的感情。"她边说边站起来,摇摇晃晃地往外走,说是去洗手间吐一会儿。

·信梦的人·

她提出与我分手，原因是她做了个梦。

我以为是开玩笑，还捏了捏她的鼻子，她歪着脑袋躲了躲。

开始时她并没有提做梦的事，只是说你是个好人，但我俩在一起不合适。说话的口吻怪怪的，羞涩而正经，不像从前那么朗朗的。头一天我们还黏在一起，从早到晚，她离开我宿舍时已经快夜里十二点了。

"不，这玩笑太无趣了，到底为什么？跟我说实话，昨天我们还商量婚礼的事呢，怎么会突然变卦呢？"事先没有丝毫迹象，我承认自己缺少心理准备。

她说对不起，我信命。

"有人给你算过？那都是骗人的。"

"不，我昨晚做了个可怕的梦。"

"梦？"

"嗯！"她使劲地点点头，用脚踢了下路边的一块小石头。

"哈哈，你太能扯了。一个破梦你也当真？"

"当真！我可信了。"她仰着头，盯着我的目光里透露了几分恐惧。

"梦见啥了，你讲给我听听。"

"不，我不想重述那个可怕的梦境。"她又低下了头。

"梦是反的。如果梦见棺材就能升官发财，不是要死人的。我当初就是梦见自己被一条蛇缠住脖子，吓得我一身冷汗，半夜惊醒，第二天一出门就遇上了美女，就是你！"

"你不是说不信梦吗？"她面无表情地反问我。

"逗你玩的，我不信。你也别神经兮兮，那没准儿。"

她还是摇摇头，态度越来越坚决。

我拉着她到路边绿化带的一个长椅上坐下，从包里掏出一颗红红的水蜜桃，送给她。

"一人一半，要是梨就好了，分梨就是分离。"她又把大桃塞给我。

我把熟透的桃子一掰两半，双手背在身后，逗她选左右。

她不选，只是摇头和叹气。

我尴尬地随便递给她半个桃子，她伸手接了并咬了一口。"啊，"她突然尖叫一声跳了起来，把桃子扔到地上，嘴里不停地呸、呸、呸，"虫子，桃子里有虫子！肉肉的，太恶心了。"

我拣起桃子仔细检查，在核心处确实盘缩着一条乳黄色的果虫。我用指尖碰碰，它缓缓地蠕动着。

她哭了，不再听我磨磨唧唧地哄劝了。她说我们缘分尽了，这都是命。她用纸巾使劲地擤着鼻涕，红肿着眼睛跟我说拜拜。

这光鲜的桃子里面咋就生了虫子呢？我从外表一点都没看出来。

我真舍不得她。她漂亮、性感而伶俐，我忘不了她的脸、她的胸、她的臀、她的腿，还有她的唇。

在此后的日子里，她偶尔会给我打电话，主要是讲她的梦，以及梦醒之后新的决定。十年间，她至少调整过五个工作单位，换了三任老公，搬过七次家，还有数不清的发型、服装款式和面部整容手术，而这些都与她的梦境有关，梦引导着她走向未来。

上个月，我在接到她的电话之后立即换了号码。说实话，这些年我每次听到她的声音心里就咯噔一下，眼前浮现出蜜桃里虫子蠕动的情景，嘴和胃里则泛起一股难耐的滋味。这次她在电话中说，要与我重归于好，共度余生，不达目的，誓不罢休。因为有仙人于梦中为她指点迷津，这一切都是命中注定。我咆哮着挂了电话，立即着手准备带着妻子和七岁的儿子移民国外，目前一切进展顺利。

·你们为什么不笑？·

主持人在课前介绍他时是这么说的："今天，我们十分荣幸地邀请到了著名社会学家江岸教授。江教授在国内学界享有崇高的声望并在国际同行中深得尊重。他不仅著作等身，且口才超众，演讲授课深刻生动、诙谐机智、幽默风趣，深受学生推崇和追捧，课堂上掌声笑声不断，听他的课简直就是一场欢乐的思想盛宴！噢，江教授年轻潇洒，你们猜他今年多大年纪了？猜不出吧？那我告诉你们，很多人都认为他今年快六十岁了，其实，江教授已经过完了八十大寿！奇迹吧？好，我就不多啰唆了，我要把宝贵的时间留给我们期待已久大名鼎鼎的江教授，掌声欢迎江教授为我们讲课！"

江教授在掌声中缓缓地从椅子上站起来，向听众们微微鞠了鞠身子，便把话筒从讲台的支架上取下攥到手里，走到了讲桌前面，他说："谢谢主持人。俗话说：'货好看广告，人好看讣告。'我人还活着，主持人就如此表扬我，让我心惊肉跳，有一种来日无多的感觉。我也是'80后'，八十多岁了嘛！但我有一颗像'80后'一样年轻的心。我不习惯于坐着讲课，多年来我一直站着，不，准确地说是走着为同学们上课。两个小时也好，三个小时也好，我都是走动着讲课，边走边讲，边讲边走！怎么没有掌声呢？此处应该有掌声啊！

"好吧,没掌声就没掌声吧,先听讲,后鼓掌嘛!好,现在我们就进入主题,我今天讲三个大问题,跟同志们一起探讨。

"第一个问题,对,题目在屏幕上已显示出来了。我就不重复了。怎么回事儿?同志们,这没有什么好记笔记的,你们只要支棱起耳朵听就可以了,没必要在本子上写,我会把课件留给你们。好,请放下笔,抬起头,听我慢慢道来。别记了,行吗?我不是你们的上司、领导,用不着装样子给我看嘛!怎么不笑呢?能不能把面部肌肉放松一下,老这么绷着不累吗?这是在听课,不是参加葬礼!还是不笑,这话没意思是吧,我在别处讲课,说到这儿早就有了笑声。刚才主持人不是说了么,在我的课堂上从始至终掌声笑声不绝于耳。当然,这种说法有些夸张的成分,如果从头到尾笑声掌声不断,那我还讲什么课?你们不觉得好笑?这句话也不可笑?好吧,你们是官员,我了解,但官员也不能如此面无表情,你的下属、你的家人、你的同事如何与你相处?平时都严肃惯了,已经不会笑了吧……

"好,我现在讲第二个问题。唉,这个问题与你们的日常生活和实际工作联系紧密。我会举出许多身边的案例。我知道各位平时接触抽象理论较少,刚才我讲的第一个问题主要是学理层面的,大家可能比较陌生,但接下来我说的,一定会引起同志们的共鸣,所以大家不要老是绷着面孔、端着架子,应该结合我所讲授的内容特别是实际案例,开动你们的脑筋,打开你们的思路,我能从你们的目光和表情中判断出各位是否在听、在想、在思考……这个笑话多精彩啊,我每次讲到这个段子,全场会笑声一片,你们却一点反应都没有。难道你们的笑点太高了?笑话听多了?不足为奇了?哎呀,妈呀,愁死我了,你们的官职也没那么高,怎么就没有一丝笑意呢?……如果你们再不笑,我就挨个儿咯吱你们了,从前排左边第一位开始!噢,不行,是位女同志我下不了手……下面这个笑话最可笑了,你们配合一下……怎么还是没笑声。这个笑话死人听了都会笑活的……算了,笑不笑随你们吧。

"好,接下来我讲第三个问题,也是今天最后一个问题了。唉,要不咱们提前下课吧,我看你们听得很疲惫,第三个问题咱就不讲了,怎么样?噢,还不行,有课时要求。那我只能硬着头皮讲下去了……你们能不能给我点面子笑一笑呢?就笑几声,一声也行。我这辈子还从未遇到过这种尴尬的场面,不笑是吧?我已经活了八十岁了,还真没遇到过这种情况。你们随便笑一笑,我保证你们丢不了官位子。不至于吧,权力难道能让人丧失基本的笑的能力?太可怕了,也太可悲了!……这句话也不值得笑?班长带头笑笑,就算敬老爱老,给我老朽点安慰吧,唉,太失败了!……谁也抵挡不住这句妙语的,在我的教学生涯中,这个笑话场场都能引起热烈反响,而你们却无动于衷……

"时间终于到了,我的妈呀,满头大汗我总算把这三个问题讲完了。不管你们笑不笑,我的任务算是完成了。下课!"

江教授匆匆收拾好夹子,走下讲台时没有注意到脚底下的台阶,他摔倒了,一位八十岁的老教授当着听众的面,栽倒了。他挣扎着爬起来，却力不从心。老头儿顺势翻过身仰躺在那里，嘴里抱怨道："我今天算是彻底栽了，真疼啊！"

　　一个尖亮的笑声、两个笑声、三五个笑声，然后便连成了一片，老头儿双目紧闭躺在地板上，被笑声掩埋了。

爱干净的人

蔡姐出差像搬家,大大小小的箱子堆在一起能装满一卡车。

蔡姐满嘴粗话,比男人野,比警察横,却不吃有馅的食品和带叶的菜。

只要你跟她一起出差就必须分担她的行李并听她高声大气的吆喝,否则你就会挨她的骂。你若想跟她吵几句,那你可就惹上大麻烦了,因为她吵架上瘾,骂人又是她的强项,一张嘴个把钟头都不带缓口气的。

熟人评价说,蔡姐性子直,是个爽快人,敢说又敢做。只是干净得过了头,属于彻头彻尾的洁癖。

蔡姐箱子里东西几乎应有尽有,取之不尽。每每入住酒店(一般都是五星级),房间一打开,她便穿上"防毒服",像搞装修一样地打扫卫生。首先,换掉床单、被单、枕巾、窗帘,重新在地板或地毯上铺上一层防尘布单,再让服务生把洗手间里的所有洗漱用品统统收走,浴缸用开水洗刷三遍后贴上随身携带的塑料薄膜……窗台和茶几上摆满了银杏、活性炭包、切开的菠萝、水芹菜、花椒、大料等,用以吸纳空气中的毒素,接下来她会敞开盖子煮上一大砂锅各式草药驱赶躲藏在房间各个角落里的细菌……如果住店里的其他房客胆敢对她制造的各类噪音和异味提出抗议的话，她便回以破口大骂和暴跳咆哮。

长期坚持不懈的无微不至的自我呵护与保养，使蔡姐确实显得比同龄人更年轻健康，脸上气色红润，皮肤白皙细嫩。她没生过孩子，据说是嫌男人脏，结婚没两天就离了。

蔡姐去年住进了医院，住了六个多月。那是一次偶然的事故，她在搬运箱子时被绊了一跤，从楼梯上滚了下来，差一点摔断了脖子。酒店方面承担了她的医药费，还给了一笔赔偿金，但她终日骂骂咧咧，主要是骂医院的病房不干净，存心要害死她。

如今蔡姐独居于家中，每天坐在轮椅上不停地打扫卫生。同事们想去看她又总遭到拒绝，只好偶尔给她打个电话问候一下，在电话里却又听不清她在说些什么，因为她接打电话时总要在话筒上套一层塑料套，以防病毒感染。

外国话

"人怕激励猪怕喂",这话说得有道理。猪越喂越肥,人越夸越好。小时候上学时,老师一句不经意的表扬说不定能鼓励你一辈子,我就遇到了这种事儿。

念初一那会儿,新开了门英语课。女老师是从县城里派到镇上的,二十多岁,穿戴跟乡下人不一样,洋气鲜艳,白净又水灵。

初次接触外国话,同学们一开始都张不开嘴。说惯了家乡方言,连讲普通话都很费劲,又要学一种怪里怪气的外国腔调,孩子们既感到新鲜,又觉得腼腆。女老师好像也不大自信,刚开口脸就红了。她的英语据说是跟收音机学的,发音很标准,有朗诵腔儿,偶尔会夹杂一些零碎杂音——像是收音机波段调得不太好。

头一堂课,老师就用英语问候我们。同时教我们以后每节课都要用英语说"老师好"作为回答。开始时我们谁也不肯先张嘴,在她好言相劝和恶语相加的反复哄诱和恐吓下,我们终于七嘴八舌地吼了出来,有调皮的同学趁机"汪汪汪""喵喵喵""呱呱呱""勾勾勾"地学起了狗猫鸭鸡的叫声,逗得大伙儿哄堂大笑,气得女老师脸红到了脖子,还甩出粉笔头和黑板擦警告那几个捣蛋鬼。

最先带头张嘴学英语的是班上的罗姓同学，个子很高，其父驼背，外号叫"罗锅儿"，他也沾了父亲的光，我们也喊他"罗锅儿"。罗同学是个留级生，学习成绩较差，语、数、理每次考试都是班里倒数的，属于拖班级后腿的那种，上课从不举手发言。说起来很奇怪，不知他是真有外语天赋，还是因为早熟对城里来的女老师有了某种隐秘的幻想，反正在第一次英语课上他突然变得很认真，第一个跟着老师大声说起了英语，音量比喊口号还震耳。老师不仅当场表扬夸奖了他，下课前还正式任命他为英语课代表，号召所有同学都向他学习。

"罗锅儿"从此喜欢上了外语，且达到了痴迷的程度。每天不干别的，只学外语。早晨校园小树林里，他一个人的吼喊声盖过了一切，各种鸟儿统统消失了，连那两棵老槐树上久居的乌鸦都搬了家。与同学们见面他并不打招呼，只是半闭着眼睛，嘴里发出一连串叽里咕噜的怪声。初中三年，他的英语成绩一直在班里名列前茅。考高中时，"罗锅儿"悲惨地落榜了。这是情理之中的事情，因为从考试分数看，他除了英语得了高分外，其他科目近乎零。

虽然他早早离开了学校，但对外语学习的热情丝毫未减，甚至与日俱增。不论种地还是养猪，"罗锅儿"（后来随着年纪的增加，他也同他的父亲一样驼了背）一直坚持学外语，而且不仅学英语，还学了德、法、日、俄、意、韩、西班牙、乌尔都、波斯、希腊、土耳其以及许许多多鲜为人知的小语种，据他自己说，他会说一百多种语言。当然，这只是他自己说的，没有人真正统计核实过。即使他会说这么多种，也仅限于"你好"和"再见"而已。

如今"罗锅儿"早已过了而立之年,在乡下专门替人杀猪。农闲时也会买几头猪自己宰杀后到市集上去零售。凡是到他摊前买肉的人,必须得忍受他用各种语言向你打招呼,如果客人向他竖起大拇指夸奖一两句,他便拉着你再免费送你几句你永远也听不懂的"你好"。假若你骂他一句"神经病",他也回赠一句外国话,口气像是骂人,其实不见得。

书的旅行

我把朋友新出的一本汉语小说推荐给了一位英语翻译,她是美国人。她十分喜欢这部小说,两个月就翻译完毕并分别与英国、澳大利亚和加拿大三家出版社谈妥了条件,又过了两个月,三个国家同时出版了这本小说。

朋友很高兴,虽然他在中国已有些名气,但小说能走出国门,一夜之间在三个英语国家同时出版还是一件令人兴奋的事情。尽管他表面上装作不大在意,但内心的喜悦难以掩饰。他非常好奇汉语转译为英语之后小说会变成什么样子,多次这么问我。我知道他的真实想法,他是担心小说的翻译质量。我向他保证英语译本的水平绝对一流,译文完全忠实于中文原著,请他一百个放心。除了汉语,朋友对其他语言一窍不通,他笑着跟我说,咱做一次游戏如何?你找一个懂英语的中国人,让他把英文再译回中文。前提是这位译者要从未读过我的小说,也不准参考我的中文原作,纯粹从文本到文本,由英语到汉语,咱试试看,是不是挺有意思?

好啊,只要你肯出钱,这事儿好办!于是我就找到了一位正在读大学英文专业的学生,请他完成这项任务。他根本没听说过我朋友的名字,更没接触过他的作品。年轻人手头快,精力充沛,一个暑假就交了稿。

我和作家朋友一起阅读了从英语重新翻译为汉语的小说，不时地对照原著的相应段落，时而仰面大笑，时而拍腿叫绝，时而击掌高呼。书名与原著完全一样，整个故事情节基本相同，细节略有些微差异。文字变化最大，几乎找不到与原著一字不差的完整一段甚至一句长话。说明中文译者——那位大三的小伙子的的确确没有读过我朋友的作品。

我们边读边笑，边读边议，一致认为，这是一个非常有趣的游戏。虽然朋友对许多词语句子表示了不满，但他总体感觉，通过重译的中文判断，从英语转换过来的汉语忠实于原先的文字，有原著的基因和底色，是值得肯定的。"而且，"他甚至认为，"经过翻译的小说比我原先写得好！"

"真的，有些句子比我用词更准确，更有弹性和活力！"

接下来的几年间，因我朋友的英文本销量不错，在海外读者中产生了一定的影响，于是不断地译成日语、法语、德语、西班牙语、俄语、葡萄牙语、意大利语、希伯来语、意第绪语、波斯语、阿拉伯语、阿塞拜疆语、亚美尼亚语、乌克兰语、格鲁吉亚语、蒙古语、越南语、韩语、乌尔都语等几十种文字，但这些版本均不是从汉语直接翻译的，而是从英语、俄语、法语等版本转译而成的，有的不知经过了几次转译"勾兑"才成了现在的语种。

偏偏有好事者喜欢用船把驴引进贵州。有一位在塞尔维亚留学的中国孩子闲着无聊，心怀对母语的崇敬之情，耗时半年，把在当地出版的这本封面上标明为中国作者的小说再一次翻成了汉语，并自费装帧成册，几经辗转到了我的手里。

我不假思索地把书转给了那位作家朋友。

大概过了两个星期，作者约我见了面。他说那本书他看了，问我这本书是谁写的。未等我回答，他便把那本书啪的一声摔到了地板上，他气愤地向我声明："这种垃圾书我绝对不推荐，你以后别再给我添乱啦！这是什么破玩意儿，故事不完整，情节前后矛盾，结构混乱，语言陈词滥调，没有一点点可出版的价值。这个作者应该去淘马桶、扫马路，不要既败坏文学又浪费生命。"

"这，这本书不是你写的吗？"我把书从地上捡起来，随便翻了几页，然后指着封面上的作者给他看。

"这哪里是我的名字？"他生气地反问道。

"你念念，多念几遍，这名字好像与你的名字谐音呢！"

……

为了这件事儿，我这位多年的好友与我翻了脸，他扬言要与我打官司，追讨他的著作权和名誉权。这可是个无厘头的"乱麻"诉讼，涉及多种语言及译者，"既然你不承认是你写的，你又打哪门子官司呢？"我得想办法说服他。

"要不是我的原著，你又为啥说是我的译本呢？"他瞪着眼睛噎我。

"实在不成的话，咱做个文学 DNA 测试如何？"

"废话！咋测试？模样一点不像，根本用不着测试，谁能看出来是我的文笔？"

"那不得啦！还打啥官司？"

"那……"

我俩和解了。我终于避免了一场法律上的纠纷。

见见世面

林王不负众望,时刻牢记大仙的预言和父母的嘱托,对自己高标准、严要求,处处以身作则,坐有坐姿、站有站相,说话拿腔拿调,走路四平八稳。小学还没毕业,就俨然一副大干部模样,心安理得地接受老师和长辈的夸奖。偶尔有同学嘲笑,他会不屑地回敬一句:"小小麻雀安知鸿鹄之志!"

见见世面

同事林王出身于干部家庭，其父曾经当过村主任。

"别把村主任不当干部，我爹管过二百多号村民呢！"林王是个认真的人，任何场所都不开玩笑，他说这话时相当严肃，没有一丝调侃的意思。在个人的履历表上，他也是这么填写的——"干部家庭出身"。

林王信奉的处世哲学概括起来只有一条：当官要有背景，升迁仰仗贵人。他说小时候父母花钱请大仙给他看过相算过命，称他气度出众，有帝王之相，前途不可限量。父亲从此将这个鼻涕长流的不起眼的小破孩儿视若神明，倍加呵护，当即为儿子取了名字叫林王，并利用一村之长的权力，托小学校长替儿子谋了个班长的位子，为儿子将来的长远发展开了个好头。林王不负众望，时刻牢记大仙的预言和父母的嘱托，对自己高标准、严要求，处处以身作则，坐有坐姿、站有站相，说话拿腔拿调，走路四平八稳。小学还没毕业，就俨然一副大干部模样，心安理得地接受老师和长辈的夸奖。偶尔有同学嘲笑，他会不屑地回敬一句："小小麻雀安知鸿鹄之志！"

如今的林王已年届半百，在一家机关办的内部刊物做主编，级别相当于正处。虽然未能达到他童年时那位算命大师预言的高度，但也远远地超越了父亲当年的职级。林主编（名片上注明正处级）对此并不气馁，他认为自己"比上不足比下有余"，且自信未来一定会有奇迹发生。他能罗列若干个大人物大器晚成的实例，比如说某某五十二岁时才任处长，后来一跃成为正国级首长等等。另外，他有时也会抱怨，后悔当初选择了水产专科学校读书，这有悖于他的姓氏，若当初考取林业学校，他十有八九早成了"林中之王"。所以，他几经周折谋到职位的这个内部刊物就是关于森林防护的。如果没有这些年他结识的各级领导提携帮忙，光凭他个人的能力，这个主编的位置肯定与他扯不上半毛钱的关系。

林主编认识官员之多数不胜数，其中的多数属于他的同乡。每次聚会归来，他都把有幸见到的高官们如数家珍地讲给下属们听，大家都因为他拥有如此高不可攀深不可测的雄厚背景而对他怕三分、敬三分、让三分。这一共才几分？

有一次，林王要带我去吃顿晚饭。说有一位大领导要出席，让我见见世面开开眼界。我生性怯弱，死活不肯。他怒了，骂我"狗尿苔（一种苔藓植物）上不了餐桌"！狗尿苔就是狗尿苔，反正我就是不适应那种场合，我还是摇头。他最后改变了态度，说是算求我帮他个忙，因为那位领导与我属于同一个省份，我去了显得更亲切。我答应了。

那位坐在主座上的领导才四十多岁，官派十足，整个晚上几乎他一人包场，滔滔不绝，讲的话比吃的饭喝的酒多。聊起来许多举国皆知的大人物的名字，感觉他整天与那些我等根本就不敢直呼其名的伟人们吃住在一起，各类大事他无所不知。当林主编战战兢兢地介绍说我是他的小老乡时，他的眼皮半耷拉着微微向我扫了一下,冲着大伙儿说:"噢,你那个省的领导我很熟,都是哥们儿。去年调到北京的那个某某,原来就是你们的书记。昨天晚上还请我喝了顿酒,他酒量好,我陪不了他。三年前我在他那儿挂职,成天泡在一块儿,双休日没事了就跑他家去蹭饭。他那个秘书姓啥来着,跟我年纪差不多。你看你看,我这人只记领导的名字,忘了秘书姓啥,这脑子一喝酒就忘事。那秘书姓啥来着,就在嘴边?"

"姓赵。"我斗胆地插了句嘴。

"是吗?对、对、对,是姓赵,赵秘书。"他的眼皮终于全睁开了,盯着我问,"你认识他?"

"您知道我姓什么吗?"我狠狠地盯着他。

"您是?"他语气含糊了,语调也变了。

"我姓赵,我就是他的秘书!"我浑身充满了力量,完全不顾林主编用脚在桌子底下踢我。

"您是某书记的秘书,什么时候的事儿?"他小心翼翼地看着我。

"过去是,现在也是!"我进一步提高了嗓门。

"哟、哟、哟,我有眼无珠,得罪得罪,我一时没认出来,抱歉抱歉,罪过罪过!"他起身向我抱拳作揖。

"我从来就没见过你,你怎么会记得我!"我把杯子往桌子上使劲一顿。

他再一次慌慌张张地站起来,碰翻了菜碟和茶杯:"哟、哟,真对不起,弄了一身,我去洗手间洗洗。"老林想陪他一起去,被他客气地劝住了。这哥们儿再也没从"洗手间"里回来，直到我们散席。

老林骂我胆子大，竟敢冒充首长秘书，万一他真是大官咋办？我告诉他，两个骗子相遇，胆子大的一定胜。从此后老林再也不在同事面前炫耀他的深厚背景了，也再没带我去外面见见世面。

无语的荣耀

他身体歪斜着坐在轮椅上,被孙子推到了舞台中央,追光灯随即亮起,聚焦在祖孙二人身上。台下同时爆发出震耳欲聋的掌声和事先录制完成的欢呼声。嘉宾和观众全体起立,以热烈鼓掌的方式向台上强光照射下的这位百岁老人致敬:老人一动不动地呆笑着,他的孙子紧挨着他,挥手向大家致意。

掌声经久不息,女主持人示意了三次,观众们才坐下。主持人被这开场的气氛感动得热泪盈眶,以至于开头的几句话明显地带着浓浓的鼻音和哭腔。

她说,坐在我们面前的这位长者,让我想起了已离世多年的祖父,我小时候,他总是格外溺爱我,不仅给我好吃的,还把我抱在膝盖上给我讲那动人的故事和美丽的传说,我甚至会调皮地抠出他的假牙去挖花盆里的土……说到这里,她噗的一声笑了,竟鼓起了一个不大不小的鼻涕泡。观众起哄地笑着,她满脸羞红,赶紧掏出面巾纸擦了擦鼻子,连声说,对不起,不好意思,我太激动了。然后,又从口袋里掏出了两张扑克牌大小的卡片,看了一眼,向观众介绍说:"坐在舞台中间的这位长者,是一位值得我们无限尊敬和永远铭记的大师,他是文化天空下的一颗璀璨夺目的明星,犹如北极星一样指引着我们前行的路。"她又低头瞄了一眼手上的提示卡片,"他几乎代表了我们先进文化的前进方向,他对我们民族的贡献比山高,比水长。"耀眼灯光下的老人发出"嗷嗷"声,怪异而尖亮。他的孙子用手轻轻地推了几下他的肩膀,老人安静了下来。

女主持人接着说,今天我们在大师百岁诞辰之际,在这里隆重举行庆祝仪式并向他颁发终身成就奖,以表达我们对他的仰慕之情和真诚的敬意……现在,有请全国科学、哲学、文学、艺术终身成就奖评奖委员会主席万先生宣读授奖辞,大家鼓掌欢迎!

万主席在掌声中走到台上,先向老者深深地鞠躬,再慢慢地移步至话筒前,从怀里掏出一张打印稿,戴上老花镜,用混合着江浙、岭南和胶东等多地口音的普通话宣读了授奖致辞。观众们交头接耳,相互求证,试图搞清主席先生到底说了什么。经多人解读,大体弄懂了他讲话的主要内容,大意是:某某大师在其八十余年的学术苦旅上,筚路蓝缕(听起来是男女),以启山林。逢山开路,遇水架桥。上下求索,不屈不挠。战天斗地,可歌可泣。继往圣之绝学,树后生之楷模。愚公精神,永放光芒……

在主席宣读授奖辞的短短几分钟内,老人的嘴巴不时发出各种怪声,引发了场内观众的几次嬉笑。接下来,有两位穿戴靓丽的礼仪小姐向大师献花。当鲜花被放到老人怀里时,他惊愕地用手推挡,把花束扔到了舞台上,口中又发出一阵刺耳的怪叫。

颁奖典礼的最后一个环节,是请大师发表获奖感言。女主持人将话筒递给大师,老人受了惊吓似的尽量把身子紧紧地靠在他孙子胳臂上。他那已是中年模样的孙子，慢慢掰开祖父紧抓轮椅扶手的左手，在他的手掌上反复写着一个"讲"字，又把话筒递到了他的嘴边。老人终于张开了嘴巴，大声喊道："我有罪！我该死！请不要再骂我了！"

全场的气氛突然紧张，出现了短暂的沉寂。

"对不起，请允许我代表我爷爷讲几句话。"那位中年男子，从老人手里拿过话筒，向观众席鞠躬致谢，又向女主持人点了点头。

"是这样的，我爷爷早已双目失明，两耳也完全听不见声音了。八年前，他借助于助听器还能断断续续地听到一点外界的声响，现在他完全生活在一个黑暗无声的世界。在他耳聪目明的年代里，他看到和听到的几乎全是对他的辱骂与诅咒，他接受了一场又一场批斗与清算。他曾经为自己变得又聋又瞎而感到庆幸，只是觉得自己活得太长了，认为这是上帝对他的惩罚。我记得十年前，当记者执意采访他时，告诉他——您的文集出版了。他十分惶恐地回答说：'同志，您认错人了！我是个文盲，从来没写过东西！'所以，今天的颁奖典礼和对他的赞扬与表彰只是主办者的自我安慰和自娱自乐而已，我替他谢谢各位……"

老人的喉咙里又发出了一连串的怪声，刺耳又瘆人。

聚光灯突然熄灭了，会场内顿时闹闹哄哄……

领舞者

你发现了没有,在小区广场上跳舞的大妈们舞蹈水平并不完全一样,总有几位表现得很专业,尤其是领舞的那位。其形体、舞姿、节奏、韵律和气质、风度明显胜人一筹,就像是受过专门训练一样。

如果你有兴趣,等散了场跟她聊聊,她会告诉你,你的判断相当正确。她们十有八九是从小就接受过系统的专业教育和培养,对她们来说,跳舞不仅仅是锻炼锻炼身体,不是退休后一时心血来潮重新学起,而是多年梦想的降格实现。

我家门口广场上就有这么一群跳舞的大妈,其中站在前排的那几位老太太跳得相当有感觉。我曾经跟其中一位聊过,才得出上述结论。

"这位大姐,您跳得真棒,跟舞蹈家一个水准,您以前是哪个歌舞团的主角儿?"

她用面巾纸轻轻地在额头上擦了擦:"瞧您说的,我要是舞蹈家还能在这个破地方跳啊?"

"那您以前是?"

"当警察的,站在马路中央指挥来往车辆的,吃了一辈子尘土尾气。"

"是吗!看起来可真不像,您那形体、姿态、气质一看就有艺术范儿。"

"这您也看出来了？不瞒您说，我小时候学过舞蹈，从小学到初中还参加过市少年宫的舞蹈团呢！不是吹牛，我还在大型音乐史诗《东方红》里当过小舞蹈演员呢，毛主席、周总理、朱老总都看过我们的演出。就是演员人数太多，观众记不住我们。"

"噢，您太了不起啦！后来呢？"

"后来初中毕业就被招去当交通警察了呗！"她的神情有点落寞。

"学舞蹈怎么当警察了呢，这跨度也太大了。"我替她惋惜。

"这您就不懂了，学跳舞和当交通警察是相通的，没什么跨度。"

"啊，为什么呀？"

"跳舞培养的是形体、节奏、韵律，要学会用肢体动作表达情感，交通警察站在岗台上要眼观六路，耳听八方，用手势指挥车辆和行人，站有站姿、走有走相，每一个动作要干净利索、准确无误，学舞蹈的特别适合当十字路口的交通警察。我那茬少年宫舞蹈团中的大多数后来都当了警察。"

"您说的也对，那您当初学舞蹈就是为了站马路当警察？"

"那可不是，我当然想当专业的舞蹈家啦！谁不想呢？人人都想站在舞台的正中央，追光灯照着，全场的观众只看你一个人尽情地跳，然后就是长时间热烈的掌声。那是百里挑一呀，可没那么容易！"她挺不屑地瞅了我一眼。

"还是挺可惜的,您的条件这么好!"

"没什么可惜的。我女儿当初也学舞蹈,前后学了十几年,现在也当警察。奥运会那年,她还在开幕式上跳过呢!"

"噢,是嘛?现在她遗憾吗?"

"您这人可真没劲,有什么好遗憾的呢?人不一定爱好什么非得干什么,您看那边树底下围在一起下棋的老头儿,听说有好几位当年是少年围棋学校毕业的,还获过什么大奖呢,也没靠下棋吃饭不是?"

"您说得对,大姐。我年轻时就打过专业围棋比赛,正准备找他们下棋呢!"我朝那棵大梧桐树的方向指了指。

"哎呀,我没工夫跟您闲扯了,我外孙女的课外舞蹈班快下课了,我得赶紧去接她。您说的也是,这孩子非得学舞蹈,说长大要当什么舞星,一个月光交学费就3 000多块,净吃饱了撑的。赶明儿学成了接我的班儿,在广场上领领舞,倒也不错,后继有人嘛!"她边说边走,我仔细打量着她的背影,走路一颠一颠的,确实与众不同。

我原地犹豫了一会儿,打算回去跟老伴说说,我那小孙子一直嚷嚷着长大了要当警察,我是不是也让他先报个舞蹈班呢?

二舅的权利

多年没去看望乡下的二舅了,母亲为这事儿唠叨过好几回了,虽然没有直接骂我,但从她的话里话外还是能听出她对我的各种失望。

"小时候,你二舅最疼你了。上树替你掏鸟蛋,把脚脖子都摔断了,到今天走道还不利索呢!"

"上小学那会儿,有一回赶上下大雨,你二舅去学校背你回来,蹚水过河差一点把自个儿淹死!"

"你进城读高中,你二舅省吃俭用把娶媳妇的钱拿出一半儿,供你上学,唉,可苦了他了,眼睁睁地看着快进门的新媳妇跟人跑了。"

"你二舅前年得了场大病,在市里的大医院做了手术,肠子给割掉了三尺半,他说你忙,不让我告诉你。唉,亲外甥有啥用呢?"

"这些年乡下的日子也不好过啊,没个好吃好喝,也没个好穿好用,你二舅身体又差,那几亩地就够他招架的……"

"你表弟常年在外地打工,过年过节也不怎么回来,抱养的就是抱养的,跟亲生的差远了。不知今年春节你二舅家杀没杀猪,有肉吃没……"

经不住妈妈的反复唠叨,更不愿成为她老人家眼里忘恩负义的不肖外甥,我过年前特意请了两天假,专程回了趟老家,去看望我多年不见的亲二舅。

正如妈妈所说,二舅的腿当年为我掏鸟蛋摔折过,出来迎我时走路有些跛。他手里握着一把铁锹,正收拾鸡圈里的粪肥。

"你小子把二舅忘了吧,好几年没见啦!"二舅放下铁锹,顺手接过我手里提着的豆油、鱼肉等年货,高兴地嗔怪说,"来就来呗,还花这些钱。今年家里啥都不缺,米、面、油齐全着呢!"

"二舅,你咋只戴一只棉手套?那只呢,丢了?"我见他手上的那只手套崭新的。

"没丢,没丢,开春再戴另一只!"二舅嘿嘿地笑着。

"来,快进屋。你看,这是村东头王大下巴三儿子前天给的油,鲁花花生油,一桶十斤呢!够吃大半年了……"

"来、来、来,你再看,这是张二猛昨天扛来的一袋白面,听说包饺子、烙油饼可筋道啦!"

"你再看看这大块羊肉,多肥呀,炖萝卜够全家吃好几顿……"

"你瞅瞅,这是啥?东北高级大米,锅里一蒸,没牙的人都能吃两碗,这也是人家送上门的。"

"我就说嘛,今年春节咱是要啥有啥,用不着你花钱破费……"

二舅一脸知足的笑意。

"二舅,我妈可惦记你了,就怕你吃不饱穿不暖,非逼着我扛着年货来看你。二百多里的路呀,二舅,汽车又挤,累死你外甥啦!"我趁机自我表扬一番。

"今年你不用来,明年后年你要来。"二舅认真地说。

"为什么?"我不解地问。

"你等等,有人找呢,"二舅打断我的话,起身往屋外走。

"哎呀,白二叔,没出去走走?正好在家,我大哥让我来给您拜个早年……"一个年轻小伙子跟着二舅进了堂屋。

"这不好吧,这个我不能收。再说了,一个庄稼汉穿哪门子皮鞋啊。"二舅的大嗓门能传出二里地。

"小点声,白二叔,就是点心意。没别的意思,这鞋子好啊,上等牛皮做的,市里的名牌货。另一只等那个事儿完了以后再送来,您放心吧!"年轻人贴着二舅的耳朵又小声嘀咕了几句。我在屋里咳嗽了两声。

"哦,家里有客人,那我不耽误了。记住了,白二叔,等过了正月十五我大哥亲自过来给您拜晚年,他这些日子可忙了。不送,不送。"小伙子连蹦带跳地跑了。

二舅手里拎了只锃亮闪眼的新皮鞋在我眼前晃了晃,说:"你看,又有人给我送礼了!"

我说:"怎么就一只?"

舅说:"另一只等投了票再给!"

"怎么个意思?"我真有点看不懂。

二舅说:"我不是告诉你了嘛,今年过年啥都不缺,吃的喝的穿的戴的一样不少。你看这米、面、油、盐,还有这手套、皮鞋,都是人送的。这不是嘛,咱村上要换届选新村主任

101

了,想当村主任就得拉选票,这一拉票就得挨家挨户给点好处,我也有一票。棉手套和皮鞋都先给一只,等投了他的票,他再送另一只,怕咱收了东西占了便宜不投他票……"

"上面让这么做吗?"我心里犯上了嘀咕。

"不让又咋样,不都这么干吗?"二舅笑着叹了口气。

"那您打算投票给谁?"

"谁送的礼大就投谁呗。"

"那别人送的东西咋办?"

"到时候他们来要就还给他们,不要就吃了喝了。"

"你倒想得开!"

"有啥想不开的,人家送来了,你要是不收下,就等于说不同意人家当村主任,那不是得罪人嘛!"

二舅又用手指了指堵在墙角的那几袋米和面还有两桶油说,今年过年不愁啦!

临别时,我从口袋里掏出了一千块钱,让他随便买点什么,贴补贴补家用。

二舅急了,说:"给我这么多钱,你小子想当乡长、县长啊,我只有权选村主任,乡长、县长不归你二舅选,你就别破费了!"说完,他龇牙露齿地笑了,引逗着鸡窝里的那几只母鸡也扑棱着翅膀,咯咯哒地跟着起哄。

·官迷·

只要留心观察，你就会发现在日常生活之中，也就是在我们身边熟悉的人群当中，有许多人会对某件事情保持着一种难以遏制和无法自拔的偏执喜好，几乎达到痴迷状态。比如说，谁没见过戏迷、歌迷、影迷、球迷、棋迷、牌迷等等"发烧友"？他们可能就是我们的同学、朋友、亲戚、同事和邻居。这是一种非此不可的痴迷境界，是一种不可理喻的"变态"追求。悠悠万事，唯此为大，说什么也白搭。东北人说的"宁舍一顿饭，不舍二人转"就是这种"必须的"倔强劲儿，十头黄牛也拉不回来。

其实还有一种迷更常见，那就是"官迷"。在官场机关、医院学校、企业工厂、街道社区等等凡是有人群的地方，就有这种爱好者。而且从古至今乃至可预见的未来，这类官迷比比皆是，数量之多，范围之广，持续时间之长可能远远超过戏迷、影迷、歌迷等。当然，官迷并不一定能当官，就像歌迷、影迷、球迷一样，他们也不见得非要去唱、去演、去打，只要能去听、去看、去关注、去玩命地喜欢就很满足了。我就认识一个极端的官迷，一辈子没做过官，却对当官这件他八竿子打不着的闲事儿着迷得如痴如醉欲罢不能。

这个人叫老包，是我们幼儿园看大门的，平时除了维护门前秩序，比如提醒接送孩子的家长不能乱停车辆、小孩不得擅自出门，对进出幼儿园的各类人员进行询问登记等等，还负责一些收收发发的琐事。

据我们保守估计，老包的脑子里至少能记住超过一万人的名字，全是各级官员的尊姓大名，其中有活人也有死人，从地方到中央，从政府到军队，凡是达到一定级别和担任相当职务的，他都会记得一清二楚。只要你提到某省、某市，或某部、某局，他立马会告诉你现任长官姓甚名谁，差错率极低。上到国家历任领导人，下到地市新换的书记市长，他不仅能脱口而出地报出名字，而且还能如数家珍般详述他们的履历、背景以及各种"革命关系图"。至于当今中国有多少政治局委员，多少省部级、司局级、地市局、县处级官员，军队中有多少将军，什么叫大军区"副"，什么叫集团军"正"，等等等等，老包基本上"一口清"，绝对不会有误差。我们有时考他，随便说个官员名字，他就会立即告诉你，此人的现任职务为何，曾经的职务有哪些，甚至能讲出此公的祖宗几代和七姑八姨三亲六戚。如果不信，你可以去"搜狐"和"搜狗"之类的网站上去搜索，结果基本一致，却都达不到老包提供的信息那样翔实的程度。我们曾经问他知不知道莎士比亚、托尔斯泰或爱因斯坦，他会皱起眉头，使劲儿地想想，然后非常坚决地摇着脑袋，用十分肯定的口气告诉我们："你们绝对搞错了，他们绝对不是地市级或司局级以上的少数民族干部，我敢打赌！"

老包十分尊敬和崇拜那些为官者，不管是死是活，级别越高越崇敬。只要碰见他人，包括接送孩子的学生家长都统统尊称"领导"。有人纠正道:"我是个蹬三轮车的,狗屁领导!"他依然满脸堆笑着说:"那也是领导,至少跟我平级。学生家长也是'长',只要带个长,放屁就带响儿!"

在老包看来,他自己也是"长",至少是儿子的家长和妹妹的兄长。带"长"就是官儿,就可以发号施令训人骂人。他儿子小时候就挨了他不少骂和训。儿子不服,他就吼:"我是你爸,是家长,是领导,我有权训你骂你教育你!"在单位,他对园长毕恭毕敬,从不敢说个不字。

去年老包到了退休年龄,本想再延聘两年,但园长没同意,他只好放弃了自封的"兼任"幼儿园门前东侧停车场"副场长"的职务。退休回到社区,他还参加竞聘做了三个月的代理楼长。虽然这个职务无权无钱,他仍然干劲十足。老包太把楼长当成一级官员了,整天组织楼里的居民学习、开会,听他做施政报告和国内外形势分析,这激起了一些住户的强烈反感,终于被提前解除了代理楼长一职。

• 一张车票 •

在老于眼里，我是一个有能耐的人。用他的话说："当年的同学有一个算一个，就数老马的关系多、人脉广、路子野、肯办事。"他对我的称许和赞赏持续了二十多年，至今未变。每逢同学聚会，几杯白酒下肚之后，他都会这么评价我，让我十分忐忑又沾沾自喜，免不了陪他多干几杯。

实际上，若把老于夸我的溢美之词用在他本人身上再恰当不过了。我总觉得他是通过表扬我而达到自我表扬的目的。老于好像擅长这种说话方式。读高中时，他就显得比我们成熟，凡事想得很复杂，认为这年头没有关系，啥事也办不好，常帮我们分析各种周围现象，并奉行"在家靠父母，出门靠朋友"这条非马克思主义且又颠扑不破的真理法则。迄今为止，除了交朋友、拉关系，老于不干别的。所以，听他聊天，你无法不心生佩服，好像这个世界上所有有钱有势的人都是他的铁哥们儿，他没有找不到的关系办不成的事儿。

那老于为什么会夸奖我呢？那是因为我二十六年前为他买了张火车票。

我记得那天很热，老于招呼我到他家喝啤酒，还专门弄了四样凉菜。刚端起酒杯，老于就把托办的事情说出来了。这让我多少有些为难，嘴唇没敢碰杯子。他说："喝，喝，你不喝这酒也打开了，没法再重新倒回瓶里。喝不喝也记在你账上了。"我当时感觉老于有些不讲究，按理说，喝酒不说事，说事不喝酒，怎么能一端酒杯就托我办事呢？

老于说："关键看你帮不帮，我知道你的朋友多、关系广，这事只要你肯帮，就一定能办成。"他说："这段时间火车票太难买了，如果铁道部里没有硬关系，干脆一票难求。我托了好几位朋友，都是神通广大的主儿，可这回都嘬牙花子啦，车票太紧张了。实在没法子了，我只好拜托老同学了，帮助买一张去葫芦岛的火车票，硬座就行，当然，卧铺最好。"他还抱怨说，他那位败家媳妇，非要趁着放假回娘家看看父母，为了买票这事快把他逼疯了。

我只喝了半瓶啤酒就告辞了，因为我一介书生，很少与人交往，实在找不到门路，如果借着酒劲儿答应了他，自己就变成了吹牛的骗子。

说来也巧了，从他家的楼上下来，往东走不到二十米，正好有个"火车票售票点"，六个大字十分醒目，老于每天上下班总要经过这里。我怀着好奇之心不由自主地走了进去，里面只有稀稀落落的几个人。我心想，大厅如此空空荡荡，一定是印证了老于所说的票已售罄。

我走到售票窗口，冲着里面的年轻女人不抱希望地问了句："还有票吗？"

那女人隔着玻璃正忙着和另一位小伙子热聊，见缝插针地甩了句："去哪儿？"

"去葫芦岛！"我觉得自己问了也白问，正准备转身离开——

"有，要哪天的？"她的声音通过扩音器传遍大厅的每个角落。

"明天有吗？"我唯恐听错了。

"有。硬座还是卧铺？几张？"她问。

"硬座还是卧铺？几张？"我重复着。

"你到底买不买？我问你呢！"那女人口气有些不耐烦。

"买、买、买，卧铺，一张明天的。"我赶紧从口袋里掏钱。

"下铺还是上铺、中铺？"她接过钱去。

"下铺，不，中铺吧！"我差一点把脑袋从售票窗口钻进去。

我接过车票和找回的零钱，转身上楼敲开了老于家的防盗门。他瞪大眼睛看着我，以为我把什么东西遗忘在他家了。我掏出车票往他手里一塞："多大点事儿嘛，还要票不？要几张有几张，哪天都行！"

从此以后，老于便对我另眼相看了。直到昨天同学聚会，他还直夸我关系硬、门路广、朋友多、办事靠谱，令他佩服不已。

·小心啊，千万要小心·

我调到一个新部门，接替因身体原因提前离职的负责人。

工作交接很简单，前后任相互之间握握手，彼此客客气气地寒暄着。前任夸我年轻有为，我称前任经验丰富，他祝我工作顺利，我祝他身体健康。我俩过去并不认识，没有更多的话好聊，他也没有具体的事情要办，二十分钟便结束了交谈。老领导起身告辞，我即刻恭送。临出门时，他又转过身来双手紧握我的手，神情严肃，压低声音贴着我的耳朵说："小心啊，千万要小心！"我频频点头，连声谢谢。

履任新职，下属们总会接二连三地向新上司汇报工作，这是常规，也是惯例。他们不主动找我，我也会通知一个个过来。

情况果然是这样。我刚送走前任老领导，就响起了敲门声。进来的是我排号第一位的副职，他首先代表全部门的员工热情欢迎我的到来，然后便向我汇报工作。他思路清晰，表达简洁，一看就是个熟悉业务、工作利索的好助手。没超过一刻钟，他便把我想了解的情况说得一清二楚。敲门声再次响起，他正好结束了汇报，站起离开时还特别叮嘱我："小心啊，千万要小心！"

随后走进办公室的当然是我的二号副手，这个人也不错，

109

谦虚温和,语速不紧不慢,说话稍显啰唆。跟我说了半个多小时才看了看表:"哟,对不住,我经常说车轱辘话,这毛病总也改不了,耽误您时间了。"在我笑着说"别客气,没关系!"时,他冒出了一句:"小心啊,千万要小心!"

在接下来的一周内,我几乎与全部门的同事都见了面,他们无一例外地提醒我"小心啊,千万要小心!"。这令我三分恐惧七分困惑。

"小心啊,千万要小心!"说这话时,个个都神情严肃,压低声调。我原以为这是句祝福话,因为我到任前刚做了个大手术,住了两个多月的医院。难道他们都听说了?我甚至怀疑他们对我的病情了解得比我本人还多,难道那是个"恶性"肿瘤,而医生隐瞒于我?不对,好像不是这个意思。

那小心什么呢?担心我工作劳累,是拍马屁?也不像。是这个部门过去发生过什么鲜为人知的故事,还是目前存在什么巨大的危险隐患?我倒是听说前任提前去职的原因名义上是健康状况出了问题,实际上是违犯了某项纪律,但只是传说而已,并未得到确认。要不就是这群人中有人居心险恶,或者风气文化有问题,搞得人心惶惶?我百思不得其解,越想越心里发毛。

"小心啊,千万要小心!"这话说多了,人人都挂在嘴上,而且每个人跟我这么说时都显得紧张兮兮的。不行,我一定要弄清楚真实情况,否则我的失眠症会越来越重。

我除了暗中观察,又专门约人谈话,直截了当地问他们:到底要小心什么?令我失望,没人能给我一个满意的回答。多数人说这只是一句口头禅,是老领导留下的。

有一次召开部门员工全体会议,我讲完话时补了句:"小心啊,千万要小心!"没想到大伙儿全体起来,齐声回应:"小心啊,千万要小心!"然后长时间热烈鼓掌,让我头皮发麻!

枯树记

一棵大槐树在村东头屹立了数百年。

《村志》里虽未给这棵树专门立传,却在多处提到它。

如:"民国初年,杀猪庄更名为大槐树庄,据称以村东一老槐树而得名。"

"民国十八年(1929年)正月,全村村民齐聚大槐树下,由村长马怀义宣读南京中央政府颁布之《禁止妇女缠足条例》,主要内容为:解放妇女缠足应分期办理,以三个月为劝导期,三个月为解放期;劝导期设置劝导员,解放期设置女检查员,协同村长、街长及警察执行之。未满十五岁之幼女,已缠足者应立即解放,未缠足者禁止再缠,劝导期满而仍未解放者,罚其家长一元以上十元以下之罚金……三十岁以上之缠足妇女,劝令解放,不加强制。"后推行缓慢,两年后仍未全数放足,村长"因奉行不力而受处罚"。村民王金标带头编唱顺口溜:"小小金莲一把抓,上面绣着喇叭花,等到明年庄稼好,哥哥把你娶回家,夜夜搂着笑哈哈。"遭到村长痛骂。

1943年秋季,日本侵略者两次骚扰村庄。其中一次由三名日军士兵将村子包围,用刺刀驱赶全村百姓于大槐树下集合,逼迫交出家中存粮。伪村长马怀义向日军翻译反复求情,答应将其家中所有余粮及两头母猪悉数"孝敬"皇军,并变卖三间房,所获现金由翻译官转交日军少佐。

1948年,村长马怀义因征收税款不力,在变卖部分家产替村中贫苦村民补齐欠款后,主动辞去村长一职,并于阴历五月初六在村东大槐树下与前来送行的村民作揖辞别。马村长投奔于邻县的二哥家,临行时赠送全村每户一瓶酱油(当时属稀罕物),王金标误认是酒,仰脖猛灌,齁呛喷吐,落下了终生咳嗽的毛病。

1951年冬,新任村长王金标于大槐树下主持公审大会,将逃至邻县的"伪村长""大地主""反革命分子"马怀义缉拿归案并判处其死刑且立即执行。马被反绑双手,王金标令人将其裤带抽下,套在他的脖子上,直接吊死在大槐树下。全村男女老少大多目睹了整个过程,马怀义的双腿在离地一米左右的半空中使劲儿蹬踹,裤子褪到了脚踝处,两脚被裤子缠盖住了,人们只看到他赤裸的双腿和屁股蛋上的白肉在颤抖抽搐。第二天,大槐树下再次召开群众大会,村里七名男青年胸佩大红花,在鞭炮和口号声中参军入伍,准备奔赴朝鲜,狠狠打击美帝国主义及其一切走狗。

1958年,村里多次于大槐树下召开誓师大会,垒起了小高炉昼夜大炼钢铁,并把挂在大树上的一口水缸大小的铁铸老钟卸下砸烂,扔进熊熊烈火中融成铁锭,支援国家建设。从此,替代铁钟的是一块破木板,挂在树上用铁锹拍打同样能起到召集村民上工和开会的作用。

1960年夏天的某个晌午,阴云密布,电闪雷鸣,随着一声惊天动地的炸雷响过,大槐树上方腾空蹿起一团巨大的火球。

雨过天晴后，村民们发现老槐树树干中间现出一个缸口大的黑洞，发出尸体焦煳的臭味。有老人说，这棵老槐树树干里早先就盘踞着一条大蟒蛇，也就是蟒仙，如今变成一条火龙，重归天国。当晚，村长王金标暴死，有村民看见他头一天夜里，醉醺醺地将马怀义的外甥女抱至大槐树下实施了强奸。

次年，槐树枝叶繁茂，并未因雷电劈打而枯死。

1966年至1976年间，村东大槐树下举行过五百余场批判会、动员会、批斗会、学习会、庆祝会、文艺演出等，《村志》中均有记载。斗争过地、富、反、坏等四类分子七十多人，每次批斗时均有人被绑在槐树干上，当众示罪。那些年，树底下还举办过青年男女的集体婚礼，当初因雷击而留下的黑洞被填充了麦秸，再糊上大红的双喜字，树枝上挂满小红花，倒像是给大槐树办喜事似的，羞得枝叶直摇晃。

生产大队解体时，集体土地包给了农民，承包协议的签约大会也在大槐树下召开。

后来，老村长马怀义的儿子从海外回乡祭祖、投资，又专门在大槐树下为父亲搭起了灵堂，村民们抹着眼泪凭吊了七天，每天都绕着大树走三圈。仪式结束时，树干上重新钉了块黄铜牌牌；上书"著名乡绅马怀义先生永垂不朽"。

又过了几年，大槐树庄划入经济开发区，村子改成了街道建制，村民就地上楼，摇身一变就成了城市市民。但在村庄整体规划时，那棵一百多岁的老槐树却成了个大麻烦，让它不当不正地立在高速路上显然不妥，绕过它成本太高，移走它必然死亡，砍掉它村民又不答应。时间从冬耗到春，又从春拖到了夏，最后还是老槐树自己知趣儿，夏至刚过绿油油的叶子突然变黄，没过十几天，巨大的树冠只剩下了光秃秃的枝枝杈杈，一身浓密的叶子全掉没了。有人说，这棵老树成精了，能替政府子孙着想，不给后人添麻烦。也有人说，这棵老寿星树是被人害死的，如果不是人为投毒，往它身上扎毒针，它至少还能活上几百年。

树死了，树干全枯了，只好伐掉当柴火烧。很多村民把树皮、树枝剥落下来，带回家里收藏纪念，也有人说那树一身是宝，树皮泡水能治腰酸腿疼和产后不适。刨出的树根药效更好，碾成粉末贴敷于肚脐处既能治愈便秘又能止住拉稀还能医好不孕不育。

平坦宽阔笔直的高速路从大槐树庄穿过，通向遥远的外部世界。通车没出两个月，原先老槐树站居的地方塌陷出了个直径四米深两米的大坑，施工方承担了责任，又重新填埋夯实，再铺沥青。刚刚恢复通车没几天，路面再次突然沉降，疾驶中的一辆法院警车深陷其中，两名法警和一名犯人以及司机均受重伤。

迷信传言先于科学勘探结论散布开来并影响了官方决策，道路不得不改变了路线而绕开了大槐树留下的诡异大坑。此后，街道干部们认为那个大坑不能永远敞着口——一是危险，担心过往行人误跌其中；二是不少村民逢年过节甚至隔三差五跪在坑边燎纸烧香，破坏市容环境和祥和气氛——于是街道办事处请来当初修路的施工单位，让他们在大槐树原址用钢筋水泥浇筑了一棵坚不可摧的新的大树，树干比原先那棵还粗，树冠也更大，树叶用塑料制成，翠绿鲜亮，四季常青。树底下还专门修了一圈水泥座椅。巨大浓绿的一团在寒风中瑟瑟发抖，并发出残忍的怪叫声。

树刚栽上不久，就有一对外乡的青年男女吊死在坚硬的树枝上。

村民们再也不去树下聚集聊天了，即便是炎热的三伏天，也没人在树荫下纳凉。只有行驶途中的司机和野狗野猫偶尔会跑到树下拉屎撒尿。

我的那首诗呢？

酒喝到了兴头上，大家便谈起了诗。

由诗联想到了女人，话题便迅速转移到女人身上，在大腿、乳房、屁股等部位展开争论，而非"品头论足"。我早就知道，这帮家伙对诗歌毫无兴趣，只是想找个线头，扯开女人的内衣而已。如果说，他们谈论诗歌还有另外高尚一点的缘由的话，那就是出于对我本人的小小奉承，因为我是他们眼中的诗人。

那天一起喝酒的七八个人中，确实有一张陌生的新面孔，我们第一次见面。一位朋友带来的，这种事常能遇到，约朋友吃饭，朋友又带上了他的朋友，虽然不认识，但朋友的朋友都是朋友。这张新面孔长得有些暧昧，很女人化的那种男人，腼腆、羞涩，少言寡语，笑不露齿，且不沾烟酒。整个晚上，他都以茶代酒，小口浅饮，屡屡以餐巾纸小心拭擦左右两个嘴角。

当那几位粗俗的家伙以诗歌为幌子滔滔不绝地把女人按倒在床上、地板或窗台上时，他突然说他也是个诗人。语气是宣示式的，声音不大但很尖细，一下子控制了那淫乱嘈杂的场面。大伙儿起哄说：牛！又一个诗人！好，你就当场朗诵一首呗！

他不肯，说写得不好！

有什么好不好的，既然敢于当众宣布自己是诗人，那还有什么难为情的呢？

他还是不肯朗读，说不好意思。

没人对诗歌感兴趣，那几个家伙又开始了原先的话题，回到了女人身上。

他有些发窘，没人再请他朗读了，他尴尬地坐在那里，不时用眼睛瞄着我，可能是希望我再请他朗诵一次，他会答应的。我哪有那份闲心和爱心，这种诗人我见多了，骄傲并自卑着，每时每刻都在用滚滚而来的自卑之水浇灌着日益疯长的骄傲之树。后来，他跟服务员借了支圆珠笔，在餐巾纸上写了几行字，满脸羞红地双手递给我，说请我多多指教！

只有几行，可能是首诗！我嘘了一声，请大伙儿静下来。他急着从椅子上跳了起来，扑向了我，一把夺过那张餐巾纸，说："您怎么能这样的，是送给您的，不要给他们看！"一个典型的神经质，脸色苍白，浑身发抖。

大伙儿哄堂大笑，他由窘而怒，愤而退场。大伙儿又接着笑，没人在意，也没人送他。

没过两天，他给我发来短信（不知道从哪里弄到了我的电话号码），催我把诗还给他。

"什么诗？"我糊涂了。

"喝酒那天晚上请您指教的那首诗！"

"喝酒？诗？噢，我想起来了，写在餐巾纸上的那首？"

"好诗不在乎写在什么纸上！"他答。

"没有啊，你不是不让念，自己抢回去了吗？"

"不，我手里没有！！！"他一连用了三个惊叹号。

"我这儿也没有！"我只用一个"！"

"不，一定在您手里！"

"没有！真的没有！"

"您再找找，我明天再与您联系！！！"

"狗屁！"我心里骂着，"啥玩意儿这是，什么破诗，写在餐巾纸上，擦屁股还嫌脏呢！"我不想再搭理他。

第二天一早我就收到了他的短信，问我找到了没有。

"没！"过了好一阵子我才回了一个字。

他又给我发来多条短信，中心意思是希望我能归还他的诗作。如果我不想全首奉还的话，至少还给他两句，因为他忘了。整首诗一共四行，若有两句便有可能记起另外两句。我根本就没看，上哪儿替他找回那首狗屁诗？

"见鬼去吧！"整整折腾了我两天，在他不停地短信扰烦之后，我不得不爆了粗口。

接下来的日子，他对我进行了恐吓，并寻找了当天喝酒的所有客人，为他作证。那些人迷迷瞪瞪含含糊糊地帮他回忆了当晚喝酒的情形，说好像有那么回事儿。他偷偷录了音，留作证据。

在此后的两年间，他通过各种方式不断地向我索取追讨那首我压根儿就没丝毫印象的诗句，包括报警和起诉，但警察局和法院并未受理。他还在网络上发帖子，痛斥我恶劣的令人发指的剽窃行为。

只要我有新诗发表,他便给我所刊发的报纸和杂志写信,声称那都是偷窃了他的成果和灵感,搞得我狼狈不堪。我不得不放弃诗歌写作,并痛恨那些免费为客人提供餐巾纸的酒馆和饭店。

这也是我改写小说的原因。

• 无法忍受的福利 •

一位李姓女子走进培训中心人事处的办公室向处长递交了一份辞职报告，其辞职理由竟是因为所在单位"福利待遇太好了，生活质量太差了"。

处长是一位身体发福的中年男人，五十来岁，头发稀疏且凌乱。他愣愣地站起来，示意李女士坐下，并给她递了瓶纯净水。

"记得当初你是因为咱们单位福利好、收入高才申请调入的，还托上级领导打了招呼，要知道，咱们中心可是远近闻名的好单位呀！"处长坐在她对面的沙发椅上，双手交叉放在明显隆起的肚子上，笑眯眯地劝导她。

"是的，处长。那是当初，此一时彼一时啊！您可能认为我有些矫情，但我实在无法忍受这个单位的所谓高福利了，它严重影响了我的生活质量！"

"哈哈，我生性愚钝，听不懂你们这些博士的高谈阔论。福利好应该是提高了生活水平才对，怎么会降低生活质量了呢？"处长身子往后仰了仰，靠背椅子前后摇晃了几下。

"处长，您听我说。您看我今天穿着的上衣是什么？"

"运动服呀！"

"下身呢？"

"运动裤呀!"

"脚上穿着的是什么?"

"运动鞋呀!"

"您身上穿的呢?"

"运动服嘛!"

"下身呢?"

"运动裤嘛!"

"脚上呢?"

"运动鞋嘛!"

"别人穿的呢?"

"我不知道,没注意看!"

"那我告诉您,统统都是运动服、运动裤、运动鞋!"

"是吗?那又怎样?"

"您不觉得别扭吗?咱们是体育运动队吗?您、我,还有其他员工都是运动员吗?"

"不是呀,可没规定咱不能穿运动装嘛!"

"可咱为什么非要穿同样的衣服?"

"没有规定非要穿同样的服装啊!"

"是的,是的,是没有规定,可为什么大家那么整齐划一呢?"

"为什么?"处长顺便打了个哈欠。

"因为我们一年四季每位职工至少要领到四套运动服和运动鞋。我到这里工作了十年,一共领到了六十多套颜色式样不尽相同的运动服和五十多双运动鞋。除了我自己穿,老公、孩子穿，我的爸爸、妈妈穿，我孩子的爷爷、奶奶也穿，好可怕呀！"

"你可以穿别的嘛，去时装店买几件时髦的裙子穿嘛！"

"问题就在这里，全单位的一百多名职工都穿运动服，我一个人穿连衣裙，别人会怎么看？显摆？炫富？另类？从众最安全，随大流少麻烦。"

"倒也是。有免费的衣服不穿，去花钱买别的衣服确实不划算。那就穿运动服呗，反正大伙儿都一样，不挺好吗？"

"不论男女老小高矮胖瘦一年四季都穿同样的服装您不觉得怪异、恐惧吗？尤其是穿着运动鞋踩在贵宾厅会议室的厚厚的纯毛地毯上，您认为合适吗？"

"是啊，你这一说，我也觉得有点别扭！"

"不是一般的别扭！您知道我今年多大了？才三十八岁呀！可前天同学聚会，有人竟然没认出我来，他们还解释说不是因为我变老了，而是这身运动服让他们无法判断我的性别、年龄和职业。"

"没那么严重吧，你有点太敏感了。这样吧，我今晚请你吃饭，再聊聊，你先把辞职书收回去，冷静理智地想一想。"处长边说边站起来端起桌子上的茶杯喝了一口。

"好啊，好啊！自从我到这个单位至今都十年了，还没说请我吃饭呢！去哪儿吃呢？"

"还能去哪儿，就在单位职工餐厅呗！那儿饭菜质量好，还不用花钱！"

"天呢！处长大人，您还是让我辞职吧！我实在受不了啦！

我要吐了！您就不能换个地方请我吃饭吗？"

"那多不划算。街边饭馆的饭菜再便宜，也比我们内部餐厅贵许多，而且还不卫生。在单位是一天三餐全免费，不吃也浪费，干吗非得到外边？"

"我刚才说什么来着，您难道真不懂吗？福利待遇越好，生活质量越差。三餐免费坑死人了，不吃白不吃，都怕占不到便宜。于是没人回家吃，更不知道外边的饭馆长什么样！到了星期五，单位还发芹菜、韭菜和肉馅，周一上班运动服上全是饺子味儿，真没劲！连洗发膏、沐浴液都是一个牌子。这福利待遇能不能取消呀？"

"那怎么能行呢？全体员工不会答应的。"

"直接发钱不行吗？"

"不行，政策不允许。再说，发了钱谁也不肯花。"

"求求您了，处长大人，还是让我请您吃饭吧，您就同意我辞职了吧！"

"去哪儿吃？"

"外面。在咱单位附近找一家中高级档次的饭馆。"

"不行，太浪费了，还是在咱们职工餐厅里吃！"

· 投资与理财 ·

在我熟悉的朋友圈里,有几位有钱人,他们终日只热衷两件事:一是投资,二是理财。投资和理财不是一回事儿。按照我观察,有大钱的人做的是投资生意;有小钱的人,整天忙着去做理财项目。他们同属于有钱人,只是钱多钱少不同而已。后来我在与他们的交往中发现,有钱的人不一定是富人,他们大多数时间很穷,穷得让人心碎。举两个例子吧,我隐去他们的真实姓名,但你们听了我讲的故事,一下子就能知道我说的是谁了,因为我觉得你们身边说不定也有这样的人。

先说老M,据外界说,他身价超过百亿(不知是人民币还是美元,但肯定不是日元)。他自己有两种说法:喝酒前,他说"我哪有那么多钱啊?",四两酒下肚后,他会改口"他们也太瞧不起我老M啦,低估了我的身价"。所以我判定,他的资产应该在一百亿上下浮动。

M先生与朋友吃饭从不买单,他本人能亲自出场就已经很给面子了,这点小钱儿让他掏实在是轻视和污辱他。用他的话说:"我兜里从来不带现金,一分钱也没有,不信你们翻翻我的口袋,要是能找到钱就全归你们。我的钱都由财务部门那群小王八蛋和狐狸精管着呢,我根本不花钱。"当然,我们没人敢翻他的口袋,他称之为"王八蛋"和"狐狸精"的财务人员我们又不认识。从他四两酒下肚后滔滔不绝的企业投资报告中，我们得知他的巨款分别在高铁的某些输变电线上、煤矿的通风系统里、城里道路下面深埋的管网中……

M 先生平时的生活异常简朴，虽有一套豪宅，只是个空壳子，家里空空如也，墙上连幅字画都没挂。客厅里一个孤零零的小书架上，除了摆放着几张他登山滑雪的照片和造型奇特的几只拖鞋外，绝对找不到一本书，就像从他兜里找不着一分钱一样。

我们一般人爬山，一般都是去附近的香山、凤凰岭、百望山，顶多登登泰山、衡山、长白山，而 M 先生格局大，直接攀登珠峰，爬到半山腰花了三百多万元，这还不包括后来住院治疗的高额费用。除了登山，他还去玩过深潜，并去南极滑了次雪，这些都有照片和视频为证，也有缴纳的各类保险和保障费用的收据作凭证。问他这种极限运动的体验时，他还是有前后不一的两种回答：不喝酒就一个字"爽"，酒后却能说出完整的一句话："花钱买罪遭吧！"有时还补上一句极富哲理的话："要想遭大罪，必须花大钱！"

N 女士与 M 先生不同，她收入不高却痴迷于理财，擅长把手头几十块凑成几百块，再凑成几千块，然后就买各种名目的理财产品。究其原因，她苦笑而答："缺钱呗，我要是有钱，也像 M 先生那样投资高铁、煤矿、房地产。没钱人，只搞点小打小闹的理财项目。"吃饭时她当然不买单，理由更充分："我是女的，又不是大款，没资格买单！"她有良好的节俭习惯，聚会散场时，总会把所有的剩菜剩饭，不管干的稀的统统打包带走，包括桌上的餐巾纸。每次与她见面，离几十米一眼就能认出她，因为她十多年几乎只穿同一身衣服。她理财的目的好像也是攀登珠峰。

相比之下，我们这些靠工资过日子的人倒显得富足宽裕，每每争抢着买单。因为我们不投资，也不理财，有多少花多少，缺乏发大财的冲动。不投资、不理财也就不用整日提心吊胆地考虑赚了还是赔了，也不会向银行借贷。当然，我们也永远体会不到攀登珠峰和深海潜水的极度艰辛和痛苦，永远无法感受到把冻伤坏死的大脚趾切掉和七窍流血时那种难得的生命体验。这一切都因为我们没钱。

总结一下吧，其实仔细想想，M先生和N女士跟我们这类不求进取者不属于同一物种。我们这种既不投资也不理财的人只能待在家里听听音乐，读读闲书，偶尔到公园散散步或看看电影。实在无聊时，再招呼几位酒肉朋友吃吃饭。喜马拉雅山和珠穆朗玛峰还是留给那些投资者和理财者们去攀登吧！

• 空中管制 •

　　三十年来，我一直想坐一次能准时起降的飞机，但始终没能如愿。

　　按照航空公司的要求，我每次都提前一个半小时到达机场，早早地排队办理登记手续，静静地坐在候机厅里，慢慢地翻看一本随身携带的杂志，并支棱着耳朵，等待机场的广播通知。

　　候机厅里不时传来女播音员那经过职业训练的一成不变的和蔼可恨的声音："飞往某地的旅客请注意，我们抱歉地通知您，由于天气的原因，您乘坐的某某某次航班，不能按时起飞，请您在座位上休息，等候我们进一步的通知。"除了"天气"的原因，还有"机械故障"或"飞机晚到"等因素，都是机场向乘客们解释航班延误的正当理由。由于这些年通信和网络技术高度发达，机场公布的导致飞机晚点的"天气"原因会经常遭到质疑："我们这儿晴天万里为什么不能起飞？"机场服务人员答："对不起，郑州那边下雨了，无法降落。""我们去兰州，关郑州什么事嘛！""对不起，兰州下雪了，也降不了！""那广州呢？""对不起，广州正下冰雹呢！谁敢飞？"说到这里便有较真的旅客拿起手机或打开电脑，打听或查看各相关城市的天气情况，结果往往是既没下雨，也没下雪，更谈不上百年不遇的所谓冰雹。于是,这些态度认真且火气较大的旅客,便粗声大气地指责那位替机场"撒谎"的服务小姐。一般说来,出来答复和解释说服旅客少安毋躁的工作人员大多属于相貌姣好、性格温和、笑容可掬的青年女性,由她们出面化解客人的怨愤似乎更便于达到预期效果。这是航空公司和机场这些年引进了西方某种先进的"公关"理论而采取的某种策略和艺术。若在三十年前,不管航班迟飞多长的时间,人家也不会告诉你,你也不敢问。我第一次坐飞机,吃了豹子胆似的弱弱地表示了一点对延误的关切,就立即被机场的一位警察呵斥了一顿:"瞎问啥?老实待着!急啥急呀,奔丧咋的?要是飞机都正点飞,那要候机厅有屁用啊!不想坐就别坐,骑自行车去上海多方便,想啥时走就啥时走,想哪里停就哪里停。"那一次我在候机厅等了整整两天,还是比骑车快!

由于归咎于天气的说法越来越容易识破,所以这几年机场和航空公司在拿不准的情况下一般不再提天气的事了,当然,更不会说机械故障或"经停本机场的飞机晚到"之类的可能会引导顾客把责任推到航空管理上的原因。因此,现在机场大厅里不时传出的女性甜美悦耳的声音是:"前往某地的贵宾们请注意,我们十分抱歉地通知您,由于空中管制的原因,您所乘坐的某某次航班不能按时起飞,请您稍事休息,有进一步的消息,我们会提前通知。"

"空中管制"是个新词,模糊而诡异。谁管制?管制什么?怎么管制?何时解除管制?一系列问题困惑着在候机厅里焦急等待的旅客。没人能明确回答什么叫空中管制以及相关问题,它像一个巨大的秘密，让所有人都屏住呼吸保持沉默。

有坐立不安的乘客们以发牢骚说怪话的腔调发表自己的见解：

"空中管制是军方干的，百分之九十八的空域归军队管辖！民用航空仅能在百分之二的天空飞行……"

"空中管制是因为有领导人的专机要起飞降落，或是经过，那得保证安全，要万无一失。不信你看，天上还有警车开道呢，就像在地上一样，也要封路……"

"这个小破城市哪有什么国家领导人来呀！飞机晚点是要等着市委书记、市长什么的，他们正喝酒呢，酒没喝好怎么能登机呢？等着吧，不信你瞧，过一会儿肯定有几位醉醺醺的头头儿坐进头等舱的……"

"扯啥呀，又晚点啦，还有没有个时间观念？机长又跑哪儿去啦？正在操空姐吧！咋费那么长功夫，操两下就行了，还没完啦咋的？"

"说不定是给上级哪个高官找小姐呢，领导在北京等着呢，小姐没登机，哪敢起飞嘛！"

"是不是飞机翅膀断了，轱辘掉了？找根绳子捆巴捆巴，找块胶布贴巴贴巴快点飞吧！愁死我祖宗啦！"

据说为了防止机场内日益增多的客服冲突，减少乘客情绪失控打砸机场服务设施的损失，这两年，机场管理者又采取了新的更富人性化的服务模式。让乘客先登机，再等待，尽量分流聚集在机场大厅候机的人数，这样一来，至少能避免大规模的骚动，旅客的牢骚与抱怨则以航班为单位，变成了"分组讨论"。

我虽然对飞机延误深恶痛绝咬牙切齿，但从不参与其他旅伴那些极其情绪化的讨论。我读大学时，选修过康德的《纯粹理性批判》，所以不大认同那种"纯粹情绪批判"。作为一名统计学家，我更相信数字的力量，尽管统计学有时也会被人利用，成为撒谎和欺骗的帮凶。三十年来，我详细记录了自己的990次飞行，并做了飞机延误时长、地点、原因等诸多方面的分类统计。结果显示，没有一次是准点起降的。仅有的三次看似正点起飞，却因故障降到了其他机场。比如说，不久前，我从成都的双流机场飞往广州的白云机场，却降到了上海的虹桥机场。此类事很多，一般都是天气或空中管制的原因所致。当然，飞机每次晚点的时间长短各不相同，最短晚点二十分钟，最多晚点七十二小时，整整三天，还有一些航班不得不改签、变更或取消。在近一千次的飞行中，我看到了因等机而患心脏病猝死的，有口吐白沫抽风的，有张开大嘴猛咬行李箱的，有新婚夫妇外出度蜜月因等机过长而大吵大闹大打出手当即离婚的，有未能及时赶回老家生小孩而在候机厅中当众分娩的，有用脑袋撞墙血流如注而向航空公司索赔的，有误了婚礼的新郎众目睽睽之下跪在地上向机场工作人员求婚的……

我记下这些不是为了看热闹，我准备投诉航空公司，想讨一个说法。我曾多次给相关航空公司的主管部门和机场的领导写信，但均未得到令人满意的有可信度的答复。最后我不得不把我三十年的旅行记录公布于网上，结果引起了一场声讨"飞机无故延误"的风暴。这确实让我始料未及且追悔莫及。我因此被剥夺了乘坐飞机的权利，因为大大小小的各航空公司一起把我列入了黑名单，称我是"不受欢迎的乘客"，对我进行了严格的"空中管制"。不仅如此，就连航空公司的"亲戚"们——火车、地铁、公汽、轮船等交通部门也联手整治我，他们用统一口径拒绝我乘坐任何交通工具——说我是神经病。

我始终认为我是不是神经病并不能由他们认定，至少得有医院的医生来诊断。没穿白大褂就不能随便说人有病，就像没穿警服没戴大盖帽子就不能说我有罪一样。所以，我下定决心，排除万难也要上诉讨回公道。于是我买了辆自行车，要去那家最先无故延误起飞的航空公司总部投诉，尽管那家公司的总部离我家有两千公里的飞行距离，但我可以骑车抄近路，不信我就告不了你！

• 谁最有可能活到100岁？•

老友死缠烂打地求我陪他一起参加个电视节目，并威胁我说，如果我不答应，他就无期限地拖欠曾经借我的一百块钱。他把实底交给我了。"电视台付给你一百元钱作为出镜的酬劳，正好算我还上借你的钱了！若你不识抬举，损失的是你自己。再说了，你在电视上露个脸，也算替自己做了广告，至少那些多年未见的朋友熟人知道你还活着。"

我经不住他的威逼利诱，也特别心疼那一百块钱。在说好了他支付出租车费后，我与他搭同一辆车去了电视台。

节目的形式是讨论与谈话，台上的五位嘉宾围着桌子坐成半圆形，台下有百十来人负责提问和鼓掌，算是参与互动。笑声是事先录制好的，现场择时播放。

那天讨论的题目相当无聊，叫作"什么样的人最可能活过一百岁？"。

"为什么非要活到一百岁，又出台了新法规？"我嘟囔了一句。

主持人不仅肉体年轻而且耳朵很灵，她十分不满地瞄了我一眼："今天不讨论'为什么'，只说怎么才可能。您可别抬杠，让我下不来台。待会儿您就坐在边上充充数，面带微笑跟着点头就行。您是来当托的，我让您说您再说，我不问您，您千万不能张嘴,别砸了我的场子,OK?"

我使劲点了点头,心里惦记着那一百块钱。我又使劲瞪了两眼我那位老友,他一直跟在女主持人的屁股后头献各种殷勤,还替她数落我。

指示灯亮了,主持人表情夸张地说了段开场白,下面的观众就与她喊了栏目的口号,让我起了一身米粒大小的鸡皮疙瘩。讨论开始了,嘉宾开始依次发表个人的看法。

甲说:"最有可能活过一百岁的是那些生活规律的人。早睡早起,吃喝拉撒都要有科学严格的时间,晚上8点15以后,不再进食等等。"我心想这家伙肯定是搞火箭发射的,上趟厕所也要读秒倒计时。

乙说:"那些有良好饮食习惯的人才有可能活过一百岁。要不抽烟、不喝酒、不喝茶、不吃荤腥、不吃辣、不吃生冷……"他至少一口气讲了七八十个"不",还建议雪糕和冰棍应该煮熟了再吃。

丙说:"最有可能活过一百岁的人,是那些胸怀宽广、心比天高的智者。他们从不把人生得失放在心上,不计较功名利禄,不在乎胜败输赢,不追究尘世俗事……"反正不这个不那个,最终活成神仙。我端详着他讲话时口角堆起的白沫和因激动而颤抖的双手,敢断定这家伙是个十足的偏执狂和大骗子。如果节目录制报酬付他九十九块钱,他能为少付的那一块钱动刀子杀人。

丁说:"长期坚持吃营养保健品的人最有可能活过一百岁。"他花很长时间举了若干种保健品的名字,而主持人总是笑着附和，并不时提问和提醒。我一眼就看出了"猫腻"——这个节目就是替他录制的，为他推荐产品提供了宣传平台。

轮到我时，主持人皱了皱眉头，示意我不讲话。甲乙丙丁四位又重复一轮继续他们的胡说八道。

甲说："科学家长寿，因为他们动脑子……"

乙说："唱歌跳舞的人长寿，因为他们开心……"

丙说："运动员寿命长，因为他们常锻炼……"

丁说："医生最有可能活到一百岁，因为他们懂保健，吃营养品……"

节目录制快结束了，美女主持人总算发现了我的存在。她说："还有六秒钟，请这位先生只用一句话回答我的提问：'您认为什么样的人最有可能活到一百岁呢？'请简要回答，只用一句话！"

"九十九岁的人最有可能活到一百岁！"我一字一句地认真答道。

全场参与互动的观众回报以长时间热烈的掌声和笑声。

为何出家？

一群年轻的小和尚围坐在菩提树下，坦言当初出家的因缘。

一个说，早有慧根，万物皆空，唯有皈依佛门，才可脱离苦海。

一位说，为弘扬佛法而来，为普度众生尽己所能。

一位说，为情所困，屡次失恋，于痛苦中下定决心，了断情欲，潜心佛经，无牵无挂。

一个说，尘世肮脏，贪腐污浊，追名逐利，尔虞我诈，找一块净土，安放灵魂。

……

最后一位迟迟不肯表态，在众僧鼓励之下，方才开口："只为了还房贷。"言毕满脸羞红。

"此话怎解？"有人问。

"就是要还银行贷款呗，月供三千，三十年后还清。"年轻的和尚答。

"那为何出家？有新房住且可找一份更赚钱的工作，岂不比当和尚更美？"众人皆笑之。

"唉，诸位有所不知。我原住一线城市，有硕士文凭，谋得一份公司职位，人称白领。梦想能购得一套小房，娶妻生子,养家糊口。但房价与日俱增,钱挣得越多,离购房所需数额相差越远,虽节衣缩食,厘毫计较,终未如愿。后咬牙跺脚,寻一三线小城,买一雅致新居,交了首付,心满意足。没曾想搬进新房第二天,即发生了七点三级地震,楼倒房垮,一切化为乌有!银行的月供却不可免,瞬间万念俱灰,自认命该如此也。遂削发为僧,与各位同吃同住同劳动,苦活累活抢着干,只待三十年后还清房贷再返俗归乡!"

"阿弥陀佛。"众和尚异口同声。

·宝柱的训练·

声音很大，像是铁球砸到了水泥板上一样，我被吓醒了。望望窗外，天还没亮，灰暗一片。我又闭上眼睛，努力再睡一会儿。

又一阵金属在地板上滚动的响声从头顶上方传来，接着是有节奏的咚咚声，像是有人在原地跑跳踩踹。声音来自楼上，我打开了灯，灯罩在晃动。

谁在捣乱，一大早就起来折腾？我心里骂着，穿好了衣裳。

"没睡好吧，都怪宝柱这个坏小子！"父亲正在门厅里穿鞋，一手扶墙，一手把鞋拔子往鞋里伸。

"您这么早就下楼？天还没亮呢！"我扶他一把。

"不下楼，是上楼，去骂宝柱几句，不让他胡折腾！"父亲上了年纪，费了好大劲才穿上一只鞋，累得直喘粗气。

"哪个宝柱？"我问。

"还能有哪个宝柱？你小时候常在一块玩的那个浑小子，村西头老王家的小六子！"

"嗨，是他呀，他住咱楼上？"

"就是他！从小看大，小时候就不得闲，跳啊蹦啊的，眼下都抱孙子了，老毛病还是改不了。前年全村都搬进楼房了，他正好分到了咱家楼上。"

"他不是一直在广东打工吗?"

"就是。差不多有小二十年,说是盖大楼。岁数大了,干不动了,前两年回来了。我找他去!"

"别去了,等吃了早饭我上去串串门,我一晃也有十多年没见着他了,顺便跟他说说。唉,爸,他每天清早都闹腾吗?震得我头皮都疼,是不是锻炼啊?"

"不是锻炼,是训练。你要说锻炼他可不乐意了,他说那叫训练,尽胡扯!倒不是天天都训练,这有大半年没动静了,估计是又有什么比赛啦!"父亲摇了摇脑袋。

"比赛,什么比赛?"

"啥比赛都有,就是运动会。村里开的,镇上年年也开。跑啊,跳啊,还有扔铅球和标枪什么的。他可上心了,回回不落下,有项目就报名,能多报就不少报。"

"哈,他小时候就这样,就盼着学校里的运动会,跑得快,跳得也高,常得头几名。"我想起了少年时代的宝柱。

"就是就是,从小看大嘛!这小兔崽子一辈子就这么点爱好!"父亲也笑了……

等我敲开宝柱家的房门,他刚结束训练。打开门时,他正光着膀子用毛巾擦汗。他先是愣了愣,一时没反应过来。

"宝柱,不认识我啦?"我先笑了。

"哟、哟、哟,是你呀!大作家,啥时候回来的?"

"昨天。"我探头往门里望了望。

"来来来,快进屋坐坐。贵客稀客,没想到是你,多少年没见啦?"

"十多年了吧?"我进了门。

"有,有,怎么也有十五六年啦!"宝柱边说边把椅子上的运动衣裤收拾起来,"快坐快坐。儿子姥姥得病住院了,老婆去陪床了,屋子乱糟糟的,老同学,别笑话!"

"笑啥话啊,跟真的一样!你这是锻炼呀?"

"不是锻炼,是训练。我才懒得锻炼呢!"

"训练?准备参加奥运会?"我调侃他。

"开什么玩笑,奥运会跟咱有个屁关系。下个月县上要弄个农民运动会,乡里推荐我去跑5 000米。这个项目我是乡里的第一名,这回去城里比赛,我得争取拿个名次。我前些年参加过城里的比赛,成绩一直不太理想。不是脚崴了,就是腰扭了,说到底是没那个命。要凭实力,我不是吹牛,拿冠军咱不敢说,进入前六名绝对没问题,要是发挥好了说不定能弄个亚军呢!"宝柱相当兴奋。

"今年有把握?"

"今年差不多,我分到了老年组,五十二岁了嘛!只要我强化训练一个月,天天坚持,肯定能干过那帮老家伙。"他紧握拳头冲着我比画。

还天天坚持?我心想这下完了,我本来打算在老家多住几天,却摊上了这么个主儿,每天一大早就在头顶的水泥地板上"强化训练",哪有囫囵觉可睡?

我环视了一下宝柱的客厅,都是些简易的体育器材,一对哑铃,一个弹簧拉力器,还有一些跳绳、羽毛球拍、铅球、篮球等堆放在墙角，客厅中央竟然摆放了一副双杠，更吓人的是，靠近窗台的铁架子上还横着一副举重用的杠铃。

"这楼房的承重行吗，会不会把楼压塌了？"我指了指双杠，又指了指窗边的杠铃。

"绝对不会，咱这楼是钢筋水泥浇筑的框架结构，能承受八级地震。这个我懂，这些年我盖了好几栋大厦。再说啦，那双杠、杠铃都是装饰品，为了好看，我平常不用。"他边说边按了一下墙上的一个开关。"来，你看看，你看看我的成绩，这可是我一辈子的骄傲，咱村里谁能比得上我？不是吹，就是全乡全镇敢说比我宝柱更牛的人也没几个！你看看，你看看。"

我背靠的客厅那面墙忽然亮了起来，墙的最上边安了一排射灯，我这才发现那面墙上贴挂着满满一墙的奖状和奖旗，靠墙的条案上摆放着大大小小形状各异的奖杯和奖牌。面对我的一脸惊讶，宝柱的情绪越来越亢奋。他不等我提问，便滔滔不绝地向我一一介绍每个奖励背后的故事。从小学二年级开始，到他中学毕业参军，再到复员外出打工，一直到重返家乡务农，不管身在何处，他都积极参加学校、连队、厂矿、工地和乡村里举办的名目繁多的各类体育比赛活动，有短跑长跑、跳高跳远、铁饼铅球、羽毛乒乓、拔河跳绳、引体向上俯卧撑等等，五花八门，只要拿到名次，获得奖状奖杯，他都一一珍藏并统统展示于客厅。

宝柱一口气讲了两个钟头，俨然一副体育名将的派头。

"你参加最高层次的比赛是什么？"我不得不打断他。

"小时候是学校，参军后最高规格是团里，还有就是车间啦,矿场啦,工地啦,这不马上要去县里了吗?再高层次的比赛就没有了!"他很实在。

"何苦呢?你再折腾不也拿不了世界冠军、奥运冠军的。"我不想让他破坏邻居们的晨梦。

"哈,你说得也对!"他不好意思地笑了笑,"老同学,你现在还写小说吗?"他转移了话题。

"写,当然写了!"

"噢,听说莫言获了个那啥奖。"

"诺贝尔奖!"

"对,就是那个奖,你啥时候能获那个奖呢?"

"下辈子也得不上!"

"那你为啥还要写呢?"他冲我坏笑着。

……

我只住了两天就离开了老家,估计宝柱的训练还在继续中。

最浪漫的事

老丁从六十岁开始，坚持把忧国忧民当成自己的享受和追求，尤其在喝酒的时候，他总是于唉声叹气中尽享悲观和愤怒带来的快乐。

"怎么会弄成这个样子？"老丁反复地提同一个问题，口气既像质问他人，又有点自我责怪。随着酒量的增加，他会自动调高声调，但问题没变。

"老丁，听说你养的那只波斯猫患上了糖尿病，你试过给它打胰岛素了吗？"老王故意转移话题，试图把他从民族命运、国家前途的沉重负担中解放出来。

"净瞎说，我啥时养过猫？再说，即使我养猫，也绝不会选择波斯猫。"老丁不屑地瞄了一眼老王，"不关心人，只关心猫和狗，怎么会弄成这个样子嘛！"

"我只说猫，没提什么狗啊？大伙儿都听到了！"老王严肃纠正道。

老丁的忧郁和悲观就像他屁股上的那块蜘蛛似的灰色胎记一样是与生俱来的，但他自己认识不到这显而易见的问题，如同他始终看不到那只爬在屁股上的蜘蛛一样。他认为自己曾经很阳光，阳光得就像小时候小伙伴们用一面小镜子把太阳光反射到自己眼睛上一般。他说，因为坚守理想才郁闷，耀眼的白光刺瞎了自己眼睛。他觉得世上的一切都变了,变得无法适应、无法忍受了,包括多年的老朋友,说起话来的腔调让他听着不舒服。只要自己说个什么事儿,别人就跟他拧着来,没人顺着他的话往下讲,他认为这些人都是存心跟他过不去。

存心跟他过不去的还有他的年迈父母。

老丁退休后最头疼的一件事是为其年逾九旬的父母办理离婚手续。这又首先导致了儿子和儿媳的不满,因为他们两口子本指望他能帮助带带孩子,也就是接送并照顾其孙子——一个刚读小学二年级的小孩。而他本人也有自己的事情要做,即为自己找一个后老伴儿。他妻子三年前死于肺癌。这事儿不能指望儿子,也没法托父母帮忙。

父母闹离婚至少有十年时间。这些年他一直努力调和他们之间不可调和的矛盾。两位快入土的人了,非要离婚,谁也不肯让一步。儿孙加起来,四世同堂二十几口子人。

"没有感情!"九十四岁的老爷子离婚的理由非常明确。

"他说的,没有感情。"这是九十三岁的老太太坚持离婚的另一依据。

儿女劝、子孙哄、亲戚说、邻居笑,都不起作用,反正十多年来,这老两口就关心一件事——离婚。

"这个婚要是不离我死不瞑目!"老爷子用拐棍敲打着床头。

"我也闭不上眼睛!"老太太附和着。

"你俩各过各的,又不住一个房间,不睡一张床上,离不离婚有啥两样?"老丁常常这么劝导。

"不行,那可不一样。法律上得有个说法。"父亲态度坚决。

"那得有张纸写上字证明了才算数。"老太太也不含糊。

"这事不能再拖了,我还能活几天?"老爷子催老丁快点办。

"我也等不了啦,他过几天死了我就成了寡妇。"老太太顺着说。

老丁是次子,排行老二。大哥三年前走了,这麻烦自然就落到了他的头上。

"前些年让你办,你说你忙,现在你退休在家,啥事没有,还不帮着办离婚手续,真是不孝!"老爷子越生气嗓门越大。

"你吼啥呢,死老头子,不等了,今天就办!"老太太更急。

老丁一跺脚:"好!办!走!"他觉得这件事已经闹了十多年了,没什么丢人的,邻居早就笑话开了。

老两口坐在出租车里,谁也不说话。到了民政局,老丁把俩人分别搀下车。

"您二位,哪位是老公,哪位是老母?您是老头儿?噢,瞧瞧,对不起,我给弄错了,我还以为您是老太太呢!对不起,俗话说:'人过五十五,不分公和母。'这也不能全怪我,您二位都超过九十岁了,从相貌上还真不好判断出性别来,这真不能怪我。"小伙子一边填表格,一边嘻嘻哈哈。"这位老大爷,您是?"他问老丁。

"他俩的儿子。"老丁脸红红的。

"您多大年纪?"

"七十整啦!"

"哟,您跟我爷爷同岁,我得叫这二老祖爷爷、祖奶奶。"

小伙子笑着说。

"您二老的结婚证带来了?"

"啥结婚证?没那玩意儿。"老爷子答。

"那时候媒人一说合就结了婚,哪有什么结婚证?"老太太补充说。

"没有结婚证就等于法律上没结婚。既然没结婚,就不能办离婚。"小伙子解释说。

"听清了没,您二老没结婚。"老丁帮着解释。

"混账,没结婚你是从哪里来的?"老爷子用拐棍使劲敲着水泥地。

"是打树根底下刨出来的。"老太太堵着气。

"别、别、别,二位祖爷爷祖奶奶,千万别生气。我是说法律上没结婚,是事实婚姻。您二老想要离婚,得先补办结婚证,然后我才能给您二老办离婚。"小伙子还补了句,"比方说我现在就没结婚,那我怎么能离婚呢?"

"那是你的事,我管不着。我今天非得拿到离婚证。"老爷子较上劲了。

老太太说:"离,现在就离。"

老丁很为难,他说服不了已经越老越任性的父母,只能呆呆地站在那里看着小伙子。

小伙子给老丁使了个眼色。

"真离啊?您二老可想好了!"

"离,没商量。"老头老太异口同声。

"那好,我真给你们办证了。我开了证明,明早一上班就找领导签字盖章,然后直接交给您儿子,您二老年纪这么大了,就不用再跑了,行吗?"小伙子笑呵呵地说。

"行。"二老很满意。

小伙子又说:"来,爷爷,您过来一下,代老人签个字。"他把老丁叫到旁边的窗口。

"爷爷,您看这么办行不行?老两口弄不懂啥叫离婚证,您不如做个假的,漂漂亮亮的,糊弄一下不就完了吗,何必当真呢?"

老丁一听笑了,还真是个好办法,连声夸小伙子机灵。"可不是呗,都老糊涂了,非得要个离婚证明,让人笑话死了!谢谢你,小伙子,等有合适的丫头,一定介绍给你当对象。"老丁十多年的心事终于有了解决的好法子。

……

二位老人捧着大红封皮的离婚证明,乐得合不拢嘴。离了婚的老头老太仍然吃住在同一个屋檐下,却再也不斗气拌嘴了。

老太太说,这辈子算是心满意足了。自打嫁给他那天,我就盼着离婚,现在站在阳台上想看谁就看谁,再也不受他的气,整天追问你又想勾引哪个野男人啦!

老头子离婚的第二天就跟儿子老丁说,你得帮我物色个新老伴,年龄四十岁以下即可。老丁惊得眼珠子快爆出眼眶,半天说不出话来。父亲安慰他说,你别想歪了,我就想摸摸手。

老丁如今坐在酒桌旁,不再持续地发泄扰民了,跟老友们只讲他的奇葩父母的浪漫故事。

迷失在回家的路上

不回公司的决定是在老板不准我回公司之后做出的，心里突然松了口气，有一种变被动为主动的胜利感。同时，又有一股莫名的迷惘和失落的浊流涌上喉头。下一站去哪里呢？我先把自己比喻成断了线的风筝，想自由自在地飞向雾霾笼罩的天空。后一转念又把自己想象成脱了缰绳的野马，渴望狂奔于快速沙化的草原上。

·迷失在回家的路上·

原打算春节期间不回老家过年,一个人躲在屋子里狠狠地看几天"美剧",嗑几斤瓜子儿。上个月回家时已经说好了,算是提前陪父母过个年。两位老人假装遗憾地各叹了几声气,脸上的表情却诚实明白地告诉我:不回来更好,我们老两口儿省得侍候你了!

然而,只要一"然而"情况就发生了变化。随着年关临近,电视、广播、报纸、网络整天跟我过不去,大肆渲染过年必须回家的各种道理,就连小区里的电子显示屏、黑板报和挂在围墙上的红色标语都在发出各种逐客令:"百善孝为先,孝就回家过年""过年不回家,你是一大傻""回家吧,你的爸妈在苦苦等你!""孩子呀,你妈喊你回家过年啦!""春节不回家,等于违法犯法"。上网查了查一周运程,天呐,玄学大神列出了天蝎座 AB 型血属虎的春节不回家的一百种死法,从吃饭噎死、喝水呛死,到放屁崩死、拉屎憋死,面面俱到,无奇不有,防不胜防。本着珍爱生命的最低原则,我咬牙跺脚做出决定,准备启程回家。

直通家乡的火车票是无论如何也买不到了,守在电脑旁秒杀订票官网,出票总有高人手起刀落,票落人家。只好曲线绕远,哪里有票先去哪儿,先抢到一张再说。挤上车才知道,这是开往与家乡相反方向的"动车"。没关系，地球是圆的，总能绕回去。六小时后下了车，又买了张票，踏上新的陌生旅程。就这样，转了十八回车，自己转蒙圈了，不知起始站在哪儿上的车，又将去向何处，就记得经过的站台有唐山、叶柏寿、赤峰、白城、四平、阜新、建平、锦州、葫芦岛、廊坊、沧州、唐山、承德、凌源、盘锦、葫芦岛、秦皇岛，当第三次在唐山下车时，我完全崩溃了。一打听才知道，当天是正月十六了，正好是公司上班的日子。离老家昆明还远着呢，只好眼含热泪朝着西南方磕了三个响头，准备重新买票回北京上班。问题是怎么跟老板补请假，短信撒个谎，说二舅死了，死得很突然，且责任在我。按家乡的习俗，正月不能剃头，而我非不信，去理发馆简单动了几剪子，结果舅舅暴毙，应了那句"正月剃头死舅舅"的古老咒语。所以，作为肇事者我不得不尽孝守丧送葬。

老板显然信了我的说法，一个小时后才回短信，说你丫被开除了，经查你根本就没舅舅，你妈是独生女。我只好回了句："你妈是剩女！"

老板迅速回了个龇牙咧嘴的笑脸并留言："去吃屎吧！"

吃什么我并不在乎，关键是我迷路了，又不知道下一个目的地在哪里。老板既然开除了我，他就再不是我的老板了，至于我吃啥也用不着听他的狗屁命令了。于是，我在手机上查看了一下全国铁路图，密密麻麻纠结成一团蜘蛛网。不回公司的决定是在老板不准我回公司之后做出的，心里突然松了口气，有一种变被动为主动的胜利感。同时，又有一股莫名的迷惘和失落的浊流涌上喉头。下一站去哪里呢？我先把自己比喻成断了线的风筝，想自由自在地飞向雾霾笼罩的天空。后一转念又把自己想象成脱了缰绳的野马，渴望狂奔于快速沙化的草原上。然而眼下的实际情况，我是一个举目无亲的弃儿，是丢了饭碗的乞丐，我没资格把自己高估为风筝和野马，连流浪猫都算不上。你瞧，斜对面座椅下躺着的那只胖乎乎的流浪猫正用傲慢的眼神鄙视着拿着半块饼干挑逗它的美女。美女啊，饶了那只猫吧，麻烦你来挑逗挑逗我呗！心里想这么说，但又说不出口。去年回家过年时曾租借过一个女友，花了三千块钱，最后还是被老妈识破了。那女孩后来说恶心了，总想吐，暗示有怀孕的迹象。妈的，我穷但我不傻，摸了几下我的胳膊就能孕育新生命啊？我告诉她，少来"碰瓷儿"的那些俗套，有本事你劈腿呀！加钱就劈腿，咱说话算话，敞亮儿！直接劈啊，不整点前戏啊？我没羞没臊地问。她说，别想那些没用的，要进就直接进，老在门口晃悠顶屁用啊！算了，租来的东西没法用。

  那美女大概也许可能是意识到了我脑子里发出的肮脏信息波，斜眼瞄了我一眼，假装兴致勃勃地继续逗弄那只胖猫。装什么装，我也会装。我打开背包，记得里面有半根啃剩下的火腿肠，用它吸引猫的注意力——它比饼干奏效。翻了半天，找不到火腿肠踪影，却掏出了一本书，这是启程返家那天塞进去的，打算路上看看，天生就不是读书的人，一路辗转也没想起翻翻书。这本书叫《80后怎么办？》，是一个叫杨庆祥的哥们儿写的。怎么办，还能怎么办？80后也不年轻了，房子、票子、位子、孩子要啥没啥，租个女友骗骗老妈都露馅了，还能咋办？我随手把书翻开，故意夸张地弄出哗啦哗啦的声音，"上意识"地希望引起那位无聊逗猫女孩的注意。

我的夸张表演果然有效，那位美女侧过脸来大大方方地看着我，我假装聚精会神，像坐在教室里准备冲刺高考一样。嗨，80后前辈，困惑啦？

我把书放在膝盖上。怎么着，圣女？有事请教我吗？

剩女？你怎么知道我没有男友？

误会，误会啦！我说的圣女是神圣的圣，相当于神女、女神，是美女的升级版。

谢谢夸奖，男神嘴好甜啊！

于是她一言我一语地聊了起来。当我得知她尚无固定工作、固定收入和固定男友并打算去昆明打工时，顿时变得兴高采烈起来。同时告诉她，自己也是准备去昆明寻找发展机会。为了坚定她的选择，我把家乡之美吹得神乎其神。在她自称自己是一个吃货后，我又把云南的各种小吃添油加醋地口头煎炒烹炸蒸炖烤烧了一番，还随口杜撰了几道菜谱，听得她只擦口水。

事情就是这样。临上车前，我们俩共同动起了悲悯之心，硬是把那只流浪猫塞进了我的背包里，不管它死活抵抗，东抓西挠尖叫咆哮。我俩坚信，彩云之南，一定有它作为一只猫的梦想。

火车开动时，我的短信传来了老板的妥协："快滚回公司，明天再不上班，就永远别来了！"

我的眼眶突然迸出了水珠。老板的粗暴挽留，使我的形象瞬间高大了许多，我还是个被需要之材。算了，我用眼泪模糊的余光瞄了一下我尚不知其姓甚名谁的美女，大喊一声："我把老板炒了！"

不适合做服务员的女孩

热闹的美食一条街又开了一家湘菜馆,响过一阵鞭炮之后,门前分列两排的礼仪小姐们粉面含笑地向围观开业典礼的路人发出热忱的邀请:"欢迎光临!"

这家店原先经营徽菜,以"臭"为美,不知为何生意越做越冷清,客人越来越少。有人说是菜品不精,有人说是服务不行。还有人说是风水不好,理由是徽菜馆以前的鲁菜,鲁菜以前的川菜,川菜以前的粤菜,几个老板都没坚持到半年,谁开谁赔钱,而左邻右舍乃至整条街的若干家饭店都红红火火,唯独这家换谁都不成,就是风水不给力。

那天我和几位朋友沿街找店,正巧碰上这家湘菜馆开张揽客,迎宾礼仪美女们热情洋溢的欢声笑语让我们这几位大叔心甘情愿地被"绑架"了进去。

包间装修得简洁雅致,几位客人坐下后都感觉挺舒适。领班特意过来向我们表示欢迎,简单介绍了新店菜品的新特点。"今天头一天开张,谢谢各位领导大驾光临。这位小妹为各位贵宾服务,有什么要求尽管提,我们一定竭诚服务,我就不陪各位先生了,还要去照顾一下其他客人,一会儿再过来敬各位老板一杯。小妹,你要好好照顾客人哟。"她说完熟练地一鞠躬便告辞了。我和几位朋友既不是"领导",也不是"老板",

但不论去哪儿吃饭，都流行这类称呼。

"美女，点菜吧！"我们让女孩把菜谱递过来。

翻了几页沉甸甸的印制精美的菜谱，我们看得眼花缭乱。

"小美女，你们家有什么特色菜，你给推荐几种呗！"我侧过脸来请服务员帮忙。

"红烧裙边最有特色，客人们一般都点这个菜！"姑娘兴奋地翻到菜谱的一页指给我看。

"今天刚刚开张，客人们就都点这个菜，说话过过脑子行不？"

姑娘脸红了，捂着嘴笑了笑。

"多少钱一份？"

"上面写着呢，3 888 元，不贵，开张优惠打八折。"

"是不贵，小美女你一个月挣多少钱呢？"

"领导，别跟我比。反正我觉得不贵。"

"还有别的特色菜吗，你再推荐几个我们选选。"

"有，您往前翻。我建议吧，你们一共 6 位，人又不多，菜可以点得精一点，别点多了，多了浪费。我推荐您，每人一份佛跳墙，实惠，才 398 一例。位菜有了，再点一只龙虾刺身，可三吃呢，头尾椒盐，一部分煲粥。来一只澳鲍，过桥鲍片，省得点汤了。不喜欢吃红烧裙边，可以换一个红焖甲鱼，野生的，比裙边能省 300 元钱呐，才 3 588 元。再点一个石斑鱼或笋壳鱼，清蒸的，不能都是辣的。剩下的，我给你们配几个爽口的下酒菜，酒你们自己带了是吗？我看见了。基本上就 OK 了，包各位领导、老板满意。"

几位客人已经听不下去了。一位摇摇头叹了口气，说了句："我们不吃了，能换个店吗？这也不是湘菜呀！"

小姑娘一听急了："不能换，不能换。这位大哥请客，你们哪好意思不给他面子呢？再说这茶水也给你们倒上了。"

"这茶多少钱？"那位朋友问。

"这是黑茶，湖南独有的特产。一壶才588元。"

"啥？588？黑茶？我看这是黑店。"

"领导大哥，您别生气嘛！我给你们六个人沏一壶，划算。要是按杯算，一杯就118元。"

"算了，算了，饭前别生气，我来点菜。"我笑着示意朋友们别激动，我重新打开菜谱，"美女，你是湖南人吗？"

"嗯。"

"我听你的口音不像，是河南人吧？"

"你咋听出来了？"姑娘笑了笑。

"俺也是河南人，老乡哎！"我故意换成了家乡话，"老乡见老乡，两眼泪汪汪，照顾照顾老乡呗！"

"还真是老乡！您就照顾照顾俺呗！一看您就是发了大财的大老板！"姑娘用浓浓的洛阳腔。

"算了，算了，我知道你点菜提成。隔壁那桌客人都是银行行长，你去照顾他们吧。我先研究研究你家的菜谱，过一会儿点菜再叫你。"我没好气地变了口吻。

"那、那、那好吧！"姑娘很不乐意地扭身走了，重重地带上了房间门。

一位朋友愤愤地骂了两句，然后到外面找来了另一个服务员，请她重新点菜。

"丫头，你过来一下，我说你记。不用你推荐。"我也不耐烦了。

"辣煮花螺。"

"不新鲜。"姑娘小声咕哝了一句。

"那换一个新鲜的，辣炒螺片。"我提高嗓门并瞪了她一眼。

"不一定有，我得问问。"她又咕哝了一句。

"要这个，水煮鱼！"我指给她看。

"那个太慢。"她头不抬，只顾在纸上记。

"多长时间？我们可以等。"

"五十分钟，至少。"她答。

"没问题，就要水煮鱼。还有这个，腊味合蒸。"

"这个上菜也慢。"姑娘说了句。

"小丫头，你这个姑娘怎么回事？我们点菜，用不着你多嘴。"一位客人训她。

她白了客人一眼，低头在本上写下菜名。

"再要个剁椒鱼头。"另一位朋友补充道。

"那是川菜，不是湘菜。"服务员又插了句嘴。

"就是湘菜。对，红烧肉，加一个毛式红烧肉，这也是湘菜。"

"太腻了。"服务员还是管不住嘴。

"我们喜欢腻的，越腻越好！"

……

就这样,我们又点了几道菜,每次这位服务员姑娘总是憋不住说一句不中听的话,搞得我们很烦。

菜总算上来了,我们开始边喝边吃边聊,那姑娘站在房间里又不时插嘴,客人们让她去门外休息,有事再叫她,她却不肯,说是主管不允许,她必须待在包间里为客人服务。

我们彼此交换眼色,都意识到这姑娘脑袋里似乎缺了根筋,还跟她开了几句玩笑。她好像也听不大懂,我们便权当她不存在,只顾喝酒聊天,再也不搭理她了。

你不搭理她吧,她却主动招惹你。

我们正聊到兴头上,她突然冒出一句:

"你们干吗不在家里吃饭,偏偏跑出来吃,这里又贵又不干净。"

过一会儿又冒一句:

"你们少喝点吧,我爸喝酒喝死了。"

又过一会儿,她长叹了口气:"唉,男人没一个好东西!"

"你这是怎么说话的。这小丫头是成心不让客人吃饭呀,我们这不是花钱买恶心吗?"

我们几个又七嘴八舌地训斥了她一番,她若无其事地站在墙角也没反应。

"你就不怕我们投诉,告诉你老板炒了你鱿鱼?"

"不怕,我早就不想干了。老板扣了我们身份证,还有1 000块押金。"她振振有词。

嗨,今天怎么遇到这么个姑奶奶!我们又吼了她几句,然后得知她是老员工了,以前的徽菜、鲁菜、川菜、粤菜馆她都在这儿做服务员。

有这么个服务员,哪能不关门倒闭!前几个老板大概就倒霉在这个犯浑的姑娘身上。

算了算了,我们几位没跟她再理论,也没找她的领班和主管告状,怕她因此而丢了饭碗。

快收杯时,她竟然冷冷地轰客人走:

"都九点了,你们快走吧,我们该下班啦!"

有位客人气得把酒杯往桌上使劲一拍,杯子碎了,"你这是什么态度?你快给我们道歉。"

"不道歉!你们应该向我道歉!"姑娘倔强地仰起头。

"这他妈哪儿说理去,我们凭什么给你道歉,你这个丫头也太不懂事了吧?"

"就是应该向我道歉。"姑娘两眼冒出可怕的凶光。

"道什么歉,姑娘?"我怕起冲突,放缓了口气。

"你们凭什么管前面那位服务员一口一个美女地叫着,等我来了,你们不是喊姑娘,就是叫丫头?凭什么不喊我美女,我有那么丑吗?"

她这一发火,我们全愣住了,然后爆发了一阵大笑。

"对不起,对不起,我们不对,我们不能以貌取人。不、不、不,不是那个意思,其实你长得很有特点,一点都不丑。"我赶忙解释。

姑娘表情渐渐放松下来,少叫一声"美女"她是如此委屈。

准确计时的人

老朱并不是个急性子,平时说话的语速不紧不慢,办事干活也不慌不忙。但他又是一个对时间极其敏感的人,分分秒秒都很在意很计较。他的这个很特别的敏感和爱好,常常让同事、朋友和领导感到头疼。

这位被同事笑喊为"朱秒秒""朱计时"的老朱,左右手腕上各戴一块手表,不管是走在路上、站着等车,还是坐着聊天,都会频频看表,间隔时间不会超过一分钟。不断地抬起左手,放下的同时又抬起右手,一左一右不停地相互交替,像是胳膊被牵动的木偶,一上一下反反复复,样子十分滑稽怪异,看着令人眼晕,都认为他这是一种类似于多动症的疾病。

准时、守时是老朱最显著的优点和美德,与他相约绝不会出现迟到之事。他自己也认为这是个好习惯,常说自己最讨厌不守时的人了。小时候,老师上课前总会表扬他,夸他的时间观念全班最强,很多老师都以他跨进校门或走出教室的那一瞬间核对自己的手表或办公室里的挂钟,就连负责摇铃的门卫老大爷也是根据小朱同学在课间休息后转身走向教学楼的那一刻举起手上铜铃的。据说,那时他是同学中唯一戴表的人,是父亲经不住儿子缠磨哭闹而送给他的一块破旧手表。他父亲也许是个修表匠,但此说法并未得到考证。

戴两块手表的举动过于怪异，老朱却认为这很自然，对比一下更会精准一些。然而同事们却调侃说，那是因为他左手的手表掉了分针，而右边的那块掉了时针，不得不两块一起戴。老朱缺乏幽默感，认真纠正道："净瞎说，两块表质量好着呢！"

老朱的长处经常会受到重视。有些需要计时的事情领导总会让他去做。比如，运动会短跑和长跑比赛，由他去掐秒表，一口就能报出 12 秒 16，或 4 分 38 秒 12 等准确数字，大家都口服心服，无可争议。踢足球、打篮球时，也请他掌握时间，场场准确无误。有时开会，发言也需要控制时间，领导便令他负责计时，五分钟或十分钟时间一到，他就摇铃或敲茶杯、敲桌子，催促发言者立即结束，不得超时。

老朱的时间观念强，这是优点，但这优点更多时候表现为缺点，偶尔也得罪领导。比如，开会时他会突然大喊一声："不是八点开会吗？现在都八点过两分三十秒了，怎么还不开会？"甚至会打断正在讲话的上司："会议十一点半结束，这都十一点五十八分四十六秒了，怎么还不散会？"他往往坐在会场的第一排，会不时地用左手指指右手，又用右手指指左手，提醒领导注意讲话时间，这种情况总令领导紧张、尴尬。有时领导当众责骂他："老朱，你是急着赶火葬场啊？"

"朱秒秒"不光得罪领导，同事们也常受到他的伤害。走在路上只要遇到熟人，他跟人打招呼的同时就抬起手来左右看一下表。尤其上下班时，遇到的人多，他左右手不停地抬起放下，忙得不亦乐乎。很多同事觉得老朱不怀好心，是不是监督我迟到早退？这事也不归你管嘛！嫌他狗拿耗子多管闲事！

平常聊天说话时，老朱也一律用时间来描述和评价一个人。比方说："赵处长今天上午跑了6趟洗手间，最长的一次花了5分48秒，最短的一次5分21秒。说明前列腺出了问题。""秘书科小雅，前天蹲坑用了56分30秒，昨天是1小时零26秒，今天也磨蹭了58分43秒，弄不好是便秘，或者是犯了痔疮。""上周二中午12点15分24秒，我在职工食堂碰上了数学系的赵老师，他吃饭只用了3分17秒，我提醒他吃得太快了，对胃不好。我告诉他，那容易得胃癌，他不领情，还骂我缺德。"

老朱也会对一些时间标示含糊的或不够准确的文字材料表示异议。有一回他从一份公开张贴的讣告中挑出了毛病，他认为这种错误不可宽恕。讣告说某某教授于某年某月某日下午于医院病逝，享年七十九岁。他打电话给逝者家属，追问死者到底是下午几时几分几秒失去生命体征的。他不依不饶地刨根问底，惹得人家很不高兴。

有同事劝他："老朱啊，有那个必要吗？又不是火箭发射，日常生活吃喝拉撒生老病死有必要准确到分秒吗？"他一脸严肃："当然有必要！时间就是生命，哪还有比生命更重要的事情？"

"那你能记住别人离世的准确时间呀？"

"当然能啦。"老朱一口气说出了他爷爷、奶奶、姥姥、姥爷，还有七大姑八大姨等一大串亲戚离开人世的精准时辰。

"你是随口瞎编的吧？"同事讥讽他。

"我就知道你不信。那我告诉你,毛泽东主席去世于1976年9月9日0时10分,周恩来总理也是1976年离开我们的,1月8日9时57分,这回你信了吧?你可以去查当年的新闻报道和《告全党全军全国各族人民书》。虽然没有精确到秒,但作为讣告,说到分钟也就够了。"老朱认真地解释道。

老朱就是这么一位对时间极端敏感的人。但他本人并没有因此而长寿,反倒仓促地结束了相对短暂的一生。他因病早逝,墓碑上刻着他准确的生卒时间:1958年2月14日11时15分—2002年3月19日3时21分。

前天下午,我在校园里偶然遇见了老朱的儿子,聊起他父亲时我问了句:"你爸爸已经走了快十年了吧?"

"不,他已经死了11年了,"他儿子边说边抬起胳膊看了看手表,"准确地说,他已经死了11年4个月16天7小时零8分钟了。"

·穷人为什么有钱？·

范三两口子大早晨一起来又开始犯愁，这是头天晚上犯愁的继续。其实，这件事他们一直愁了三天。

五舅三天前死了，今天头晌要出殡。虽然是表舅，但毕竟是亲戚，且住在同一个镇子上，无论如何也要去送送，烧几张纸，磕三个头。街坊邻居也会去的，这是规矩。何况又是外甥，一定得去，两口子在这一点上没有争议。

去了就得有所表示，要随份子钱。这是老礼，也是常情。范三两口子在这点上也没分歧，要去就不能空着手，多少都得意思一下。关键是拿多少钱？钱少了人家笑话，那要记账的，有时还唱账，边记账边当众大声喊出数目，交钱多的很有面子。范三很要面子，老婆的脸皮也很薄，生怕乡里乡亲的瞧不起。论家庭收入，他俩算是全村最穷的人家了，是低保户，每月靠那几百块钱救济金勉强过日子。老范身体结实的时候，能外出打工，帮城里人盖大楼，几年前从脚手架上摔了下来，虽然捡了条命，但身子废了。儿子也不争气，得了一场大病，钱花了、罪糟了、人没了，撂下一大堆债。从前年开始，镇上有了新政策，给残病人每月发放 800 元生活费，老范符合条件，经申请和审批后享受这个待遇，可至今尚未兑现，原因是眼下镇里没钱，以后会慢慢补上。范三雇人用平板车把自己推到民政办，办手续就跑了好几趟，那时他瘫痪在炕，行走不便，但镇上必须本人亲自来办，不能委托他人。拍照片过去也不行，上级担心弄虚作假。老婆曾恳求镇上派人去家里核实，那人白了她一眼："我怎么能去，我是干部！"干部是不能去老百姓家里的，这是老范两口子重新明白的道理。老婆手续办好后，多次跑去按月领钱，人家说："急什么，又少不了你的，替你攒着呢！"直到现在还没见到分文。老范劝老婆说："这是好事儿，镇上替咱攒着呢，要是领回来早就花完了。"

问题是现在要用钱了，因为五舅死了。按乡下的规矩，他一定要去的，而且不能空手，他自己可以少吃少用，甚至不吃不用，但这规矩不能破，面子不能丢。他让老婆把手头的钱统统拿出来交给他数一数，老婆叹着气说："不用数，一共75块8毛钱。"

"上个礼拜你告诉还有一百块钱呢，怎么就剩这点了？"

"净说些没用的，那两天你发烧咳嗽，我不是去买药了吗？"老婆没好气地说。

"我就说嘛，头疼脑热那种小病小灾根本就不用吃药，扛一扛就过去了！"

"你可拉倒吧，不吃药病能好啊，你是不是想陪五舅呀？"

范三没吭声，他不是怕陪五舅，是想起了死去的儿子。

两口子一连三天为去吊唁五舅的钱发愁，能想的办法都想了，卖了两只鹅三只鸡，菜地里的黄瓜、青椒、茄子能摘的都摘了，老婆拐着筐送到镇上的农贸市场，没卖出几斤，被市场管理人员连筐带菜统统没收了，说她没有交摊位费，她想讲讲理，被人一把推倒了，腰疼得直咬牙。

老范劝她找娘家亲戚借点，她觉得很丢脸："过去借人家的还没还呢！"

"等有钱了再还呗，咱又不是赖账的人。"范三知道她为难。

"咱啥时候能有钱？"

"残病人补助金不是攒了一万多元，到时候就有钱还了。"

两人你一言我一语地规划着，老婆又豁去面子跑了趟娘家哥那里，总算凑了四百块钱。

"就这些吧，不少啦！"老婆帮老范穿衣服。

"按我的意思，至少拿五百。其他侄儿外甥起码都拿几千，上万的估摸也不少人拿。"老范有点遗憾。

"人家是亲外甥，又个个都当老板，在城里住楼房坐轿车。再说了，五舅活着的时候，也没给过我们什么。"

"可别那么说，咱儿子治病时，五舅还给了四百块呢！"老范本来不想提儿子，怕老婆哭。

"这不还上了吗，正好！"老婆抹下了眼泪。

"拿不出手啊，让人笑话！要是再多一百就好了。"

"别磨叽了，你到底去不去。咱家穷，全村人都知道，谁能笑话？"

"好，听你的。谁爱笑话就让他笑话去，四百就四百。咱趁人少的时候悄悄交上去，席咱就不吃了，转身就回来！"

老婆点点头，帮他把头发梳了几下，小心翼翼地把那四百元钱叠好，揣在兜里，搀扶了老范一瘸一拐地往外蹭。

因为腿脚不利落,等范三两口子蹭到五舅家已经快晌午了。他本来打算趁人少的时候把钱交上,可正赶上人齐的时候。收钱记账的桌子又正好摆在了院门口,进门就得交钱。老范见院子里挤满了吊唁的熟人,他紧张得满脸通红,顾不上跟人打招呼,慌慌张张哆哆嗦嗦地赶紧从兜里掏钱,就怕别人看见。

"你交四百?"收钱记账的小伙子大声问。

"嗯。"老范点点头,嗓子眼儿干得发紧。

"你有没有搞错哇?"小伙子又提高了嗓门。

老范的脸上像被灶炕里的火烤了一样。

"那我可记下了啊?"小伙子两眼紧盯着范三那张火烧火燎的黑红脸庞。

"嗯。"老范手脚冰凉只想转身离开。

"范三四百元!范三四百元!范三四百元!"小伙子边记账边连喊三声。

院子里吵吵嚷嚷的声音一下静了下来,所有人都把脑袋转向了门口,眼睛齐刷刷地盯在老范身上。老范感到一阵头晕,若不是老婆在身旁搀扶着,他早就仰脸倒下了。

"哇,没想到这家伙这么有钱!"有人叫了起来,然后就是七嘴八舌的一片议论声。

钻进范三两口子耳朵的话:"别人最多给一百,他给四百,真有钱!""平常吃上顿,没下顿的,哪来那么些钱?""装的呗,当年从楼上摔下来那会儿,他说没赔一分钱,谁信呢?""他哪有钱?穷大方呗!""老实人,太实在了!"

村主任见范三傻站在那儿一动不动，走到跟前狠狠地拍了下他的肩膀："范三啊，你一个吃低保的一出手就是四百元，我他妈一个堂堂的村主任也才掏了八十块。看来以后这最低生活费咱不能再发啦！"

又有两个邻居凑上来起哄："老范，你借我的那二百块钱，今天能还了吧？我可是跟你要了好几趟了！"另一位说："你还欠我五十块钱，也一块还了呗！"

五舅妈哭哭啼啼颤颤巍巍地从屋里走出来，拉着老范的手："三儿啊，五舅没白疼你呀！就你是个厚道人、情义人。你看那些亲侄儿亲外甥，个个都发了大财，你看看院外停的那些辆晃眼的汽车，都是他们坐的，从城里开过来的。谁都比你有钱呢！他们都给了一百块钱，谁像你这么实在呀，你自个儿还欠了一屁股债，咋还这么穷大方呢！你听舅妈的，我做主了，退你一百五，你给二百五就是今天最高的了。你不信是吧，你去瞧瞧那账本，我儿子儿媳才给了二百呀！"老太太激动得直抹眼泪。

"好嘞，听老太太的，范三二百五！"小伙子大喊一嗓。周围响起了笑声。

"五舅妈，您可别退！二百五，多难听，让人笑话！不退，不退，孝敬您的！"

"真不退？"小伙子说，"可别瘦驴拉硬屎啊！"

"不退，坚决不退。"老范的口气非常骄傲。

"好，老范不是二百五，还是四百元！"记账员又亮开嗓门喊了三遍！

双胞胎兄弟

在外人眼里,这哥俩其实就是一个人,几乎没有任何区分度。相貌、声音、表情、动作高度相似,就像同一棵树上的两片叶子,同一批次出厂的两个乒乓球,或者就是一个白球从正中间劈成了两半儿。

可能是从降生落地那一刻起,父母就被这两个小家伙搞糊涂了,分不清哪个先哪个后,哪个大哪个小,并排摆在一起同时哭同时笑,同时屙同时尿,就连咬手啃脚挠头都像是受到某种机械操控,精确到秒。两人在母亲的怀里一左一右同时张嘴吃奶,同时打嗝放屁。

大名是父亲给取的,征求妈妈意见时,她也笑着表示赞成。一个叫李乒,一个叫李乓。外号是上学后老师和同学共同叫开的,一个叫瓜子,一个叫瓜子,并有诗为证:"瓜子嗑瓜子儿,不知哪个是皮儿,哪个是仁儿。"

像生活在我们身边的所有的双胞胎兄弟姐妹一样,人们都习惯于让他们穿戴同样的衣帽鞋袜,留同样的发型,用尽一切可能的手段,强化他们与生俱来的相似性,培养他们的共同兴趣和爱好,让后天发展先天,试图把两人变成一个人,完全彻底地"合二为一"。李家乒乓二兄弟也不例外,这对被同学同事喊为瓜子和瓜子的双胞胎在大伙儿的共同努力下,彼此变成了对方的镜子，且形影不离。

好吧，一起玩、一起吃、一起喝、一起睡、一起去厕所、一起上学、一起毕业，等到了工作时，两人又同时被录用在同一个岗位——不录不行啊，二者条件完全相同，没理由只取其一。

至于瓜子和瓜子在成长过程中，在日常生活里由于一模一样的相貌、行为、装扮和不分彼此的兴趣爱好以及如影随形般同时出现所闹出的笑话和误会，那就别提了，搜集起来能出一本厚厚的大书。最麻烦的事情当然是谈恋爱了，目前除了他们的母亲通过在这哥俩身体上的某个部位事先做个记号外，世上再没有哪个女人能分清他俩到底有什么不同。所以，这兄弟俩曾商量过要娶就娶一对同样的孪生姐妹，彼此用不着计较你我。但，这种巧事太难遇到了，两人只好一直独身至今，以确保不伤害兄弟和姐妹之情。

与其他双胞胎不同的是，这两人有两个共同的爱好：一是爱吃重庆火锅，二是在吃重庆火锅时一同释放无穷无尽的同情心。

离他们所在的机关大楼西南处不远，一条马路之隔就有一排火锅店，李乒与李乓（瓜子和瓜子）是其中一家店里的常客，这家店名叫"宽板凳"，味道很正宗。哥俩也相当会吃，从来不点牛羊肉，而专涮鸭肠、鸭血、百叶、黄喉和黄辣丁、耗儿鱼等，外加几种蘑菇和笋尖。两人平分一瓶白酒，边吃边聊，没有三四个钟头，不会散场。

店里的老板娘和服务员们早就混熟了，他俩只要一到，就会热情地打招呼，引领到一张相对安静的桌子旁坐下，问一句："还是老几样？"便开始端锅上菜了。

爪子从公文包里掏出酒瓶子，瓜子同时递过两个玻璃杯，二两半大小的，摆放在爪子跟前，爪子准确无误地将两个杯子倒满，不多不少，正好半瓶。于是，两人便长筷子一伸，先夹一块爽口的泡菜，"来"，往嘴一放，又端起杯子滋溜一声，便开始同情起全世界有权有势有钱之人了。

"你说，这当官的傻不傻，有福不享专找罪受，咳，真不知图个啥子嘛？"

"傻，统统是傻蛋。当再大的官，也不能像咱俩一样，火锅就酒，吃香喝辣，想说啥就说啥！"

"对头，就说咱们科长，嘁，那真叫一个傻帽儿，二到家了。天天晚上加班，除了加班什么也不干。"

"装忙，装工作狂，你懂吗？来，走一个！"

"可不是呗，这我懂。人为什么要当官儿，就是为了图一个忙，至少得装出一副忙的样子来，再整一口！"

"装忙才能升官，升官是为了贪权贪钱。有了权和钱还得照样装忙，除了开会就是写材料，全是浪费生命，真他妈的无聊。我算看透了！"

"一点儿不假，就是这个路子。你说，咱科长还能升吗？"

"嘁，这用不着咱俩操心。他爱升升，不升拉倒。升了又怎样？原先咱们大学时的那些同学当官的也不少，有处长，也有司局长，咱班长听说要升到副部长了。那又怎样，你啥时见过他们在'宽板凳'喝点小酒？有劲吗？没劲！真他妈的没劲!"

"咱班那几个号称大款的有钱人也那么回事儿,日子过得比谁都节省,看上去那叫一个穷啊,我都替他们心酸!"

"就是嘛,嘴上说着有多少多少钱,跟天文数字似的。有钱舍不得花,那叫没钱!攒着的钱都不是自己的,你说是不是这么个理儿?"

"来,碰一下。千真万确,钱花了才是自己的。咱俩基本上属于月光族,却一点都没有缺钱感。来,服务员小妹子,再添一份毛肚。"

在嘈杂的火锅店里,双胞胎兄弟频频举杯,脸上的颜色由浅到深,由红转紫,话题却一直不变。他们从熟悉的身边的同事和过往的同学聊起,同情每一位职级高于他们的人,先是科长,接着是处长,最后把同情心倾注于这个时代、这个世界上最高权力的拥有者,包括那些早已逝去的大人物,如秦始皇和恺撒之流,捎带着他们也可怜那些富可敌国的有钱人,比如比尔·盖茨和马云。

一瓶酒见底了,爪子和瓜子才会意犹未尽地收起他们的同情之心,并心满意足晃晃悠悠地离开小店,临出门时总忘不了从门口的大铜盆里各抓一把瓜子儿,边嗑边跟服务员小姐打招呼:"下周五还是这张桌子,给我们预留着!"

就在上个月,这二位几十年不分彼此的幸福生活被突然中断了。因为机关办公室的档案科里只剩下他哥俩了,原先总喜欢加班的科长终于在他俩的同情声中升到别的处任副处长了。上级决定在他俩中选一位任科长,但这两兄弟均表示无意于此,除非两人同时晋升同一职务。这显然不符合机关人事规定,最后只好强行让他俩抽签决定,无奈之下一人获升。

从任命的第二天起,几乎全机关的人都说一眼就能认出谁是哥谁是弟,谁是乒谁是乓,谁是大谁是小了。

领导自费出了趟国

老领导打电话问我:"你在芝加哥有熟人吗?"我一时想不起来,便支支吾吾地含糊着。"不认识就算了,我再问问别人。"他好像有些失望,口气不大对劲儿,然后就挂了电话。

熟人?我在脑海里紧急搜索。朋友?亲戚?同学?对,同学。我大学时的一位女同学十多年前听说去了芝加哥,虽多年未有联系,但我能打听到。

我赶紧回拨了老领导的电话,这可不敢延误,因为他曾经当过我的上司,虽已退休三年,但我做下属的不该有所怠慢,这可是职场上的忌讳,尤其是退休领导,他们往往心理更敏感,况且从刚才他在电话里口气的变化我已经意识到了。

电话通了,我立马向他汇报了我"搜索"到的"熟人"——我的大学同学的情况,并问他有什么事情需要我去落实。

老领导的态度变得温和了。他告诉我,他闲着没事,想与老伴儿一块儿去美国转转,就是旅游玩玩。本打算报个旅行团,又再三斟酌,一嫌人多,二怕花钱,嫌住宿费太贵,吃住也不方便,转念一想不如找找曾经的下属或熟人接待一下。他说洛杉矶、纽约、旧金山等地都已安排妥当,就差芝加哥一站没人照应。我说没问题,这不算个事儿,保证您在芝加哥受到宾至如归的接待。他高兴地夸我能力强且不忘旧情有感恩之心。我心想，感恩的说法不该从他嘴里冒出，这话要说也该我说，况且仔细想想当年他也没对我格外提携。算了，计较这些已无济于事，翻过去的一页没有必要再翻回来。

经过七拐八拐，我终于与当年的女同学联络上了，她很热情地答应我的请托，表示"你的领导就是我的领导，我一定悉心接待照顾好他，我让我老公全程陪同，就像接待你一样"。

老领导抵达芝加哥后，女同学每天都给我打电话，详细报告他们老两口的游玩情况，包括他们的吃、住、行方方面面的琐碎细节，直至老两口结束芝加哥之行。我对她的周到安排和细心照顾表达了深深的谢意，承诺下次回国我一定亲自到机场迎候并宴请全家一道去北海后海的一家新开的特色火锅店暴吃一顿。

老领导夫妻二人足足在美国转悠了一个月才回到北京。他打电话告诉我，一路还算顺利，出国看看哪儿都不如北京方便。抱怨吃得不好，睡得不香，虽然每到一处都有熟人、下属、朋友接待，住在他们家里，但花的钱并不少，因为他老两口尽量不想给人添麻烦，更不愿让人感到自己是不远万里漂洋过海跑到异国他乡占别人的便宜，因而在出国之前准备了不少小礼物装满了四个大箱子，尽管这些七零八碎之类的礼物对于远在美国的中国人并不稀罕，他俩却自认为礼轻情意重，甚至认为送给每户的礼物足以抵销他们的住宿费、餐饮费和交通费用。想到这些，老夫妻既心安理得，又有点愤愤不平。他俩总觉得他们对自己的招待不够到位，感叹现在的人都变得很势利，当年自己做官在位时，国内出差虽说不上前呼后拥但前后左右都有人照顾陪同，吃住买单无须操一点心。如今退下了，到哪儿都不方便，就像乞讨要饭一般，倍觉气闷心烦。"唉，"老领导长叹一声，"人走茶凉啊！"

瞧瞧，我这忙帮的，猪八戒照镜子——里外不是人。女同学一方自认为尽心尽力，开着自驾车到机场接送，还让老公跟公司请了几天假专门陪老领导夫妇转了一周，她自己差不多每天都亲自下厨，为素不相识的客人做晚饭和早餐，她说："我除了没向你的老领导汇报工作外，该做的都做了。"她说的我信，我欠她的情。而老领导说的我也理解，长期担任重要职务，下属侍奉惯了，不仅要在生活上照顾到位，还得在他面前低声下气、点头哈腰、溜须奉承，而我那多年生活在美帝国主义的女同学能做到这些吗？

我检讨自己在这件事上的所作所为，失误在于没能准确理解和把握老领导的心理状态和内在需要，仅仅领会了其表面意图，认为只要吃好喝好住好就行了，而忽视了他未说出口的其他方面的需求，比如说若能在机场组织个简单的欢迎仪式，打上横幅，请领导讲几句话之类的则会更好一些，他毕竟长期当领导嘛！

当然，话又说回来了，尽管他做过领导，但毕竟已经退休了，何必还摆那种虚头巴脑的排场呢？多花几个钱报个旅行社，啥事都不用管了，多省心！唉，人啊人，咋就想不开呢！说到底，错误还是在我，当初一口回绝就好了，省得我费了半天劲，却落下个两面不讨好的结果，笨！

猴子台灯

大哥、大嫂、二姐、姐夫，我身体没病，结实着呢！为啥情绪不高？嗨，也没啥！你们要是能替我保密，保证不跟外人说，我就给你们讲个故事，挺逗的。想听吗？好，那我讲给你们听听，有言在先，可不准告诉别人。虽然我是个干粗活的保姆，还是有纪律要求的，平常我看到的听到的统统不准讲，我们头儿天天叮嘱我们说，那些都是国家机密，可不能对外泄露。

是这样的，我们首长和他的夫人关系可好了。这么些年，我从未见过他俩吵嘴、打架，连脸都没红过。首长对老伴儿脾气老好啦，说话客客气气，喊她的名字只叫最后一个字，听起来好肉麻哟。有时也叫大小姐，人多时会正式称她某同志。两人恩恩爱爱，相敬如宾。不像我家那个挨千刀的，跟我一张嘴就跟警察对犯人，城管遇见小商小贩那架势一样，不吼不说话，吃了炸药似的。人家大领导就是修养好，跟咱老百姓根本不是一回事儿。

你们知道不？我们这些身边工作人员平常都管大领导叫首长，这是规定。管他夫人喊阿姨，其实她的年龄跟咱姥姥小不了几岁。他们对我们这些服务人员态度可和气了，有时碰见我收拾打扫屋子还会说一声："小李啊，辛苦啦！"听着心里热乎乎的。逢年过节还给我们送礼物呢！茶叶呀，水果呀，还有米呀面呀，多多少少都会给一些。那些男的，负责警卫和开车的，还能拿到好酒呢！

当然，他们有时也会不高兴。特别是首长，他从不批评我们，但会咳嗽或哼一声，脸色沉下来，眉头皱起来。那种时候我们就知道自己犯了大错啦，阿姨这时便出来吼一嗓子："小点声，怎么没记性！"我们吓得战战兢兢、哆哆嗦嗦，连气都不敢大喘。要知道，不论干什么，不管刷厕所还是搬家具、拖地板、擦玻璃，都得鸦雀无声，不能弄出一点动静，那会影响首长的工作和休息。当首长听音乐时，音量会开得很大，只有这个时候，我们保姆之间才会小声说两句话，捂嘴笑一笑，平常我们只能用眼色交流。

阿姨对首长言听计从，从没见过她跟领导拌嘴。首长在书房看书和批阅文件时，不经允许我们是不准进去的，只有阿姨和秘书才有这个权利。阿姨会替我们把茶和糕点端给首长。

我刚才说了，首长和阿姨相亲相爱，关系可亲密了，听说他俩一辈子都没红过脸。只是过了八十岁以后，才有些小不自在，有时我能听到阿姨小声抱怨他，而首长也会偶尔冲她发点小脾气，有一两次我听他骂阿姨"蠢""老糊涂了"和"多管闲事儿"。

上个月阿姨过生日时，她儿子送给了她一个生日礼物——一个很可爱的台灯。台灯有啥可爱的？不，那是一个造型很别致、很逗笑、很俏皮的台灯，形状是只爬树的小猴子，因为阿姨是属猴儿的，可好玩了。猴子夸张的大嘴里有个小灯泡，那猴子一手拽着树枝，一手遮挡阳光，伸长脖子眺望远方。阿姨可喜欢这个生日礼物了,儿子送的嘛!她高高兴兴地把灯摆放在客厅的茶几上,来来回回地打量着看了好几圈,乐得合不拢嘴。她还请首长与她一同欣赏,可首长并没有她那么兴奋,而是脸色阴沉着,不耐烦地嚷了一句:"快搬走,不能放在茶几上,不协调!"阿姨不敢回嘴,只好挪到了客厅电视柜旁。

"不行,不能摆那儿,难看。"首长的眉头紧皱着。

"这儿不能摆,那儿不能放,多可爱的小猴子,你说到底往哪儿搬?"阿姨的脸色也不大好看。

"爱搬哪儿搬哪儿,就是不能放在客厅里,俗气!"首长口气很坚决。

阿姨不敢怠慢,把台灯端走了。

没过多一会儿,首长返回客厅,冲着阿姨发起了火:"你到底怎么回事儿,愚蠢!快把那猴子从书房里拿走!"

阿姨委屈得满脸通红,她可能觉得很没面子,因为我们当时正在客厅里打理沙发。

"您说到底放哪儿合适,难道要扔到厕所里?"阿姨的嗓门突然高了几度,我从未听过那么尖锐刺耳的高音。

"我不管。"首长转身回书房了。

"唉。"老太太流下了眼泪,她可能太伤心了。

我们蹑手蹑脚地退出客厅,我本想去劝劝她,可又怕惹出大麻烦。

后来阿姨又喊我们,让我们把台灯摆到餐厅里的酒柜上。

吃饭的时候首长又发脾气了,他把筷子往桌子上使劲地一拍,质问阿姨:"又是你干的好事?谁让你把那猴子摆在这儿?

胡闹!"

阿姨眼眶里转着泪珠,半天才说出话来:"您不喜欢那台灯?"

"不喜欢!俗!"

"可我喜欢。"阿姨小声嘟囔着,低下头舀了一小勺乌鸡汤。

"你喜欢就放到你的卧室去,别摆在这儿!"首长用筷子敲了敲青花瓷鱼盘的边沿儿。

"那好吧!"阿姨气哼哼地吩咐我把台灯搬到楼上的卧室里。

因为我从未见到老两口闹别扭,那天一直紧张得心里"突突"跳。我生怕再惹首长生气,想赶紧把那只讨厌的猴子搬走,没想到越急越出错,刚端起台灯,脚下一滑,竟把猴子台灯摔到了地板上,只听"叭"的一声,比炸弹爆炸的声音还响,猴子粉身碎骨地躺在了地上。我两个耳朵被震得嗡嗡响,两只眼睛直冒金星,差一点跟那只猴子一样瘫在那里。

首长和阿姨也被眼前发生的一切给吓住了。他俩愣了好几秒钟,才缓过神来。首长说:"搞什么搞,毛手毛脚的!"阿姨倒是没指责我,她直接号啕大哭,可瘆人啦!

这就是我前些日子惹的大祸,后来主管领导跟我谈了话,我写了检查,请首长和阿姨原谅。过了几天,让我提前退了休,工资倒是没减多少。大哥、大嫂、二姐、姐夫,你们老说我最近打不起精神,脸色难看,其实就是因为这件事,都是那个猴子台灯惹的祸。今天是鸡年啦,我要先杀只鸡招待你们,主要是给猴看。

你还记得我吗？

咖啡溅出，有三四滴正好溅在了我的手背上，烫，我条件反射似的慌忙缩了回来。责任并不完全在她，关键是我急着把杯子塞进咖啡机的出口处，而她正想把杯子端出来，我的空杯子碰到了她的杯子上。她连声说对不起，一连说了三遍。我把杯子塞进去，放稳，侧过脸朝她笑了笑，没说什么。她还站在那儿，浅笑盈盈地看着我，轻轻点头，往边上挪了半步。后面还有十几个人正端着杯子排队等着呢。

她微笑着观察我操作咖啡机的按钮，这种咖啡机是新型产品，操作非常简单，直接把咖啡豆磨成咖啡，比使用咖啡胶囊的味道更好。她说按这个钮出来的是拿铁，你不会喜欢卡布奇诺的。

我又转过脸冲她笑了笑，"是的，我喜欢喝拿铁。"

等我把杯子端起，她仍站在原处，依然满面笑容。

"没烫着你吧，我刚才不小心。"她轻声说。

"没事，没事。"我抿了一口咖啡。

"我没想到开会的人这么多。"她跟我搭话。

"是啊，听说有一千多人呢，跟庙会似的。"我附和着。

"这还叫研讨会呢，要是叫'论坛'还不得上万人！"她吃吃笑着。

"现在开会也讲究'双规':一是规格高,要有大人物出席;二是规模大,怎么也得弄个千把人参加。"我顺着她的话感慨道。

"你还是那么幽默。刚才你的演讲相当出彩。"她下意识地摇了摇杯子。

"只限定5分钟发言,能说什么呢?我觉得自己只是在掌声中走到讲台前,说了声谢谢就下去了。"

"哪里呀,你讲得很言简意赅,直奔主题。再说了,你不是说过嘛,讲话要讲'一句顶一万句'的真理,而不能讲'一万句不顶一句'的废话。"她笑时还抬起左手捂了捂嘴。

"那前提是等我当了国家元首的那一天,说啥都一句顶一万句。像我这种小人物一万句也顶不了一句。"我边说边向周围我认识的熟人点头或摆手致意。

"你可是名人呀,说话有影响力。不像我们这些吃瓜群众,说什么也没人在意。"

又有几个人跟我打招呼,我冲着他们招招手。

"瞧,大家都认识你,却没人认识我。"她边说边把杯子送到了嘴边。

"哈,认识你的人多有什么用呢?连喝杯咖啡都不消停。"我准备转身离开。

"你不认识我吗?"她的脸上依然挂着笑容。

我回过头来怔怔地打量了她一下,摇着头说:"面熟、面熟。我们一起开过会吧?一时想不起来了。"我抱歉地在脑海里搜索着。

"哈,我好尴尬啊!你夫人还在太阳证券公司吗,你儿子今年满二十六了吧,结婚了没?"她好像在提醒我。

"您是?"我挠了挠头。

"岁月无情啊!我已经老成什么样子啦!"她脸红透了,笑容僵硬地凝固住了。

"哟、哟、哟,不是您老了,是我老年痴呆了,而且眼神这些年明显不济啦。您叫?就在嘴边,您看您看,实在是不好意思。"

"亲爱的弗拉基米尔·伊里奇·乌里扬诺夫·阿卜杜拉·穆哈默德斯基·余成同志,看来你真记不起我是谁了,好悲催啊!咱俩可是同学呀!"一种难以描摹的神情从她的脸上掠过。

"哈,想起来了,你是那个谁呀!"我仍然没对上号。

"谁呀?我告诉你吧,我是杨丽。"

"啊?还真是你!没变,没变。没老,一点都没老!"我的脸也红到了脖子,也许红到了胸脯。

"第一次见面,你自报姓名时就在余成前面加了无厘头的一大串,全班同学都笑疯了。"

"对不起,杨丽,不是你老了,是我痴呆了。"我夸张地用手假装抽自己的脸。

"算了吧,你就别虚情假意地安慰我了。我前年得了场大病,鬼门关上走了一遭,做了个大手术,化疗放疗全用上了,人都脱相了,刚出院时我照镜子把自己吓了一大跳,心想这是什么鬼啊,哭得昏天黑地。你不记得我很正常,用不着那么夸张。"她的笑容变得自然了一些。

185

"我们有多少年没见了,三十年?"我试探着问。

"哪有三十年,才十八年。咱俩上进修班才二十年。后来我来北京出差,你请我吃饭时你儿子都八岁了,正读小学。你还跟他开玩笑说,让这位漂亮阿姨给你当新妈妈好不好,小家伙气得扔下筷子撒腿就跑,还转身骂了我一句'白骨精'。"

"对、对、对,读进修班那半年,几乎全班男生都迷上了你,都自称是'追羊族'的骨干。"我的记忆开始恢复了,并依稀从她衰老的面庞和声音里找到了她当年的模样。

"嘿,老余,你比我小三岁。你当时还一脸真诚地耍弄我说,孔子曰:'女大三,抱金砖。'幸亏没信你。"她呵呵地笑着。

……

那天从会议的茶歇开始,我俩一直聊着,没去参加后半场的分组讨论。我们谈起了很多往事,感慨了各种世态变化。我一再为我的"老年痴呆"向她道歉,她总是大度地一笑了之。分手时我本想跟她交换一下电话号码,她又是呵呵地笑着,摆摆手说:"算了吧,还是不留号码了。我都一个丑老太婆了,明年就退休了,去年就当奶奶啦!谁会跟我联络呢?"

"我会的,真的,我没事给你发发微信?"

"别忽悠我了,就你这记性,说不准连手机放哪儿都找不着,还记得给我发微信呢?"她摇了摇头,"不过,你别泄气。你的记性不算差。主要是我变化太大了。我遇到过记忆力更糟糕的,真的,笑死我了。我校的一位副校长,可逗了,填报个人事项时竟少填了一个儿子，关键是他仅有两个孩子，又不是十个八个。等上级组织核查时，他说他忘了，忘了自己还有个七岁大的儿子。谁会相信呀？最后组织认定他是故意瞒报，给了个纪律处分。你瞧他这记性，你比他可强多了。"讲完了，她笑得直不起腰了，直接蹲到了地上。

在飞机上

"真不敢相信,能在飞机上遇到您,还能坐在旁边挨着您,真是太荣幸了。"一位体型偏胖的中年男子没等落座,便猫着腰冲我套近乎,我斜瞄了他一眼,笑了笑。显然他认出了我,而我正在搜索脑海里存储的各种信息,希望能迅速找到与这个陌生面孔相对应的名字。"不,您不认识我。我姓胡。"他重新站直了身子,把手提包放进座位上方的行李箱里,盖好盖,双手抻了抻皱巴巴的灰黑色休闲西装的下摆,侧身挤到座位上坐下,摸索着扣上了安全带。

"那您认识我?"我试探着问了一句。

"那当然,必须的。经常在电视上看到您。"他的口气很兴奋。

"噢。"我轻声回应着,随手从前排座位的靠背后面,抽出一张报纸,漫不经心地翻看着,没再接他的话茬。

他也从前面的座椅口袋里抽出一本机舱读物,在手上翻动。

"真没想到,能在飞机上遇到您,真是荣幸。"他重复着已经说过的客气话,"您也太低调谦虚了,竟然坐在经济舱,太意外了。"他边看杂志边说话,像是自言自语。

"哈,本来就应该坐经济舱嘛!"我也没转过脸,眼睛盯着报纸说。作为一个不知名的小电视栏目主持人,我的出行一直如此。

"像您这么大的领导,坐头等舱是应该的。您这是勤俭节约,轻车简从,为我们基层干部树立了榜样!"他侧过脸表情谄媚地向我讨好。

"您是哪个单位的?"我知道他肯定认错人了,却并未马上更正。

"您可别用'您'来称呼我,见到您其实我很紧张,不知道怎么说话了。您是一市之长,位高权重,我只是您手下的手下的手下的手下的一名小公务员,在北城区城关镇小坎街道办事处做民政助理,名字叫胡虎。您看到的干部名册上肯定没有我,但我们都认识您,也非常景仰您!"他口齿伶俐,并没有感觉到他的所谓"紧张"。

"噢,"我微微点了点头。"'您',噢,不,你那个区的区长叫个什么名字?"

"报告领导,区长叫魏民富,您肯定知道,他跟您很熟。有魄力!"

"噢,是吗?"我不知道该怎么以一个市长的口吻继续与他聊下去。

"是的,是的,我一点都不撒谎,魏区长绝对是个好干部,说到底是您培养得好!我不擅长拍马,嘴也笨,真的,我说的都是心里话,有啥说啥,老百姓都夸您呢!"他还竖了竖大拇指。

"夸我?哈,怎么夸的,你说说看?"我在鼓励他说下去。

"嗯，那好话可多了。我一时还真不知道从哪儿起头呢！"他挠了挠脑袋。

乘务员小姐开始跟着机上的广播比画着安全注意事项，这是起飞前的规定程序。她们站在过道上，机械地挥动着胳膊，缺乏感情上的投入，因为没有几个乘客会认真听取和观看这些乏味的救生常识。名叫胡虎的中年男人中断了奉承我这位受百姓拥戴的"好市长"的那些动听的话，因为飞机已经开始在跑道上加速，呼啸着斜插天空。

等飞机上升至8 000米高度后，机身放平了，空姐们从座位上站起来，开始准备为乘客送饮料。中年人又重新打开了话匣子，一口一声汇报，向我这位他难得一见的"市长"道出了许多街道基层干部的辛苦。他告诉我，前些年他们镇上和街道的干部还是蛮自在的，"说实话，那时候，我们的压力不大，下乡跑村大伙儿都争着去，吃吃喝喝的机会天天都有，每到一处都有人热情款待，大包小包塞满了汽车的后备厢。"现在不行了，不仅没吃没喝，不敢收礼，就连领导们的专车都取消了，统统没了"后备箱"。每天坐在办公室里，上下班要刷卡，出去溜一圈要请假，得详细说明去哪里，见什么人，办什么事儿，要开具证明。当我问他这样管好不好时，他连连称赞道：好！好！好！效果真好，从严治党嘛，早该这么抓了。老百姓真叫好呀！他还说，像您这样的大领导都能挤在经济舱里与民同行，那群众能不佩服嘛！接着，我又从他的嘴里得知，一位街道的民政助理，每年要填写上级下发的各种调查表、统计表超过一万张，处理各种文件四千多件，上报各类文字材料三千余份，参加大大小小的会议不下数百场。"真的？"我瞪大眼睛追问一句，他拍着胸脯发誓说："真的，绝对真的，领导，我岂敢当着您的面撒谎。我对天发誓，我叫胡虎，是北城区城关镇小坎街道的民政助理，已经工作二十二年了，一直没有升迁的主要原因就是我不会撒谎，不像我们主任，哟，说漏嘴了！"他用手轻轻地抽了一下自己的嘴巴，又接着说："市长您若不信，就让秘书到我们街道调研调研，我说的没一句假话。我把我的名字写下来，省着您记，您心里装着全市六百多万人民，别为我这点小事儿分心。您的秘书在哪个座位？啥，没带秘书？哟，真没想到，您真是领导干部廉洁自律、克己奉公的楷模，怪不得人民群众都夸您呢！"他的脸色因激动而变红。

我几次想告诉他我不是什么市长，却又一直未张开口。不知是出于何种心理或心态，我点点头笑了笑，嘴里嗯嗯啊啊着，说记住你名字了，好记，叫胡虎，还鼓励他好好干！他更兴奋了，还想接着"汇报"，我假装打了个哈欠，微微闭上了眼睛，他十分得体地说了句不好意思，劝我休息一会儿，顺手拿起我翻过的那张地方日报，掩面而读。

我还真睡着了，当乘务员示意我调正座椅靠背，拉起遮光板时，我才醒来。胡虎不在座位上，正从过道走来。他皱着眉头坐下，告诉我洗手间关了，没再说话。

飞机落地了，不太平稳，回弹了一下，我们的身子前后左右地摇晃着。胡虎手里还攥着那张报纸。他突然转过脸冲我说了句："你不是市长！"表情有些异样。我愣了一下："确实不是，也许我跟他长得像吧！"

"嗯，很像，但不是！"他冷冷地说。

"那你是怎么看出来的？"我笑着问。

他抖了抖手上的报纸，脑袋四周转了转，一副很警觉的样子。然后，他指了指报纸头版的一行标题给我看。某某省纪委消息：某某市市长某某某因涉嫌严重违纪，目前正接受组织调查。消息后面附着该市长的简历。

"噢，你不说他是个好市长吗？真可惜！"

"好个屁，全他妈是装的，没个好东西！"他脸色凝重。

"会不会是假消息呢？"我安慰他。

"假消息？你想得美！老百姓就盼着这天啦，巴不得放鞭炮庆贺呢！"他恨恨地说，又转脸瞄了我一眼，"你不会是要逃跑吧？"

"我？逃跑？你真把我当成你们市长啦？谢谢抬举。"

"哼，我看也不像。一个市长还挤经济舱，脑袋进水了！"他没等飞机停稳就站起来取行李，差一点摔了一跤。他站直了身子，又用手抻了抻休闲西装的下摆，拎着包，急急地往前拱，再没回头跟我打声招呼！

·表侄儿的烦恼·

表侄儿前两年当上了村支书,得意了好一阵子。最近他落了个纪律处分,跑到城里跟我诉苦。

"叔,这活儿没法干了。没劲,上下都不满意!"他一仰脖儿把满杯酒倒进嘴里,咕咚一声全咽了下去。

"来,先吃点菜。慢慢喝,这杯子大。"我劝他空腹喝酒不好。

"没事儿,叔。您放心,我酒量大。"他又倒上了一杯。

"酒量大咱也慢慢喝。喝多了伤身,身体可是你自己的。"

"烦,就是烦!其实也没啥大事。"他又端起杯子。

"别、别、别,咱一口一口喝。人烦时喝酒更容易醉。"我赶紧拦住他。

"没事儿,叔。好,我慢点喝,我想跟你说说话儿。"他把酒杯放下了。

"你说,你说,我也想听你说话儿。"

于是,表侄儿打开了话匣子,边喝边说,边说边喝,车轱辘话儿来回转。酒多了,舌头硬了,像是质量没过关的录音机磕磕绊绊地自动倒带。

我边听边替他捋头绪,大概的意思如下。

首先,表侄儿受处分不是因为经济问题。他拍着胸脯发誓，这两年公家的便宜他一分不沾。村民们偶尔送点礼物他也一概不收。谁家遇上了难事，作为村支书他也尽自己所能，能帮多少就帮多少，他在村里的人中口碑还不错。"叔，您不信，您去村里打听打听。您也可以去查查村里的账本，要是有一分钱的问题，您当着众人的面抽我两耳光，三个四个十个八个一百个耳光也行，只要您不累。"

其次，也不是男女生活作风问题。用他的话说："就您侄媳妇那股刁蛮劲儿，我有那贼心也没那贼胆呀！好家伙，每天像秘密特务一样盯着我，一回家就像警犬一样闻我的衣裳。哪可能呢！谁家的大姑娘小媳妇我也没碰过一个指头。她们挺着的大肚子跟我半点关系都没有。"

第三，"绝对不是政治问题。咱哪会反党、反社会主义呢？小老百姓一个，只顾自个儿过好自个儿的日子，谁操那份闲心。再说啦，我是堂堂的村支书，是组织的人，更得注意一言一语一举一动。上面让说啥就说啥，说别的我也不会呀，没那水平！"

第四，表侄儿有些含糊了。"是宗教问题？不会吧，我才不信这个教那个教的，我什么都不信！不过，这些年也不知怎么了，村里有不少人信这信那的。原先咱村北后山上不是有个小破庙嘛，'文革'那会儿让城里去的红卫兵一把火给烧了。头些年是政府出资又给建了起来，再往后又派来了三个和尚，本来没啥香火，这些年烧香磕头的人倒是越来越多了，那都是允许的……后来不知是哪个有钱人牵头，又在西山坡上修了个道观，冒出了两个胡子拉碴缠着绑腿的道士，也有些村民跟着跑。前年又不知从哪儿掉下个牧师，穿得干干净净、利利索索，还能叽里咕噜地讲几句洋话，一听就是南方口音，中国人，戴个眼镜，就跟电视剧看的一样。他租了间农民房，窗户上贴了个纸剪的十字架，也招呼一些老娘们儿（都是家庭妇女）跟着做礼拜瞎起哄。这事儿我也管过，可没人听呀，咱管也管不住。他们都以兄弟姐妹相称，相互帮助做点儿善事，还跑来动员我参加，说的一套一套的，一口一个'主'啊、'耶稣'啊、'圣母玛利亚'啊，还有'阿门'啊，这都哪跟哪呀，我才不去呢！"

最后，我才弄明白表侄儿的错误所在了。

他告诉我，这些年有些事儿不大好办。比如说，村里的有些党员不参加组织活动，每次开会，通知几遍人都不到。有的说有病，有的说有事儿，有的什么也不说，就是开会不到场。没法子，作为村支书的表侄儿只好去请和尚、道士或牧师帮忙，让他们在讲经、布道之后帮助通知一下，让那些党员事后留下，就在道场里凑一块儿开个短会，传达传达上级要求传达的各种文件精神。

还有一次，有一位老党员当了"钉子户"，非常难办。本来，按规划，有一条高速公路要从村中穿过，涉及几十户人家的拆迁。经过说服动员，所有的村民都按照政策的要求在规定的时间内搬迁完毕了，只剩下这位老党员死活不肯走，不管赔多少钱，不管给多少房，不管谁来做工作一概不予理睬，就是两个字："不搬！"为了落实上级指示，尽快动工修路，表侄儿不知花费了多少心血，用他的话说："嘴磨烂，腿跑断，最后被骂成王八蛋!"上面逼得紧,下面骂得狠,情急之下,村支书想出了个好招,找到了庙里的住持和尚,请他出面帮着说和说和。这位老党员这些年常到庙里烧香,对和尚很虔诚。这和尚又自吹会相面、算命、看风水,若他出面劝劝说不定好使管用。果不其然,这和尚告诉他这房子得赶紧拆,越快越好,不然有血光之灾。只要搬走,不出半年便能时来运转、洪福齐天。这位老党员言听计从,第二天就自己拆了房子,连拆迁补偿款都不要了。这是表侄儿自认为做得最智慧的一件事儿,事后还给和尚送了几箱白酒,且叮嘱"不必记在功绩簿上"。

还有几件事也是表侄儿讲给我听的。

村里有五位孤寡老人,无儿无女,生活不能自理,晚年凄惨。办个敬老院吧,房子谁出,经费哪里找,谁愿意侍候?连有些儿女双全、子孙满堂的老人都保证不了老有所养,别说他们了。自从牧师来了后,这五位鳏寡孤独者都有人轮流照顾,临终时牧师亲自到场,为濒死之人做祷告,手捧一本小书和小十字架,嘴里叨叨咕咕,直到老人蹬腿咽气,火化安葬。

还有一位平时老实巴交的小伙子,当年于新婚之夜与新娘发生了口角,又动起手来,据说当新娘抄起一根粗大的擀面杖朝他打来时,他情绪失控,一脚踹倒了女方,致使新娘的额头撞到了梳妆台的桌角上,不幸身亡。刚入洞房的新郎被判死缓蹲进监狱。三十一年后,当年一脸稚气的年轻人已年过半百,满头白发,因在狱中表现良好而获减刑释放,重新回到了村里。当他跛着腿走进村子时,几乎没人认得他。父母早已双亡,亲戚朋友都不愿意收留这位曾经的"杀人犯"。好在西山坡上的那家道观,帮助村委会解决了这个令人不安的难题。道长出面与他谈话,并为他提供了一个栖身之处——住在道观里,白天打扫院落,夜里值更守门。

最让表侄儿头疼和尴尬的事情出现于去年年底。按上级的布置,每个村子于春节前评选三位优秀党员,将先进事迹报送镇里后由镇里予以表彰。经村民小组民主推荐,票数最多的前三位正好是和尚、牧师和道长。表侄儿对这个结果无论如何也无法接受,要求重新推选。反复了几次,村民们仍坚持己见,不肯换人。表侄儿不敢如实上报,只好废掉了三个名额……

"党员不能信教,更不允许搞封建迷信活动,你知道吧?"我问。

"当然知道,这《党章》里写得明明白白!"他又呷了一口酒。

"那你跟那些党员谈过吗?"

"谈过,谈过!不止一次地谈过。"

"那他们怎么说?"

"他们说,他们不信教,也不搞封建迷信活动,只是闲着没事常去庙里、观里和教堂里看看热闹,冬天冷了躲在屋里暖和暖和,夏天热了跑到屋里凉快凉快。我能咋说?"

表侄儿作为村支书是不称职的,他自己也意识到了。"没办法,我知道自个儿错了,我想把道观拆了,把牧师赶走,可乡里乡亲会挖了咱祖坟,骂咱八辈祖宗,唉,愁死我啦!"

喝了酒,表侄儿的心情好多了。他说他完全接受上级给他的处分。他说最近县委给村上配了个第一书记,他排老二了。

他还说，这个新上任的年轻人有朝气、有想法。准备筹钱先建个敬老院，再办个幼儿园，把村里因青壮年外出打工而留下的老人和孩子管起来，再慢慢做工作。

"明年说啥也要评出个先进来，不然太丢人了，"他把杯底的最后那点酒一口干了，"还有吗？"他晃了晃空瓶子。

"没有了，就喝这些吧！"

• 红袖箍 •

门铃响了三声。不用猜，肯定是老婆回来了。晚上八点多了，没人串门。平时也没人登门，除了收煤气费、水电费的，还有来宣传各种安全注意事项的居委会干部，家里只有我们老两口。我把眼睛贴紧门镜，果然是我老婆，她一手拎着一桶花生油，另一手拎着大塑料袋，双脚在门垫上交替擦动。

"口令！"我边开门边问。

"消灭法西斯！"老婆进来了，卷进了一股冷风。

"回令！"老婆厉声喝道，双手的东西未来得及放下。

"自由属于人民！"我笑着咕哝着，弯腰替她拿拖鞋。

"我跟你说过几百遍了，你怎么就是不长记性呢！一点警惕性都没有。我口令刚说一半儿，你就把门打开了。万一要是坏人怎么办，人家还不一刀子把你捅死？你说你整天就没个正经样，干什么都稀里马哈的，你让我怎么说你呢，愁死我啦……"

"别、别、别愁，先把手里的东西给我。别老提着，累不累啊！再说了，我已经从猫眼上看见你了。"我赶紧接过油桶和塑料袋。

"看见就行啦？我们领导说了，眼见不一定为实。你懂吗？万一坏人化装了呢，就你那眼神连公猪母猪都分不清，上次一块儿去菜市场你连我都跟丢了,跟在那个老狐狸精的屁股后面逛了半天。嘁,不稀得跟你说罢了。"她换上了拖鞋,不屑地瞪我一眼。

"对、对、对,夫人说得完全正确。我以后一定注意,睡觉时也把两眼睁圆了,提高警惕。"我又帮她把大衣脱了。

"你少嬉皮笑脸的好不好,我最受不了你那副嘻嘻哈哈的嘴脸,啥事儿都不上心,没心没肺的,迟早要倒霉……"

"求你少说两句行不?整天都神经兮兮的,哪那么多事儿啊?怪不得小萍说你事儿妈呢!"我随手拿起本书来,不想搭理她。

提起女儿小萍,她不再吭气了。女儿快两年没回家了,自从与男友双双去了外地,再也没回来过,连老妈的手机微信也拉黑了,这一点令她相当伤心,常骂她是白眼狼。

两年前,老婆突然向纪检部门告我,称我利用职务之便贪污、受贿并玩弄女性,利用手中的权力谋取个人私利,为此,她还专门写了举报信,强烈要求组织对我予以审查并绳之以法。组织立即停了我的职(一个相当于副处级的不主持工作的古籍研究室副主任),如临大敌般对我进行了认真仔细的审查,按照老婆提供的线索一一核实,甚至询问并调看了我家住宅小区附近的那个名叫"好邻居"的小超市,因为我老婆举报称:"他在过去的一年中,大量购买并使用手纸,这是他与野女人在家里鬼混的铁证。"调查结果却发现我从未去过那家超市。"至于贪污、受贿所得,均用于包养女人,我虽未亲见,但事实胜于雄辩。"尽管我不擅长雄辩,组织上却也未发现任何蛛丝马迹。后来，我老婆又检举我是一名隐藏几十年的中情局特工，在住宅小区的每幢楼上和每个房间都架设了窃听仪器，经常在深更半夜向美国发电报，且在她的脑袋里装上了一块指甲大的芯片，导致她终日头昏脑涨。至此，纪检部门才意识到问题的严重性——举报者可能属于更年期综合征中的妄想症。我不得不央求组织安排她去医院做一次核磁共振，以消除她对脑袋芯片的恐惧，检查费用我自掏腰包。当医生告诉她脑中的芯片已经取出，并出示给她看时，她从病床上一下子跳到了地上，说那块芯片的颜色不对，形状也不符。大夫只好说，再做一次手术，看来芯片不止一块。女儿小萍常常以泪洗面，苦苦相劝，并替我辩护，这又惹怒了老妈。她连女儿和准女婿打包一起举报，说他俩是被我洗脑发展成了特务组织的骨干成员。小萍一气之下先动员我离婚，见我唉声叹气、犹豫难决，便与男友毅然去了边远省区做扶贫工作。

　　一年后，老婆终于恢复正常，对于此前发生的一切忘得一干二净。当我偶尔抱怨她时，她竟然像在听我讲别人的故事似的，最后总会来一句："都是你瞎编的。我怎么会那样呢，那不是神经病吗？"

　　她提前办理了退休手续，我也趁机辞去了副主任一职，专心读书，写点小文章。

　　"别净看那些没用的破书，能升官还是能赚钱啊？满脑袋净装些乱八七糟的破玩意儿，说不定还有反动思想呢！快过来帮我捶捶肩，累死了，这半天的会，坐得我腰酸腿疼的。"她见不得我忽视她。我赶紧放下书。

"又开什么会了?一个退休老太婆了,开的哪门子会嘛!"我揉着她的肩膀。

"哎哟,疼死了。轻点,轻点。对,就这儿,酸疼酸疼的。我不是跟你说了嘛,年终表彰大会,片区警察通知去的,公安局开的,大礼堂里满满的,有两千多人呢。哎哟,你轻点行不?那不叫揉,叫掐。好啦,好啦,再捶捶背,对,使点儿劲,别像苍蝇蹬腿似的。哎哟,轻点轻点,抡大锤砸石头呢?就这样吧,别砸了。来,你还是歇会儿吧,听我给你传达传达今天下午领导的讲话精神。"她的嘴不能停,只要她在家这屋里就一种声音。

"拉倒吧,你还是让我清静清静吧,我看书去了。"我又抄起了书。

"看书、看书,就知道看书。那书上有什么,有狐狸精是不是,把你的魂勾去了是不是?"她气哼哼地盯着我。

"又犯病了吧?"我没好气地回敬道。

"你才有病呢,看书就是有病!光看书你能跟上形势吗?你知道社会现在是怎么个情况,不知道吧?那你就好好听我讲,也不是听我讲,是听上级领导讲。再说了,我的会也不是白开的,你瞧,一桶花生油,一袋洗衣粉,你瞧,还有一瓶洗发水,怎么样,够咱俩用一阵子喽!对,你再往这儿看,烫金的荣誉证书,比小时候学校发的奖状漂亮多了,那就是一张纸。这证书通红的大绒布,你摸摸,软滑软滑的,这叫'治保积极分子',全区才1 500人荣获呢,多光荣啊!"她边说边从大塑料袋里一样一样地往外掏。

"厉害，厉害，我服了你啦!"

"服了吧，不服不行呀!"她从袋子里掏出一个小笔记本，翻开其中一页跟我说，"你听听，领导说了，咱们区之所以是治安模范区，要感谢我们这些大妈群众做的贡献呢!夸我们'神通广大''火眼金睛''屡立奇功'，编织了'天罗地网'，不放过一丝一毫的可疑之点，哈，还表扬了不少先进典型，包括咱们楼长朱大妈，她一年向民警报告了400多条问题线索，警方依据她的报告，破获了十来起案件，审查了上百名可疑人员，还消除了30多个治安隐患。我得向她学习。你听听，咱全区共有实名注册治安群众17万人，每平方公里有300多个呢，所以，我可要提醒警告你，不管出门还是在家，都要老老实实，特别是走出家门，不能东张西望、交头接耳、鬼鬼祟祟，要是让我们这些'火眼金睛'的红袖箍盯上了，没你的好果子吃。"

"好啦，好啦，别瞎说八道了。我怕你行了吧?"我心里堵得慌。

"怕我?你又没干坏事为什么怕我。一看就知道你心里有鬼!"

"我心里有鬼?怕，我是真怕，怕你们冤枉好人!"

"我们从来不冤枉一个好人，也不放走一个坏人!只要你老老实实，不乱说乱动，没人会冤枉你!哼!"

"算了吧，快洗洗睡吧，不早啦!"我转身往屋里走。

"哟，睡啥睡呀，差点误了大事，光顾着跟你磨牙了，差点给忘了。我得赶紧去执行任务呢!"她从沙发上一骨碌爬坐起来，颠着碎步去穿棉外套。

"都快十点了，还往外跑，瞎折腾啥呀？"我没好气地问。

"可不是呗，快十点了。我还得跟三层的门栋长张阿姨接头呢，她让我多关注一下一层新搬过来的那家小两口。好像刚结婚，晚上不到十点就熄灯，窗帘拉得实实的，外人看不见这小两口晚上到底干什么，张阿姨让我十点后贴着窗根听听动静，可不能大意了……"老婆边换鞋边叨咕。

"那你，唉，我明天……"

"你就别烦我了，没看我正忙着呢！这鞋咋这么难穿呢，好了，我走了，我忙着呢！"老婆头也不回地带上了门。

我本想告诉她我买好了去外地的车票，明天赶早班火车去看望女儿小萍。从微信中获知，她后天要与男友举行婚礼，作为父母本应同时出席，可小萍这孩子很任性，三番五次叮嘱我千万不要让她的"奇葩妈妈"知道。

纪念碑

从前，也就是我小时候，本村出了一位英雄叔叔，男女老少都喊他为"叔叔"，是距离我们最近的大榜样。

每次开学，学校都会请他来给我们做报告，校长主持一年一度的隆重仪式，学生仪仗队会敲响雄壮的鼓点，迈着整齐的步伐，绕着他走一圈。有一男一女两个表现优秀的同学分别给他戴上纸制的光荣花和绸布红领巾。

他说：他打过仗，在一个无名高地，同杜鲁门和李承晚的匪兵们顽强作战，战斗到最后一个人——只剩下他自己。弹药用尽了，他举起了石头向敌人砸去。呼啸而来的炮弹在离他几米远的地方爆炸了，弹皮炸断了他的右臂，举起的石头掉下来砸烂了他的左脚，他倒下了。增援的部队赶来了，正准备把他作为尸体掩埋时，他的脑袋从尘土中挣扎着抬了起来。他得救了，但从此失去了右臂和左脚。

这个故事梗概，我和同学们人人都记得，并深深印入脑海之中。若把细节完全复述一遍，至少需要一个小时。当然，这包括英雄的不幸福的童年和无名高地环境的惨劣以及战后他得到的荣誉。

前几年，我偶遇英雄的孙子——一个离家打工的中年汉子，得知他的爷爷已去世多年了。当我向他讲述他爷爷当年的英雄事迹并向他表达敬意时，他不屑地瞅了我一眼，鼻子里轻蔑地哼了一声。我十分不解地指责了他。

他长长地叹了口气，反问道："你不是挖苦我吧？我爷爷说了一辈子假话，临死却坚持不住了。"

我诧异了："啥意思？"

"啥意思？你没听说过？"他白了我一眼。

"听说什么？"我更迷糊了。

"远近几十里的人都知道了。唉，说起来特丢人。他肯定是老糊涂了，他说他以前讲的根本不是那么回事儿，是当年部队领导连吼带吓让他讲的，不然就枪毙。他说当时他们已经让美国鬼子包围了，一个营就剩下七个人了，他们想投降，又不知道怎么喊，想找块白布用枪挑着，可就是找不到。我爷爷说，当时要是兜里有白布就好了，有条白毛巾、白裤衩也行，至少那六个兄弟也能活下来……"

"是吗？"我脑袋里跟白布似的，一片空白。

"唉，他都快死了，干吗要说这个呢？真是老年痴呆了。"英雄的孙子愤愤不平。

"也许说出来更好。"我自言自语，既像是劝导他，又像是自我安慰。

"是啊，我爷爷当初也这么说过。他说他就要与那些死去的兄弟们见面了，如果不说出真相，他们绝不会放过他。唉，反正话也说了，人也死了！"

"村里的人怎么看？"其实，我不该这么问。

"还能怎么看？不少人骂他是骗子，也有人说他是老糊涂了，不该说想投降找不着白布的事儿，无凭无据的，没有第二个人可以作证。他死后，村干部们还专门开会研究了一下，认为他临死前的那番话不一定可信，应相信上级授予他的英雄称号，所以，就把他的骨灰埋在了村口那一块高坡上，还给他立了块三米高汉白玉纪念碑，刻了"永垂不朽"四个金光闪闪的大字。嗨，就这么回事儿呗，村里人也没有再计较。我爹脸上挂不住了，住在村里总觉着不自在，后来我们全家就搬到了外乡，再也没回去过！听说逢年过节，还会有一些小学生排队去碑前送花、敬礼、绕着墓碑转一圈，挺热闹的。"他笑了笑，又摇了摇头。

我也跟着他笑了笑，点了点头。

·后天的想象·

有老同学从外地来京出差，凡在京城工作的同学当然要趁机聚一下，这是惯例。那天晚上一共到了七个人，其中一位还带了个小女孩，只有八岁，小学二年级刚结束，她说暑假过后就读"小三"了。大伙儿笑了，告诉她小学三年级不能简称"小三"。她说，我懂，小三是狐狸精。小丫头是跟着舅舅来的。舅舅解释说，真不好意思，这小家伙正放暑假，她妈也就是我表姐总在外地出差，没法照看她，就扔给了我。没办法，我只好把她带过来。

小女孩很活泼，话也多，不怯场，不认生，性格外向，属于"自来熟"的那种。一坐下来，她就成了饭桌上的主角。因为有孩子在场，我们这几个大老爷们聊天就注意了分寸，憋住了平常必讲的黄段子。酒过三巡四巡，有人的舌头就控制不住了，粗糙之句会脱口而出。舅舅便催促小女孩快点吃，吃完了赶紧去沙发上做作业。有位同学心领神会，马上转移话题，谈起了我们大学时常唱的流行歌曲，先带头来了一段。大伙儿怀旧情绪一下子被调动了起来，你一句我一句一首接着一首地唱个没完。

小女孩从沙发上尖叫了两声，双手捂着耳朵。"别唱了，吵死啦！真难听！"她大声嚷嚷。"乖，不准胡说，好好做作业!"舅舅跑过去摸摸她的脑袋,哄她要懂礼貌。

"就是难听嘛!烦死啦,我要回家!"孩子很执拗,不给舅舅面子。

"那你给我们唱一首呗,来,给她鼓鼓掌!"有人逗她。

"我才不唱呢!"她生气地嘟着嘴。

"那你给我们背一首唐诗吧!"舅舅拍拍她的肩膀。

"什么是唐诗?"她仰着脸认真地问舅舅。

"就是唐朝人写的诗呗,比方说'床前明月光,疑是地上霜。举头望明月,低头思故乡'。你学过的。"

"不背,不背,不好听,我不会!"她使劲摇脑袋。

"那你会背啥呀,儿歌、宋词也行。"

"嗯……让我想想!好吧,那我给你们朗诵一段诗,你们不许说话,要像小白兔那样竖起长长的耳朵认认真真地听。"她俨然成了小学老师。

大家齐声鼓掌。小女孩端端正正地站在桌前,先把食指贴在嘴唇上,示意我们保持安静,还清了清嗓子:

"毛主席送我上讲台,

心儿跳啊泪满腮,

步步脚印波涛起,

件件往事涌心怀,

旧社会黄连拌苦胆,

童养媳被人脚下踩,

……

唱今天,这讲台,

工农兵同志走上来，

三大革命的课堂里，

锤炼革命好钢材，

红色讲台好气派，

金色大道毛主席开，

无产阶级占阵地，

看我工农创未来。"

小丫头背诵时还辅以手势动作，声情并茂，有腔有调，把大家惊呆了。

"你们怎么不鼓掌啊，真没礼貌！"小姑娘抬起小手擦了擦额头上渗出的汗珠。

大伙儿一起拍手称赞，七嘴八舌地夸孩子记忆力真好，能背下这么长的一首诗。

"你从哪儿学会背的这段长诗？"有人好奇地望着她。

"是我姥姥教的。"她自豪地回答。

"其他小朋友会背吗？"

"不会，连我们老师都没听过。"

是啊，我们又一边喝一边闹闹哄哄地嚷了起来，大伙你一言我一语地讨论这首诗可能出现的年代和背景，并猜测她姥姥的年龄及经历。

"我还会背诵更长的呢！"小女孩得意地跟我们炫耀。

"是吗，那你再给叔叔们背诵一段！"舅舅鼓励她。

"好吧，那我开始朗诵了，题目叫《铁打的骨头，举红旗的人》。

"坚持路线斗争,走社会主义道路,伟大领袖指航程,哪怕妖风迷雾,这就是无产阶级优秀战士——王国福……"

天呢,她连说带唱加比画,把全桌的客人完全吓傻了。

"就背到这儿吧!"舅舅说。

"别累坏了,快歇会儿!"

"瞧把孩子累的,满脸是汗!"我们终于把孩子劝住了……

"才背到一半呢,还长着呢!"小姑娘正在兴头上,很不情愿地停下来。

"这是单弦《身居长工屋,放眼全世界》吧,记得我小时候听过,有印象。"有人说。

"不,这好像是单弦联唱,你说的那大概是单弦独唱。我们确实听过。"有人补充说。

大伙又争抢着感慨了一番,并从女孩口中得知这也是她姥姥教给她的。

"我还会背,会背大报告!"小姑娘显得很亢奋。

"算了算了,咱不背了,快去做作业吧。后天就开学了,作业没做完,你妈会骂你的。"舅舅哄她。

"啥,大报告?那是怎么个意思?"有叔叔问。

"别再逗她了,听着心里不是滋味。咱不背了,听话!"舅舅把她拉到沙发旁。

"背,我就是要背,不要你管!"孩子的情绪难以控制。

"就让孩子背一段吧,就一段行吗?"有人调和。

"好吧,你背吧!"舅舅又拽了拽她的小辫子。

"那得有人给我主持呀。"她侧过脸冲着舅舅。

"那，我给你主持，现在请红红小朋友为大家表演节目，掌声欢迎！"舅舅说。

"不，不是这样的。"孩子不乐意地扭动着身子。

"那怎样主持呀，舅舅也不会嘛！"

"真笨，还是我自己来吧！"她的表情很严肃，端端正正地站起来，眼睛来回扫视一遍围坐桌前的听众，像个小大人似的语气沉稳，"各位领导、同志们，在全省上下各族人民满怀革命豪情阔步迈向新世纪的大好形势下……涌现出一大批信仰坚定、艰苦奋斗、勤政廉洁、无私奉献的优秀干部。某某同志就是这些优秀干部中的杰出代表……今天我们在这里隆重举行某某同志先进事迹报告会，就是要学习他毫不利己、专门利人，吃苦在前、享乐在后……全心全意为人民服务的高尚品德……出席今天报告会的某某同志先进事迹报告团成员是：×××同志，他是某某同志生前好友，曾多年共同战斗在工作一线。××同志，她是《××日报》的记者，曾多次采访过某某同志，采写了多篇关于某某县长的通讯报道，下面请我们以热烈的掌声，感谢报告团的全体成员并欢迎他们作报告。"

酒桌上几位听众蒙圈了，不知是惊呆了还是走神了，反正当小女孩嚷着让我们鼓掌时才缓过神儿来。"你们要听我指挥，要长时间热烈鼓掌。"我们表情僵硬地笑着，配合她的要求，拍了几下巴掌。

接下来，小女孩又以某某同志妻子的身份，向"听众"讲述了她心爱的丈夫，一位一心扑在工作上的好县长，一位"只顾大家而忘了小家"的"不称职"的丈夫、父亲和儿子。许多细节生动感人，催人泪下，妻子分娩他不在身旁，父亲病危他不在床前，儿子高考他不闻不问……小女孩时而哽咽，时而抽泣，时而用舅舅递给她的餐巾纸擦拭眼泪。我们几个大老爷们的情绪随着孩子夸张的情绪变化而难以抑制，眼圈湿润了。

在小姑娘一口气讲完后，我们报以热烈掌声并劝她歇一会儿，别太激动了。她莞尔一笑，"没事儿，我还要接着讲呢！"舅舅劝她下一回再接着讲，她急了，抓起舅舅的手狠狠咬了一口。没办法，大伙儿只好任凭她讲下去。

小女孩花了整整一个小时的时间，先后以县委书记、某某同志生前好友（同学、县委宣传部部长）、某某同志生前司机和女记者的不同身份，从不同角度向我们几位同学介绍了某某同志（县长）感人至深的先进事迹。又回头以主持人的腔调，作了简短的小结，号召广大干部向某某同志学习，争做"某某同志式"的优秀县长。小女孩确实累了，一屁股坐在椅子上咕咚咕咚地喝了两杯可口可乐。

我们无语了。她舅舅解释说，这孩子魔怔了。前年她还没上学时，她妈妈作为记者参加了某某的先进事迹报告团。在全省各市县进行巡回宣讲，这孩子太小，留在家里没人管，就经常随身带着，报告团走到哪里，她就跟到哪里，大人在上面讲，她就坐在下面玩，久而久之，就倒背如流了。我也没想到，她今天会上演这么一出，耽误各位老同学喝酒了。

我们都夸孩子聪明，是个天才。有位同学问："那位县长累死在工作岗位上，确实值得宣传。"她舅舅说，嗨，别提了。后来有人举报说他喝酒过量，猝死在酒店里。再后来，腾挪他的办公室时又发现了一百多万现钞。他的事迹也就不再宣传了。

"那这个小丫头知道真相吗?"一位又问。

"谁会跟她说这些?我觉得,这故事她一辈子也忘不掉,估计到了咱们这个年龄也能倒背如流。"

前些日子,我们几位老同学又一次聚会,大伙儿聊着聊着突然想起了那个小女孩,"差不多,有十年了吧?你那个小外甥女现在多大了,还喜欢朗诵吗?"她舅舅告诉我们,她已经长成大姑娘,明年就要参加高考了。他还说:"这孩子还能流畅地背诵小时候听过的先进事迹呢,记忆力超强。更逗的是,她参加过好多次朗诵比赛,背的就是报告会其中的一段,对,就是县长妻子的那一段,哈,每次都能获个头等奖!"

·犯错·

一年之中,老人家一共找了我五次,其中四次是在办公室里见的面,还有一回他直接敲开了我家的门。还有几次秘书替我挡了驾,谎称我出差或开会了,他白跑了几趟。他还多次找过别人,包括我的上级领导和他当年的老同事。每次找我除了口头陈述外,还留下书面材料,是手写的,篇幅不长,文字大小不一,算不上工整,但能辨识清楚。

第一次见面时,他做了自我介绍。姓吴,名字很好记,与《水浒传》里的"智多星"重名,叫吴用。他自报年龄八十四岁了,并自嘲"七十三,八十四,阎王不请自己去"。从他说话的步态和肤发举止判断,他的实际年纪只大不小。他挂着手杖,行动迟缓,但言谈清晰,说明脑子并未明显退化。老人告诉我,他曾在一家二级单位做过书记,已经退休二十多年了。因为参加工作早,任职时间长,退下来时按副厅级待遇办的手续。他找我的主要目的是"汇报汇报思想",并就他在任期间工作上的一些事情向组织做出说明,以求得组织对他的纪律处分重新复议。"对个人而言,这毕竟是一件天大的事。"他说。

"什么处分?"我认真地向他询问。

"这就是问题所在。我今天找您,倒了两回公交车,就是向领导请求告知我的处理意见。我是当事人,我有理由知道组织对我本人的处分决定。按规定，在正式意见公布前，应当与本人见面，而且需要本人在处分决定的文件上签字。"

"这是什么时候的事情？"我提高嗓门问了他两遍，老人的耳朵有点背。

"听说就是这半年多的事儿，我自己不清楚，没人正式通知我。"他的声音异常洪亮。

"是吗，不会吧？我来这个单位已经一年多了，并不记得处分过八十四岁的老干部。"我边问边拿起电话请组织部部长过来一下。

"哟，吴老，您老爷子怎么来了？"组织部部长一进门便主动伸出双手紧握老人。

"你们认识？"

"当然了，吴老是老领导、老革命啦，当年还做过组织部部长，是我的前任，后来转任书记，资格老、威信高、口碑好，大伙儿对他老人家可敬重了。"组织部部长嘻嘻哈哈地轻轻拍着老人的肩膀。

"那他为啥受了处分？"我不解地问。

"嗨，哪有的事呀？领导，等会儿我再跟您汇报。吴老竟然找到您了，真没想到。"他转过脸冲着老人提高了嗓门，"我尊敬的吴老哟，您老这是咋的啦？都是些子虚乌有的事儿，我跟您重复说过多少遍了，您没犯错，没违纪，没犯法，更没给您处分，您咋就转不过向呢！真的没处理您，您老人家就把心搁在肚子里吧。这叫啥事嘛，您老多保重身体就行了，别操那些没用的心！千万别再找领导啦，领导多忙啊，您当过书记您应该理解的。以后就别大老远跑来跑去了，小心摔着。真的，您看您今天又见到书记了，我当着书记的面，并且代表组织再次向您郑重说明，我们从来没给过您什么纪律处分，更没开除您的党籍，您听清楚了吧？快回家吧，来，我扶着您，慢慢走。来、来、来，这是拐棍儿，您用手拿着。嘿，您甭说，您老拎着这手杖，还真有绅士风度。"

老人颤颤巍巍地从沙发上站起来。"听清楚了，听得一清二楚。我没犯错，没违法乱纪，没受处分！我放心啦！谢谢领导。"他把手杖挂在腕子上双手抱拳朝我作揖致谢。

送走了老人，组织部部长专门向我汇报了这件蹊跷之事的来龙去脉。据他说，这位吴老退休后一直关心时事政治，坚持读报刊、看电视、听广播，这些年光自己收集的剪报就堆放了半间屋子。他的老伴儿和子女儿孙为此还经常与他产生摩擦，嫌他整天剪刀糨糊、破纸碎片把房间弄得乱七八糟。这两年，可能是因为他看的和听的关于"从严治党""反腐倡廉"各种案件的新闻报道太多了，便把自己"摆进去"了，可能产生了幻觉和妄想，总觉得组织要处分他，甚至认为他已经被开除了党籍。更为严重的是，他怀疑对他的处分人人皆知，只是他本人自己被蒙在鼓里而已。所以，老人就不停地追问家人并一次次步履蹒跚地到原先上班的单位去打听，还写成书面文字材料，为自己所犯的"错误"做出检讨和说明，请求组织给他一个申辩的机会。

"他受过迫害吗？"我问。

"没听说过。从他这么大的年纪看，他肯定经历过多次政治运动,哪能没受过一点冲击?"组织部部长对他并不熟悉。

　　此后,老人又分别在老伴儿、女儿和保姆的陪同下找过我几次,谈论的依然是他"受处分"的问题,每当我以组织的名义告诉他没有这回事时,他就会作揖致谢,并表示要放下包袱,安度晚年。可每过一段时间,老人又会被幻觉和妄想困扰得寝食难安坐立不宁,闹着要找组织说明情况,还有一次竟然找到了我的住宅,跟我老婆诉说了好半天,把我老婆吓得够呛。家里人若不陪着,他就自己跌跌撞撞地往外走,害得老伴儿和儿女哭笑不得,拗不过时只好陪着老人去找领导。

　　前几天开会时碰见了组织部部长,我突然想起了那位老人:"有大半年没找我了,吴老身体还好吧?"

　　"去世了,一个月前走的。老头儿瘫痪了半年多,脑血栓,卧床不起走不了路,所以再没找过您,也没找我。听说,最后还是一阵清楚一阵糊涂,非说自己受处分了。唉,这世上啥人都有。我听说过有人梦见自己当大官发大财的,没见过整天认定自己犯了错误的,您说是吧,领导?"组织部部长发现我皱着眉头,迅速把泛出一半的笑容压了下去。

限定词汇的小说

比如说，这是一个关于爱情的故事，但"爱情"一词被禁用，我便用"喜欢"或"稀罕"来代替。对于女主人公的描写，"魅力"与"性感"等字眼不能出现，我只能用数字和量词转换，写她的身高、体重、腰围、裤长、视力和鞋码，以及她的血压、心率、尿酸、转氨酶、肺活量等等，让读者能更准确客观地把握她的完整形象。

・限定词汇的小说・

按照新的规定，有相当一批字和词在小说写作中不能被使用。规定就是禁令，绝对不允许质疑。"质疑"这个词也在禁用之列，我把它换成"冒犯"或"突破"。

实行新规需要一个过程。第一步，要认真严格地筛查甄别那些在漫漫历史长河中"犯过错误"的字和词，一个也不能放过。要审查每个字词在不同的历史时期，特别是在某些关键阶段所引起的不良效果，要弄清楚这些字词曾经被何人使用过，对社会造成了哪些伤害，对时代进步起到了哪些阻碍作用和消极影响。这是一项基础性工作，由一个庞大的专家委员会负责完成，耗时三年，并利用了大数据和云计算等现代最新技术手段。一大半活过千年的词汇被连根挖出，有些词汇表面上看来光鲜端庄，但通过计算机系统的逐一严查，无不劣迹斑斑。从以往小说中挑拣出来的各种"例句"就是它们犯下罪行的"铁证"，令人"触目惊心"。这些字词，就像潜伏于我们身边的敌人、坏蛋、恐怖分子和病毒、细菌、垃圾一样，时时刻刻破坏我们的幸福生活，它们被一个个"揪"出来，极大地纯洁了我们的语言环境并彻底地优化了我们的思考能力和思维水平。当禁用词表全文公布后，读者们无不欢欣鼓舞、拍手称快。

第二步，要把隐藏在现有的各类字典中的那些表现出恶劣或态度暧昧的词汇全部删除，一一登记备案。重新编辑《纯洁字典》，统一出版发行。新字典由厚变薄，开本只有巴掌大小，共38页，比以前的老版本减轻了90%，便于携带和查阅。被删除的字词另编成册，作为反面教材，供批评使用，有效期为两年。两年之后，字典将被销毁，相当于"判处死刑，缓期两年执行"。使用过"禁词"的小说等书籍不再流通，也不再追究作者的责任。但新的作品必须严格遵守新规，不能有禁用词汇出现。出版部门有专门的筛查软件，"查禁率"超过20%的，作家终身不准写作。低于这个比例的，责令修改，直至百分百符合标准。

新字典的字词分为三级，对于作家、诗人的限定是最宽松的，允许使用不超过1 000个词汇。其他行业从严掌握，从300至800不等，只能用一、二级，作家和诗人属于特殊群体，可以享受最高级（即第三级）待遇。

这些禁令仅限于文字表述，人们在日常生活中允许出现"一定"的、"少量"的、"非恶意"的"口误"，交谈中偶尔冒出已剔除的"死词"和"坏字眼儿"被定义为"可谅解之错"，一经发现可批评教育，"提醒纠正"。但不能"故意"而为，即"滔滔不绝，连续使用"，若经证实，这将受到处罚。这是三年过渡期的权宜之计。三年之后，日常交谈的"口头表达"也要求完全一致，取消"双重标准"和"双轨制"，叫"并轨合一工程"。

身为作家，我必须在严格限定的词汇内写作。这是一件难度系数很高的事情，一部300页的长篇小说，只能用规定的有限的字句构成，稍不留神就会突破禁忌。我费尽心思，在允许的范围内寻找可替换的词汇，绕着一道道弯儿表达原先可以直接表达的意思。比如说，这是一个关于爱情的故事，但"爱情"一词被禁用，我便用"喜欢"或"稀罕"来代替。对于女主人公的描写，"魅力"与"性感"等字眼不能出现，我只能用数字和量词转换，写她的身高、体重、腰围、裤长、视力和鞋码，以及她的血压、心率、尿酸、转氨酶、肺活量等等，让读者能更准确客观地把握她的完整形象。

我花了整整一年时间，终于只用了不足1 000个字词完成了这部平时至少需要5 000个词才能写成的小说。我又花了三个月的时间，对照《纯洁字典》反复核查了全文，消灭了少数几个漏网之鱼。当我把稿子交到出版商手里时，有一种腾云驾雾般的轻松。

审稿编辑采用"查禁率"软件系统检查了我的书稿，显示的结果令我从云端跌进了深渊：违禁率达19%，需要作者下大力气重新修改。编辑皱着眉头鼓励我说："你应该感到庆幸，若再高一个百分点，你将终生禁写！"

"没有哇，我逐字逐句查过了，一个禁词都没使用呀！"我确实很委屈。

"这样吧，我给您举个例子。比方说'美丽''漂亮'……"他随便翻开一页手稿指给我看。

"'美丽''漂亮'这些词是允许用的！"我急切地打断编辑的话。

"您别着急，听我把话说完。'美丽''漂亮'是可以用，这两个词并未禁止。但用法上有新的规定。您是用来描写'少女'的相貌，这是不可以的。'美丽'只能用来形容人的心灵和品德，而'漂亮'则是指一个运动员较好地完成某个动作时的评价。瞧瞧你，你竟然用漂亮去描写女人的眼睛，这绝对不符合规定。差一点忘了，'少女'这个词也不能用，要改成'妇女'。"他严厉地指示我……

当我把这个梦境讲给妻子的时候，她的目光充满了恐惧。她长叹一口气，伸手摸了摸我的额头，说："你这是咋了，压力也太大了。去哪国旅游不好呢？非要去那个国家转转。这都回来半年了，瞧把你吓的。我去给你倒杯水吧！"

她没有端回杯子，却抱了一大摞书走到床边。"我说呢，你瞧你都看些什么书！《中世纪黑暗史》《文字狱》《苏联书报检查制度》……"她边说边一本一本狠狠地摔到了地板上，"我要把它们统统烧掉。"

789号文件

吉娃娃警觉地瞪着主人,它显然对主人的好意心存怀疑。持续的高温让小毕感到视线模糊,早晨遛狗时他发现吉娃娃膨胀了一圈,轮廓不大清晰。太阳刚露头,气温就蒸得令人头晕,若是到了正午,由蒸变烤,像吉娃娃这种嗅觉灵敏的小动物说不定能闻到烧烤的肉味儿。

小毕本打算找借口旷工一天,陪吉娃娃在空调旁避避暑。可报社的领导偏偏通知他去政府旁听个重要会议,他只好放弃了原先的打算,把编好的理由留着下次用。但他不忍心把吉娃娃单独关在闷热的房间里,正想让它在冰箱里待一会儿,降降体温。他把保鲜格里的西红柿、黄瓜等蔬菜瓜果统统清理出来,一边收拾一边跟吉娃娃商量:"怎么样,小宝儿,你在这里趴上半个钟头,先凉快凉快,我弄点吃的,上班时我再把你放出来,这主意不错吧?"吉娃娃冲他叫了几声,从腔调判断,它并不同意,而且,扭头往卧室的床底下钻,拒绝接受主人的馊主意。"那就算了,看来你有幽闭症。要么就是不相信我毕某人的记忆力和人品,这不是谋杀,别误会了,出来吧!"小毕又把瓜果蔬菜放回冰箱,洗洗手,赶紧下楼上班去了。

市里的领导们集中学习"789号文件"精神,各位与会者先后发言,都结合自己分管的工作,谈了"高度重视、精心组织、认真学习、积极落实"文件精神的体会和认识，会议决定要在全市掀起一场学习宣传和贯彻落实"789号文件"的热潮，让炎热的夏季再热一些。小毕是一家纸质媒体时政版的主任记者兼责任编辑，这张报纸的读者很少，发行量也不大，但名气不小，地位不低，一些退休老干部喜欢看。按惯例他的任务就是把市领导参会的消息刊发在报纸头版的显著位置上，这事他早就轻车熟路了，虽然同事们喊他小毕，其实他也快四十岁，有十多年丰富的从业经验了。这类会议报道的稿子，都有固定的套路，不需要搞什么创意，千八百字的篇幅，写好了给上级有关部门审一下，再请总编把关，排版付印就OK了，至于有没有人看，他从不在意。他此刻只关心吉娃娃会不会中暑的问题。

　　会议一结束，小毕就把稿子传给了总编辑，领导没给修改意见，只说了句"符合'789号文件'精神就行"。他还建议小毕随后几天要围绕学习"789"，写几篇评论员文章，至少搞"三论"。另外，要关注社会各界各级，特别是基层群众学习、宣传、贯彻"789号文件"的积极反响，"要形成氛围和阵势。上级要求这是近段时间的头等大事，是一切工作的重中之重，咱们的宣传要跟上，要有一系列深度报道。这事儿你要负责抓一下，别蔫头耷脑的，得上上心！"总编磨磨唧唧地提醒着小毕。小毕嘴上说："您就不用操心啦，我一定弄得漂漂亮亮的。"心里还是惦记着吉娃娃，那小家伙全靠小舌头排汗，这个大热天怎么能熬得住啊！

　　对于"789号文件"的学习宣传和贯彻热潮一转眼就达到

了相当的高度。各区县、乡镇、街道、社区、学校、医院、企业等等纷纷表态，开展了多种多样的宣传学习活动，小毕连续三天写了"一论""二论"和"三论""789号文件"，把重大意义和精神实质以及结合实际、重在行动等方面的内容说得很全面很透彻。政府各部门分别开展了各具特色的主题活动：财政局提出的是"落实789，服务全系统"；地税局是"学习宣传789精神，推进地税工作再上新台阶"；教育局的口号是"让789号文件落地生根，让全体教师教书育人"；畜牧局："以789文件为指针，促进畜牧业全面发展"；工会系统："学习'789'文件，争做爱岗敬业好职工"；妇联："把'789'精神传递到每位姐妹心中"。至于街道、学校、企业、医院更是行动积极，从上报的文字材料看，活动内容真是丰富多彩。就连小毕的那个小区的门口，都挂上了醒目的红底白字长条幅："学习789，幸福路上走"，既简洁又押韵。

为了照顾好吉娃娃，小毕不得不给老婆打电话，让她提早回来。她本来为陪放暑假的女儿才请了病假，领着女儿去乡下的姥姥家玩几天，刚刚走了三天。小毕因为接到了关于"789号文件"的重点宣传任务，没办法才喊她。老婆一脸不乐意，回到家就发脾气。小毕解释说，那咋办，为了"789"嘛！

刚上二年级的女儿好奇地问："爸爸，什么是789？"

"是一个文件。"小毕答。

"什么文件，是新款游戏吗？"女儿又问。

"你就知道玩游戏，作业做了吗？"爸爸摸了摸孩子汗乎乎的额头。

227

"就是嘛,'789号文件'说什么了?"妻子也问。

"我哪知道?你问我我问谁呀?"小毕挠挠头。

"你不知道瞎忙活啥,还写什么'三论'!"老婆讥讽他。

"嗨,不都那样,今天这个文件,明天那个文件,我不看就知道了,都是些废话呗!"

"真荒唐!市里的领导咋说的,你不是参加传达学习会了吗?"

"是哈,我觉着那天我听得挺认真的,领导说啥了呢?我想想,对,他根本就没传达,直接说学习体会,就那几条:一是提高认识,二是高度重视,三是精心组织,四是周密安排,五是联系实际,六是贯彻落实。就这几条,没说文件的具体内容,哈,是有点荒唐。"小毕说着说着就笑了。

"这不仅是荒唐,也很荒诞!太可笑了!"她借机发泄对丈夫的不满。

"世上荒唐荒诞的事儿多了,没必要事事都清楚。"他冲着老婆笑了,赶紧假装去厨房切西瓜。小毕是以自己有重要工作为理由把她娘俩愣是逼回来的,但女儿问啥叫"789"时,他才意识到了自己的一无所知。一个七岁孩子的问题,让父亲突然感到某种司空见惯的可笑和可怕,以及习以为常的麻木和苟且。

毕记者先向总编了解"789号文件"的具体内容,"没记住?那天你也旁听了会议,干吗找我?"总编摇着脑袋,小毕解释说怕自己记得不全。

他又向市里的主管部门负责人请教,答复是文件内容以三天前的报纸头版报道和那家报纸一连三天刊发的评论员文章（即小毕本人写的"三论"）为准。

他不得不以采访的名义，求见市里的主要领导，领导于百忙之中给了记者十分钟时间。当他问及"789号文件"的重点内容时，领导说："我在那天的会上已经传达过了，具体内容报纸上发的会议消息都有，你自己找来好好学习。"小毕心想那都是我编的。

"'789号文件'是市里发的吗？"小毕问。

"不是，是省里开会传达的。"

"那就是省发文了？"

"我事情太多，记不大清了。应该是上面发的，是国发文吧？"领导也说不准。

小毕突然觉得自己身为记者应该具有差不多的职业操守，要像刚从大学新闻专业毕业时老师教诲的那样，凡事一定要刨根问底，层层剥茧，直到找出真相。于是，他开始利用各种关系，想方设法弄清"789号文件"到底说了什么。

通过翻看省内其他地区的报纸，他发现各地都在学习宣传和贯彻，方式方法和主题宣传与本市大同小异。他又查阅了外省近日的新闻报道，内容与自己所在的省、市也基本一样，都是提高认识、领导重视、全民动员之类的套话，查不到更多更全更准确的新东西。既然各省都学习、宣传、贯彻，那这个编号"789"的文件无疑是"国发文"，而且是公开的，没有什么秘密可言，至少发至乡镇。接下来，他就从乡镇有关部门开始查找这份文件，一直追到省里，但没人能给提供，理由五花八门，说法各不相同，没人确切地表示看过这份文件。

一个可怕的念头从毕记者的脑海里闪过：会不会是假文件呢？不会，绝对不会。文件的签发和传达有着极其严格的程序，绝对不会出现这种严重的事故。但这份"789号文件"到底在哪儿呢？它总该有详细的表述，而不会停留于人们耳熟能详的几句口号上。

毕记者又函询了许多上级部门，却没有得到明确回复。最后，他不得不向有关权威机构提出信息公开的诉求，期待着在15个工作日内得到满意的答案。

一周之后，总编主动约谈了小毕。大概的意思是你的信息公开申请上级部门已经收到了，他们非常重视，对你一段时间内通过各种手段试图了解某号文件的做法进行了全面调查，鉴于你平时表现良好，排除刻意刺探政府机密的嫌疑，希望你引以为戒。"小毕啊，好奇心害死猫啊！"总编拍拍他的肩膀说，"我给你调调岗位吧，咱们报纸的广告部一直人手紧，我觉着你去那里能更好发挥作用，你不用谢我了，就这样吧！"

流星雨（五分钟短剧）

男：去看流星雨吧？
女：好啊，好啊！去哪里看？
男：去远方，一直向北！去呼伦贝尔大草原。
女：太好啦！太浪漫啦！
男：今天就动身，就咱俩！我陪你！
女：路途遥远，我怕……
男：别怕，你累了我背着你。
女：这个季节那里已经下雪了，会不会太冷了？
男：我抱着你，不会冷的。
女：我爱你！
男：我更爱你！
……
女：太美了！黑夜里耀眼地绽放！
男：比不上你美！
女：美总是转眼即逝的，好让人伤感。
男：你的美是永恒的，永存我心。
女：据说这叫狮子座流星雨。
男：你就是我的狮子王。
女：亲爱的。

一个人的合唱

男：亲爱的。

女：亲！

男：亲！

[十年后]

妻：今晚有流星雨，一起看吗？

夫：流星雨？哪个频道，你知道我讨厌那种生活剧。

妻：不是电视剧，是流星雨！

夫：有啥好看的，几颗自杀的破星星。

妻：记得那年我们一起去草原看流星雨吗？

夫：还有那事？噢，想起来了。那时真无聊。

妻：仅仅是无聊吗？

夫：还有幼稚、愚蠢！

妻：唉，一晃十年啦！

夫：有十年吗？我感觉有一百年了！

妻：真没劲，你怎么变成这样啦？

夫：是没劲，你也变了！快去辅导儿子作业吧，别说那些没用的了。

妻：为什么总是让我辅导儿子作业，难道他不是你的儿子吗？

夫：你没看我正忙着吗，我得加加班！

妻：就会说加班加班，鬼知道你整天忙些啥！

夫：忙啥？还不是为了你和孩子多赚点钱，房贷还没还清呢！

妻：好好好，你忙你忙，就我闲着。

夫：有话好好说，啥口气嘛！哟，这又是演的哪出戏，咋还哭上了啦？

妻：……

夫：行了行了，掉几滴眼泪就得了。你先陪儿子做作业，我一会儿陪你看流星雨！

妻：去哪儿看，楼下小区花园？

夫：大热天，跑那儿多傻呀！

妻：那在哪儿？

夫：去厨房小阳台呗，那儿视野开阔着呢！

[又十年]

妻：听说今晚有流星雨？

夫：噢，是吗？

妻：儿子昨天跟同学去呼伦贝尔了。

夫：噢，你说啥？去哪儿啦？

妻：去呼伦贝尔！

夫：嗯。谁，谁去了？

妻：你儿子！

夫：噢，什么？他跑那干什么？

妻：去看流星雨呗！

夫：看那破玩意有啥用，真傻！都是你惯的毛病。

妻：怎么是我惯的，都是你的遗传。

夫：儿子大了不由爹，管不了啦！爱去哪儿就去哪儿吧！

妻：我们当年不也一样吗？

夫：我们？我们去过呼伦贝尔？

妻：你说呢？

夫：去看流星雨？忘了，我怎么忘得一干二净呢？

妻：猪脑子！

夫：好像有那么回事儿，我有点印象，是跟你一块去的吗？

妻：呸！你跟别人也去过？

夫：不会吧，保证没有！肯定是咱俩去的。

妻：那今晚还看吗，站在阳台上？

夫：算了，阳台风大，不看了！

妻：唉，你不遗憾吗？

夫：有啥好遗憾的，翻翻手机，那上面有人会晒图的。

[落幕]

几句话的事儿

扯烂了衣服

几乎每次喝酒,他都会提起当年的一位战友:"当子弹飞来的那一瞬间,我拼命拽了他一把。他不感谢我的救命之恩,却抱怨我把他的衣服扯烂了。生命和衣服哪个更重要,这不是明摆着吗?你说,他这叫什么人嘛!"

狠

老高之所以答应朋友老杜,要把自己的宝贝女儿许配给老杜的儿子,是因为他欣赏这小子有一股与生俱来的蛮劲和霸气。他说,这小子过五岁生日的时候发誓,等我长大了做了你的女婿,就往你的酒里投放毒药,让你这个老不死的老丈人七窍流血、满地打滚、口吐白沫,惨死于我和你女儿结婚的婚宴上。

"就冲着这几句话,我就觉着这小子有尿性,把我姑娘交给他我放心。"老高说话时,表情很严肃,看不出是开玩笑的样子。

谣言

我从一个朋友那里得知我病了,而且病得很厉害,已经到了弥留之际。那天我俩正在爬山,我问他是如何得知的。他说坊间早就传开了,说医院一连给你开出了三张病危通知书。

另一位朋友在陪我一同跑步时告诉我:"你已经死了。"我很诧异,向他打听有关我死亡消息的来源。他也很诧异,反问道:难道你没听说过吗?网上早就发过讣告了。除了你,没人不知道。看来,你真的死了!

纱布

老人的左手食指一年四季都缠着纱布。

五岁那年他不小心被水果刀划伤了,据说流了半茶杯的血。包扎以后,每过几天就换一次,一直持续至今,那纱布伴随他度过了 60 多年。其实,伤口三天后便完全愈合了,他清楚地记着母亲当时还向他的手指头吹了三口气,告诉他没事了。他非常享受母亲吹气时传递的温柔。有了这片纱布,他就有了玩具,有了宠物,有了呵护与照顾。

因为这片纱布醒目,也就有了陌生人的关注和好奇,也就有了常讲常新的故事。老人已讲出了上百种关于他食指受伤的故事,甚至与战争有了些许瓜葛,唯独避而不谈那个炎热的夏日午后他用刀偷切西瓜的小事故。

时至今日，在他退休之后，每隔几天他仍然坚持换一次纱布。

吊唁

老 C 戴着黑纱袖箍上班，双眼红肿眼神悲伤。我心里一沉，低声问："您母亲？"

"噢，不，我老妈身体硬朗着呢！"

"您父亲走了？"

"是的，我爸二十年前死于车祸。"

"那么是您夫人，不会吧？"

他突然抱头痛哭，真是她？我不知道如何劝慰老 C。

他猛地揪住我的衣领，咆哮道："要是她就好了！是花花，是我养了六年的小花猫，天啊，她竟然抛下了我！"

"节哀顺变，节哀顺变。"我小声安慰道。除此之外我还能说些什么呢？老 C 放开了手，背对着我又咆哮了起来。

惊人的记忆力

她的记忆力好极了，又糟透了。

她能记住 300 多个手机电话号码，却背不下一首四行绝句唐诗。她有一副好嗓子，但只记谱不记词，唱不完整一曲短歌。

在一个炎热的夏天午后，她神情慌张满脸大汗地跑进派出所报警：她的女儿与她一起逛商场时走失了。她告诉警察，女儿是 2010 年 9 月 13 日上午 10 时 5 分出生的。但当警察问及孩子的姓名时，她却怎么也想不起来了。

遗言

秦军死死地拽着妻子的手腕，三个指甲嵌进了她的肉里，渗出了血丝。他两眼惊恐地瞪着，用尽浑身气力说："怎么还不打仗呢？"然后就咽了气，双腿蹬直了。

这是我们同学一起参加秦军葬礼时，他的妻子跟我们讲的。

"这个死鬼临终就留下了这么句话，到底是啥意思？"她问。

有几位同学不合气氛地笑了，说："他就是那么个人，读大学时的口头禅也是这句话，一直盼着新世界大战。"

升迁的动力

一位熟人生病住进了医院，我去看他。

"何必呢？为了一官半职，着急上火，竟病倒了，差一点搭上性命，值得吗？"我怜悯地劝他。

"值！"他瞄了我一眼，目光里也透着怜悯，"要不是升这一级，住院哪有这么好的条件？"

"说的也是，"我不想驳他面子，"到了这个级别一辈子不愁看病难了，以后就没必要死乞白赖地往上爬了。"

"还得爬！"他瞪了我一眼，"不升不行！"

"为什么？"

"只有升到了省级以上，犯罪蹲监狱，条件才会更加好一些。关在Q城监狱的都是高级干部，总比跟小偷、流氓、强奸犯关在一起强多了。"他认认真真地解释说。

爱书者

老教授专攻中国哲学，嗜书如命，终身未娶。每月领工资时，除了换二十五块食堂饭票外，其余钱均用于买书。家里的所有空间几乎都被书籍占满了，连厨房、厕所都用上了。

教授的隔壁邻居是学校的财务处长，平时两家并不走动来往，连楼道里迎面碰上也很少打招呼。一日，处长家聚集了四五个穿制服的警察，老教授这才知道邻居家被盗了，小偷光天化日之下趁着处长上班之际公然入室盗窃，如同搬家一般。当警察问及老教授是否看到异常情景和动静时，他一脸茫然，喃喃地说：我整天埋头书里，两耳不闻窗外事。

对于邻家失窃，老教授十分关心，深表慰问。他非常关切地询问处长："书丢了多少？"当处长皱着眉头告诉他小偷没偷书时，老教授拍手大笑，连声说道："太好了，太好了。书没丢就好。"

逻辑学

W 同学《逻辑学》的期末考试成绩得了 58 分，仅差两分就及格了。他多次哀求任课的 M 教授，希望他高抬贵手，重新判批卷子，找回那关键的两分，让其过关。否则，下个学期仍需补修这门课，而为了这区区的二分，浪费整整一个学期的时间，实实在在是很大的损失。

M 教授处事一丝不苟，他虽重新阅判了试卷，仍摇了摇脑袋说这不符合逻辑，不肯加上二分。

W 同学认为老师太较真了。当他得知 M 教授最近分得一套新房正准备搬家时，便有了新的想法。他主动跑去帮助 M 老师粉刷房间、整理杂物、搬运家具，整整花了他一个月的时间，原打算利用暑假外出旅游的计划只好泡汤了。

新学期开学时，W 同学再次向 M 教授提出加分之事。"我用一个月的休息时间，换取加分机会，这符合逻辑吧？"老师十分诚恳地说："你说得对，你牺牲了整个暑假帮我搬家，我无以回报，只能违背职业良心给你加分了。"于是，把他的成绩改成了 59 分。

W 同学不得不咬牙切齿地重新学习了一遍《逻辑学》，至今提起早已过世的 M 教授仍愤愤不平。

躲进监狱

提审抢劫犯罪嫌疑人范某时，他很配合，脸上一副喜气洋洋的样子，看不出有丝毫的紧张感。

范某对犯罪事实供认不讳，没有任何隐瞒与狡辩。

当问及其作案动机时，他笑了笑说："不好意思，我不缺钱！我一是想练练胆子，二是想躲躲老婆！"

我呵斥他放严肃点，不准嬉皮笑脸，油嘴滑舌。

他立即严肃了起来，申辩他说的都是真的。他解释说，他老婆很凶。他本想蒙面抢劫自己的老婆，却没有胆量。他早就想与老婆离婚，她却死活不同意。在她眼里，他一直是个"不像男人"的胆小鬼。他一直想解脱，却无处躲藏，不论他跑到哪里，总能被老婆逮到。于是他就想到了监狱，认为关进牢房里最安全，可以逃脱老婆的骚扰与折磨。

范某抢劫了自己的小姨子，并将其从摩托车上拽下，造成了严重伤害。在他被判入狱时，那位受害者……他妻子的妹妹仍躺在医院里。

一分为二

梦见了死去多年的老丁。

我明知道他已经死了，却与他握手、拥抱，还热情地拍打他的肩膀。

似乎是黄昏时分，周围的环境影影绰绰，模模糊糊。我把他拉到光线稍亮处，大概是一栋尚未拆除的酒店大楼，远远望去是一片残垣断壁。我俩从碎砖烂瓦上踩过，相互扶持，以防跌倒。老丁不停提醒我："别崴了脚！"

在一间看似宽敞的客厅里停住脚，我们打量着昏暗的房间，家具凌乱地堆放着，缺胳膊少腿地东倒西歪。老丁发现了一个落满尘土的长条沙发，用手使劲拍打了几下，灰尘像蘑菇云一样在我们面前升腾。老丁不知道从哪里弄了条毛巾，递给我："快捂住鼻子！"

我和他坐在沙发上聊了起来。一同追忆死去的老丁。他喋喋不休地讲述老丁生前的轶闻逸事，说得有鼻子有眼，许多故事我以前就知道，还有一些故事我头一次听说。讲到动情处，他的眼睛瞪得很大很大，像车前的大灯一样，刺得我眼睛发黑，有好几次把我从沙发上吓得跳起来，屁股下的弹簧也跟着蹦出来。

我俩聊了很久，直到从沙发后突然窜出一条狼狗，向我扑来，才把我从梦中惊醒。

我睁着眼睛，顺着梦境想到天亮。他知不知道他自己就是老丁，而且已经死了？他所谈论的老丁不正是他自己吗？关键是我怎么没意识到他就是老丁，他和他谈论的就是同一个人呢？

那年夏天酷热异常

那年的夏天酷热异常。一位相貌姣美的女青年在下夜班回家的路上，被一个从昏暗的路灯下窜出的黑影捂住嘴巴，拖拽至巷子拐角刚被清出的垃圾堆放点处强暴了。

案件随即告破。犯罪嫌疑人是一名中年男子，四十六岁。

经审查，此人从前并没有犯罪记录，相反，认识他的人认为他为人不错，二十年前曾为营救一个掉进冰湖中的五岁女孩差点丢了性命。

令警察瞠目结舌的是，当年被救的那个小女孩，即是今日的受害者。

男子经起诉、庭审等一系列程序后，最终被判入狱。

作为父亲的儿子

一位新婚不久便又离婚的女子收养了一个男婴——她自称是家门口捡到的。

待男孩长至十五岁时，他的母亲——抱养他的那位女子——怀孕了，为他生下了一个小弟弟。弟弟长得有模有样，一岁时便能喊他爸爸，多次纠正仍不改口。

又过了几年，被抱养的男孩执意寻找亲生父母。几经周折终于如愿以偿，生父竟然是当年抛妻而去的那个男人。至于母亲，那位男人也说不清下落了，因为当初只是在洗脚店里认识的，把刚生下的他丢给男方后便永远消失了。

坐在紧急出口处

1

"领导,除了头等舱,这里是飞机上最宽敞舒适的座位了。"

漂亮大方的空姐引导着一位 50 来岁的矮胖男人走到飞机中部标有"紧急出口"字样的座位坐下,弯下腰来向这位乘客小声解释道,脸上始终挂着那种训练有素的殷勤讨巧的职业笑容。

"噢、噢,很好,很好!这儿很好!"被空姐甜美的嗓音呼为领导的矮胖子皱了皱眉头,口中连声称好,像是自言自语,眼睛打量着布满按钮和标识的舱门。

"我的包呢?"男人坐下后抬头看了一眼空姐。

"怕您受累,我把您的手提包放在头等舱的行李箱了,下飞机时我会提醒您的,放心吧领导。"空姐蹲下身子回答他。

"噢,那好!这儿很好,很宽敞!八项规定嘛,你懂的!"矮胖子的嘴角似有还无掠过一丝尴尬的笑意。

"是的,领导,我懂,委屈您了!您的秘书没陪您?"空姐的笑语里满含着歉意。

"这是回老家过年,不准秘书陪。没事,这儿很舒服。你去忙吧!"美女的善解人意让男人的声音也变得轻细了,皱紧的眉头瞬间拉开了。

"好的,领导,我帮您把安全带系上!"空姐单膝跪地,身体前倾,双手伸向座椅两侧,秀发已触到了男乘客的肚子上。

"不、不,不用了,我自己来。"男人吸气收腹,来回转动着脖子摸索着寻找安全带,"噢,坐在屁股底下了。"他欠了欠身子,又重新坐下。

"那好吧,领导,您先休息,有事叫我。"她站了起来,边说边用手示意座位上方的呼叫按铃。

男人点了点头。空姐刚一转身,他便闭上了眼睛。

2

"领导,打扰您了。请用毛巾。来,您喝点什么?这是水,这是橘子汁!您总喜欢喝水,最健康的饮料。等飞机起飞后我再给您送水果和点心。您想吃点什么?"空姐蹲在过道上,一手端着托盘一手递给男人毛巾。

男子半睁着眼睛接过毛巾,擦了擦手,把毛巾扔在托盘上,又端起一杯矿泉水。他猛然睁大眼睛,向左右看了看,像是刚从梦中醒来似的,"不用了,我不吃水果,也不吃饭!"他提高了嗓门,而且口气有些不耐烦了。

"好的,不打扰领导了!您休息吧!"女孩的面颊平添了几分羞红色。

245

男乘客的脸色阴沉着，嘴里叹了口粗气，把没喝完的杯子放在小桌板上，仰头后靠着又闭上了眼睛。

"对不起，领导，不好意思，又打扰您了。飞机快起飞了。我帮您调直座椅靠背。"空姐再一次蹲在他的身旁，笑容满面地提醒着。

领导慢慢睁开眼睛，坐直了身子。

"不好意思，领导。这是安全提示，我得向您确认一下。"小姐的表情确实有些不好意思。

"不必了！我常坐这趟航班，不用再啰唆了！"领导咕哝着，又皱着眉头装作闭目养神。

"是的，领导。我知道，您是我们的贵宾，您每次都坐头等舱，我是头等舱的服务员，经常为您服务，您可能有印象的。不过，今天您第一次坐在紧急出口处，按规定我得向您说明一下注意事项。"

"真麻烦！"领导的眼皮有些浮肿，显然睡眠不足。

"是这样的，领导。这是安全须知，您受累看一下，真对不起，这是操作规程，给您添麻烦了！"

领导接过一张塑封的卡片："我眼睛花了，看不清，你念给我听吧。"

"好的，领导。"空姐把蹲姿尽量降低，嘴巴几乎贴到了男子的耳朵上。

"这上面写的是：您的座位在紧急出口旁，当发生紧急情况时，将由您来打开出口，并协助机组人员。因此，您如有下列情况，请要求调换位置。一、自认体力和健康状况不佳。

二、缺乏在紧急情况下处置的勇气和能力。三、不愿救助他人。四、不明白本须知的内容。好了，领导，就这些了，打扰了。您休息吧，我回头等舱了。"空姐正准备站起来。

"您等等，"领导一把手按住服务员的左肩，"怎么这么复杂？"

"不复杂，领导，您别紧张，没事的。"空姐笑着说，再一次试图站起来。

"不行，你等等。我还是搞不大明白。"领导神情确实有些紧张，不像是开玩笑。

"那好吧，领导。我让另一位服务员过来给您解释，我要回头等舱了。我的岗位在前面，过一会儿我再回来陪您。"

"不行，你别急着走。你要跟我讲清楚，这到底是怎么一回事儿？"领导脸色很难看。

"这没什么，领导，您放心。这只是例行公事，只是个万无一失的提醒。瞧您，额头都出汗了。我给您擦擦。"

"怎么没什么？你先跟我说说，什么是紧急情况？"

"紧急情况？不会的。领导，您太敏感了。大过年的，怎么会呢？比方说，劫机啦，恐怖分子搞破坏啦，或者飞机出现严重机械故障等等，需要紧急迫降时，才需要打开紧急出口，那只是万一，不会有事的。再说了，飞机起降时我们客舱服务员会挨着您坐的，您看，就这个座位嘛！万一有事，她会告诉您怎么操作的。您放心了吧？"

"你别走！你不能光顾着头等舱的乘客，我的命也是命嘛！你再解释一下这句话是什么意思？"领导一把拽住空姐的胳膊。

"噢，这句话写的是'自认体力和健康状况不佳'。瞧您红光满面、器宇轩昂、神采奕奕，身体倍儿棒，吃嘛嘛香，肯定没问题。"

"关键是'自认'，'自认'你懂吗？我最近失眠多梦，血压不太稳定，经常感到心里慌慌的，感觉可不舒服了。"

"那去医院检查了吗？大夫怎么说呢？"

"嗨，咱市里的医疗水平你也知道，没法说了！啥毛病也查不出来！"

"那就去北京、上海的大医院看看呗！"

"不方便呀，再说也就那么回事儿！不像他们吹得那么邪乎！我去看过几次，也查不出个毛病！都是些废物。"男人焦虑不安地抱怨道。

"那就没事呗，领导呀，就健康这件事儿，您要多听医生的意见，不能自己诊断。我妈也常犯这毛病，闲着没事时不是这儿疼，就是那儿疼。去医院一检查，啥事儿也没有。连CT、核磁共振都查了N遍了，她非说大夫糊弄她。自个儿偷偷地去找大仙大神瞎看，可迷信了。领导，人得相信科学，您说是不是？"

"是，是，应该相信。不过有时大夫的话也不能全信，偏方也能治大病。姑娘你还年轻，这和尚道士大师看病不一定行，可算起命来，还真有一套，挺准的。不过，我是不信的。哎，那下一句是个啥意思？"矮胖子的情绪平和了下来。

"这句话是问您是不是缺乏在紧急情况下处置的勇气和能力。"

"我觉得我有,你看呢?"男子抹了抹额头上的汗珠子。

"当然有了!您是市里的大领导,啥急事难事没遇见过?远的不说,就说这两年咱市遇到多少大事呀?高架桥垮塌了,化工厂爆炸了,粮库着火了,小学生食物中毒了,我家小外甥就是那次中毒的,住了三个多月的院。谁在紧急情况下会比您更有处置的勇气和能力呢?您说对吧?"

"对、对、对。我有勇气也有能力!不过,前几天还有人写举报信告我,说我不敢担当,缺乏应急能力。话多了,不说了。这第三句写的是什么?"

"是不愿救助他人。"

"瞎扯!那得看什么情况。那一年我才八岁,我弟弟五岁,他掉到河里,我是站在离他不过一米,可还是够不着嘛。我根本就没法救,怎么救,救个屁?我也不会游泳,这能怪我吗?我都吓哭了,也喊人了。可是我妈埋怨了我大半辈子。你说说,姑娘,这能赖我吗?"男人的声音有些颤抖。

"领导,您别激动!这上面写的不是那个意思,不是针对您的!"空姐的嗓子也跟着发出了颤音。

"那你们为什么要写这句话?我已经够倒霉的了!最近总有人跟我过不去。唉,你不懂啊,姑娘。我也有压力啊!"

"领导,您看清最后一句了吗——不明白本须知的内容。"

"噢,好像明白了。不过,还是有些搞不懂。"男子挠了挠头发。

"您太谦虚了。您那么大的官儿,那么有文化有水平,还能不明白这几句话。好啦,领导,飞机快要起飞了,我得回头

249

等舱去了。祝您一路平安！旅途愉快！"

"不，你等等，我还有话跟你说……"

"来不及了，领导。回头见。"空姐转身往前舱快步走去。

3

男人又拿起《安全须知》死死地盯着看，嘴里含混地咕哝着。

"下列情况……调换座位……自认体力和健康状况不佳……缺乏在紧急情况下的处置能力……"

"各位乘客，飞机已开始滑行，马上就要起飞了，请各位乘客收起小桌板，调直座椅靠背，再次确认安全带已经系好，手机电源已经关闭。"

"啊，等等，"机舱中部突然响起一声尖叫，"快让飞机停下来，我要调换座位！"正是那位坐在紧急出口处的领导。

"快坐下。"紧挨他坐着的空姐使劲往座位上拽他。

"不行，我心慌，我受不了啦！快打开紧急出口，让我跳下去！"他歇斯底里地大吼大叫……

航班延误了两个小时后又重新起飞……

一个人的合唱

忘不了她，完全是因为她独特的嗓音。

当年在开往东北的火车上，我一下子迷上了她。

十六七岁的模样，脑后扎着一束翘起的马尾辫，侧着脸望着窗外，夏日迟归的余晖抹在红扑扑的脸上，像化了妆等候上场的演员。她对着车外疾速后退的树林，不合时宜地唱起了《让我们荡起双桨》。

兴奋颠簸了一整天的青年男女，开始有些打蔫儿了。她的歌唱声音不高，却驱走了车厢里的渐渐浮起的沉闷。大伙儿不由自主地随声唱着同一首歌，一遍又一遍，从低到高。有几位活跃分子跑到过道中间，又蹦又跳，挥舞着双手向前后左右转着圈儿充当指挥，整齐的合唱又被口哨声、起哄声和口号声撕裂成了乱糟糟的碎片。不知哪个女生先哭了，接着又有人哭了，哭声好惨，压过了歌声。男生也开始哭了，甚至抱在了一起，最后整个车厢哭成了一团。

她被带队的领导叫走了，遭到了严厉训斥。因为她是第一个开口唱歌的，是肇事者，是罪魁祸首，当然应该受到惩罚。领导责成她站在车厢的过道上做检讨，她委屈地流着泪，抽抽搭搭地做了自我批评。尽管带着哭腔，但嗓音确实很特别，音色音质很美，一副天生的好嗓子。她叫韦虹，很多男生都记住了她，包括我。后来听说，她小学时是市少年宫合唱团的领唱，参加过在人民大会堂举行的大型音乐舞蹈史诗《东方红》的演出。

在星凯湖附近我们安营扎寨，我一路上都渴盼着能与她分在同一个连队里。我知道，其他男生也有同样的心理。我的同学亮子就两眼紧闭双手合十地向伟大领袖祈求帮他满足这一小小的愿望，并唠唠叨叨地向毛主席保证，只要能与韦虹分在一起，就永远扎根北大荒，洒尽鲜血干一场，一生一世不彷徨。

韦虹没有下连队，她被直接留到了团部。团里组建了业余文艺宣传队，吸收一些擅长吹拉弹唱的文艺骨干隔三差五地集中排练和演出。韦虹天赋的优美嗓音让火车上训斥她的领导过耳难忘，他推荐她进了宣传队的合唱团。

韦虹不满足于当个合唱演员，尽管她有过多次领唱和独唱的机会。她更喜欢朗诵和报幕。队里和团里的领导一致认定她的声音条件具备很大的艺术潜力，稍加训练便能成为舞台上的女一号，她却哭着鼻子坚持认为自己更适合朗诵充满革命英雄主义的诗篇。于是，在她获得建设兵团会演女声独唱一等奖之后，便改任宣传队的报幕员（相当于主持人）。此后的每场演出，不论观众用多么热烈的掌声，多么强烈的呼喊（韦虹，唱一个！韦虹，唱一个！），她都没有再唱过，而是雄赳赳气昂昂地走上舞台，朗诵一段毛主席语录或是诗词，甚至会背诵一段报刊上新发表的言辞激烈的大批判文章。

韦虹的声音渐渐发生了变化，不再如过去唱歌时那般甜美、圆润、细腻，而是由银铃演变为战鼓，从百灵鸟的清脆婉转到狮吼般的声震山林。团领导认为她的声音更适合担当广播站的播音员，播报一些充满火药味和威慑力的战斗檄文。韦虹兴奋地接受了组织安排，决心用她那坚定正确的、体现时代风貌和进步力量的极具战斗力的声音，为批判和摧毁一切反动势力、粉碎敌人的猖狂进攻，为誓死捍卫毛主席的革命路线而呐喊助威！

通过高音喇叭，韦虹的声音传遍了整个兵团农场。经过她播报的新闻显得格外重要，犹如中华民族又到了最危险的时刻；通过她传达的上级精神透着无可争辩的真理性，仿佛一句顶一万句；由她发布的各项决定公告传递着不容置疑的权威性，好像人人都只能老老实实，不敢乱说乱动。尤其是她朗读大批判文章时，声音中透出与生俱来的正义感和摧枯拉朽、排山倒海、刺破青天的巨大力量，谁听到那声音，都会不寒而栗。用她那经过扩音喇叭提高了若干个分贝的话说，"让那些瞎了狗眼的反革命跳梁小丑们躲在阴暗的角落里瑟瑟发抖屁滚尿流吧！"除了播音，韦虹还经常出现在兵团频繁举行的一些誓师大会、批斗大会和公审大会的现场，坐在主席台左侧下方为她单独摆放的一张小方桌旁，面前摆放着一只用红绸布包裹的话筒，每到关键时刻，她那凛然的声音便会突然高调响起："将反革命分子某某某押上来！""把苏修坏分子某某某押下去！"更多的时候她充当口号的领呼者，会场上不时回荡着"打倒某某某！""砸烂某某某的狗头！""打倒美帝国主义及其一切走狗！"等一波高过一波的声浪。就连一直暗恋她的亮子此时也会感到"腚沟子发麻，大小便失禁"。韦虹从领唱变成领喊，脸上洋溢着无法掩饰的成就感。

正因为韦虹的声音体现了时代的强音，折射着她内心坚定的阶级立场和鲜明的政治态度，所以，她多次立功受奖，并被提拔为团部宣传组副组长，其间还被借调到福建厦门某地隔海喊话，动员海峡对岸的"台湾同胞们，放下武器投诚起义"。到知青返城时，兵团正酝酿把她提拔到更高的位置上发挥其独特的作用。

回城以后，知青们为了生计，各自奔波，找不到固定职业。我们变成了这座城市里的"多余人"，成了家庭的包袱和累赘。韦虹凭借着在兵团的优异表现和天生的一副好嗓子，在区里的一家少年宫谋得了一份教孩子唱歌的美差，而我等不少同学却揽点粗活，蹬蹬三轮车、打打零工。不知是何缘由，韦虹在少年宫只干了两年，便离开了那里，独自一人在动物园附近摆了个服装摊，很多兵团战友都曾在那里碰见过她，因为她的叫卖声高亢而尖亮，距离很远就能听到她那"时代的强音"。

韦虹过了三十岁才结婚，半年后又离婚了。据说她老公无法忍受她那充满敌意的"高音"。这位曾经一度以相貌和歌喉几乎迷倒我们所有男同胞的著名美女，长时间孤身独处，引起了当年朝思暮想渴望得到她的许多战友的猜测和议论。每当聚会的时候，已届中年的团友们常常提到她并相互开着玩笑，但没有哪个人敢往前走一步。他们把韦虹的声音视为那个时代最悲怆最恐怖的记忆之一，称她的声音像鲁迅的杂文一样是匕首、是投枪、是长矛！与拥有这种嗓子的女人相伴，无疑是自虐、自残、自杀！大伙儿常常在"妖魔化"韦虹声音的玩笑中获得某种解脱和满足。

一个月前，我们团的少数积极分子张罗着搞了一次大规模的聚会。在那里，一家叫做"知青之家"的中档饭馆里，我见到了已分别三十多年的韦虹，她显然老了，齐刷刷的运动员发型已经花白，嗓音却依然尖锐，只要她一开口，高音立即压过会场的喧哗。有人告诉我，她五十岁那年又结了婚，嫁给了当年为她整夜整夜睡不着觉的亮子，这让我很惊讶。因为亮子确实私下里评价过她，说一听到她的声音就"腔沟子发麻，大小便失禁"。后来有人解释说，他俩走在一起，是天配地造的一对儿。为什么？那人牵强附会地分析道："亮子原先是搞书法的，写一手漂亮的毛笔字，到了建设兵团后，上级领导发现了他的特长，便抽调他到团部去，专门写标语、口号、公告，最后写废了，那些用排笔、粗笔写在墙上、布上、纸上的字越来越空洞、残忍，看上去触目惊心，杀气腾腾。他回城后也想重新拣起他的书法，却总也找不回来那种艺术感。他也是二婚，跟韦虹合伙过日子最合适不过。看，一个喊口号的，一个写标语的，都错用了天赋，凑在一起谁也不嫌弃谁……"

那次聚会持续了大半天，像以往的相聚一样，总是在大伙儿嘻嘻哈哈高歌一曲"红色经典"的欢笑声中结束。由于韦虹的到来，那天唱的歌格外地多，从《革命者永远是年轻》一直到《毛主席走遍祖国大地》，一首连着一首。除了个别同学要急着回家接孙子孙女放学外，绝大多数到了深夜还在兴致勃勃地闹腾着。韦虹突然尖声喊道："静一静，静一静，让我们最后一起高唱《文化大革命就是好》。"场内的喧闹声戛然而止，大伙儿愣愣地相互呆视着。不知是谁打破了沉寂，先咳了一下，然后说，太晚了，今天就散了吧！大家这才缓过神来，纷纷起身收拾东西呼呼啦啦地往外走。韦虹又喊了几嗓子，动员战友们与她一起唱，但没人附和。我趁机离开座位，蹦跳着窜出大门。歌声从身后传来，但不是许多人的合唱，而是韦虹一个人的合唱……

一缕疲弱的光

冬日的阳光虚弱无力，气喘吁吁摇摇晃晃地爬进窗户，病恹恹地斜躺在客厅的地板上。雾霾天已经持续了一个星期，太阳迟迟不肯露面，今天总算勉强探了探头，很快又缩回去了。这缕混浊惨淡的光线，多多少少增强了室内的亮度，却感受不到它的温度。

暖气似乎又停了，老范伸手摸了摸，不烫也不冰，他怀疑手掌失去了知觉，又抬手蹭了蹭脸，没问题，左手右手都很正常。

老范的心情十分沮丧，一个多月几乎天天闷在家里。这倒不是因为糟糕的天气，若在往常，即使浓雾弥漫，他也要出去走走，绕着小区的中心花坛走上几圈。邻居们私下里称他"老鬼"，只要从雾气中隐约冒出个"鬼影"，那一定是老范在散步。

老范喜欢遛弯，更喜欢聊天。因为他有话可讲，讲起来滔滔不绝，主要是讲他儿子的故事，儿子一直是他的骄傲。小区里住着不少有钱人，多是做生意的，开着高档车。老范不把他们放在眼里，愤愤不平地骂他们是"暴发户"和"土包子"。他尤其看不惯那些牵着或抱着宠物狗四处闲逛的男男女女，认为这些人都是吃饱了撑的，守着爹妈不侍候，儿女不教育，尽整些小畜牲供养着，是认狗为父，认猫为子。尽管自己住的是小户型，也没置办名车名犬，但他自觉形象十分高大，生活并不匮乏空虚。

儿子是响当当的公务员，在一个政府部门里工作，收入不高却很稳定，穿着整洁，发型端庄，上下班拎着黑皮公文包，神情严肃，走路挺胸昂首，一眼就能看出干部模样。熟人见了老范都夸他儿子有出息，是个"大领导"。老范并不高调，每每替儿子谦虚："屁大领导，就是个小公务员罢了。"

嘴上虽这么说，但老范的心里美滋滋的。在他看来，一个小公务员绝对比一个大老板更体面，更有分量，更值得尊敬。老范要孩子不算早，三十三岁才喜得贵子。儿子从小到大一直很听话，没有经过明显的"叛逆期"，出小学进中学再入大学，一口气读到了博士，又顺顺当当地考取了公务员，跨进了机关的高门槛。那一年，老范刚好退休，恋恋不舍地含泪告别了挂着国徽的政府大楼，结束了近四十年的公务员（他年轻时还没有这个词儿）职业生涯。虽然早有了退休的心理准备，但刚回到家里的那些日子，他仍感受到了许多难以言表的不适应和失落情绪。直到得知儿子被一家政府部门录用后，才一下子振作起来，眼睛里闪着光，浑身有了劲儿，说话的语调高了几度，割舍不掉的"啊啊"声透着曾经的官腔。一连三天，约儿子长谈，结合自己大半生的官场经历，给儿子灌输了各种机关工作经验和注意事项。从政治正确、站稳立场、把握方向一直讲到公文起草、印鉴保管、档案存放以及请示、通知、汇报等文件处理，如何与同事和领导相处，怎样给上司端茶倒水、拎包开门等等细枝末节，无微不至，听得儿子昏昏欲睡，哈欠连天。临了，当他问及儿子的体会时，儿子只回答了四个字："一地鸡毛！"

儿子当上了公务员，让老范重新充了电。他认为自家的祖坟冒了青烟，并期待和相信这股烟腾空而起直冲九霄。老范一生都热爱痴迷享受着自己的本职工作，虽然直到退休他才弄了个副科级的非领导职务，但他依然觉得"当官儿"这事是世界上最有价值的事业，他有一句不雅的名言："除了当官儿，其他统统都是扯淡！"他确信儿子一定会在仕途上走得更远，因为他的起点高，拥有博士学位，不像自己仅有一张可怜的大专文凭而且是后来在职补读的。

老范因儿子正确的职业选择而熊熊燃起的火热激情只持续了不到两年就被儿子用一桶冰水呼的一下浇灭了，只留下一股刺鼻呛眼的浓烟和灰烬。儿子在没有任何前兆和预告的情况下，也就是没向他征求任何意见的情况下，突然宣布已经办完了辞职手续，搬着个纸壳箱子回了家。"不干了！没劲！"说这句话时，儿子一脸的不屑与轻松。

父亲遭受的打击远远超出了儿子的想象。老范彻底崩溃了，就像被雷劈了一般。他瞬间瘫倒在沙发上，嘴角起了白沫。医生说："你爸的瞳仁已经扩散了！"当抢救过来后，他双眼紧闭、牙齿紧咬，两天没跟儿子说一句话。到了第三天，他突然号啕大哭，哭声之惨，惊扰了整个病区，引起了医护人员和同楼病友的一片惊慌。

儿子认错了，向父亲诚恳道歉。千不该、万不该，他不该事先不征求父亲的意见。老范的身体和心情极难恢复，躺在家里慢慢静养，并开始逐一驳斥儿子辞职的种种借口：

"工作累？干什么不累？砸石头、扛木头、挖煤、插秧、送快递、站岗、巡逻哪个不苦不累？你办公室里坐着，一张报、一杯茶，风吹不着，雨淋不着，也不用担心塌方、洪水、泥石流、瓦斯爆炸，怎么就苦着累着你了呢？"

"压力大？干什么压力不大？开公司、办工厂、种庄稼、当教师、作医生、卖保险、放贷款、抓小偷，谁的压力小？你整天发发文件、敲敲电脑、加加夜班、念念稿子，咋就扛不住了呢？"

"收入低？干什么收入高？种地、养鸡、卖菜、送水、开车、摆摊，哪个收入高？你一日三餐哪顿饭在家里吃，这个请那个送，灰色收入还少吗？当然，我也知道，现在不行了，不像前些年了！"

"管得严？干什么管得松？工人上下班刷卡，小商小贩交税，当兵的立正、稍息，就连幼儿园的小孩也要背手、坐直，是官哪能随随便便？不就是不准公款吃喝了吗？咱回家吃饭更可口！"

"啥玩意儿？不自由？咋叫不自由？谁不让你吃不让你喝啦？该上班上班，该干活干活，该睡觉睡觉，不缺吃、不缺穿，怎么就不自由了呢？给你自由你又能干什么？啥？说话不自由？谁说话不自由？你到底想说啥嘛？你早晨上班说'领导好'，下班说'领导再见'，不准你说吗？就是嘛，我告诉你，不管你怎么夸赞领导、夸赞你的单位、夸赞我们的社会，都不会有人禁止你，你还不自由吗？我真搞不懂，你到底想说什么！"

……

儿子疲惫而羞愧地低下了头，他不想再跟父亲沟通了，因为他觉着自己的每一个合理解释，在老范看来都是无理辩解，只能让父亲更生气，更愤怒，更不利于他的健康。他只好说："您说得对，老爸，快睡一会儿吧，怪累的。"接着长叹了一口气，自言自语道："唉，我的领导和上司整天污辱我的人格，不给我一点点尊严！"眼泪夺眶而出。

"啥？他们竟敢污辱你的人格和尊严？"老范愤怒了，他猛地从沙发上站起来，来来回回地扭动身体抓狂，儿子劝他坐下，他两眼直勾勾地盯着儿子，半天没说出话来。

"什么，你的上司和领导不尊重你的人格？你怎么不早说呢？这可是原则问题！咱不干了！凭什么污辱你的人格？辞职辞得好！不干了，坚决不能侍候这些王八蛋了。人格不可辱，尊严不能丢，你记住了，儿子！我要找他们讨个说法，作为一名领导干部凭什么污辱下属的人格和尊严，他们没有这个权利，绝对没有！"父亲激动地在客厅狭窄的空间里原地打转转。儿子费了很大力气才按着他的肩膀让他坐回沙发。

"儿子，我跟你说，"老范喘着粗气，满脸涨得通红，"你老爸我在机关工作了近四十年，遇到的大大小小的头儿不下百十来位，有科长、处长、局长，也有主管、主任、主席，见过的人多了，啥脾气的都有。谁都会受到批评和训斥，这很正常嘛！就以我为例吧，我这辈子挨批挨训那是家常便饭，写过的

261

检讨检查能装满两大箱子，比你搬回的那个纸箱还大。也经常有领导跟我大吼大叫，拍桌子、瞪眼睛、摔茶杯、扔纸篓、砸烟灰缸，这都不算什么。有时他们也会指着我的鼻子骂我祖宗八辈，甚至会啐我一脸唾沫！有一回在酒桌上，那时我才四十出头，有一位新来的年轻的科长，他比我正好小十岁，年轻人嘛，好逞强，他嫌我给他的酒杯没斟满，站起来就'啪啪'抽了我两个耳光，当着众人的面，罚我不换气一口喝干了一整瓶高度白酒，我二话没说，一仰脖子全干了，一滴不剩。还有一次我陪一位副处长出差，晚上闲着没事一块儿打打扑克，我跟他打对家，结果出错了牌，他让我跪着从一层爬到三层，边爬边学狗叫，那有什么呀，我爬了叫了，啥事没有！尽管我遇到的有些领导脾气暴躁，但有一点他们做得很好，那就是他们从来都不污辱下属和同事的人格，绝不伤害别人的尊严。"

儿子已经泣不成声了，老范拍着儿子抖动抽搐的肩膀，深情地安慰儿子说："儿子，你受委屈了。咱不干了，辞了就辞了，咱不当这个小官儿了。明天我要去你们机关，要给你讨个说法。我要跪在你领导面前，抱着他的大腿说，你凭什么污辱我儿子的人格……"

窗外的雾霾越来越浓重了，斜躺在地板上的那一缕浅白模糊的阳光悄悄溜走了。

记事本

一道闪电如同一条从天宫窜出的粗大冰蛇，把暗黑的天空瞬间撕开，裂成不规则的两半。寒光刺目，令人胆战。正是下班时分，被堵在办公楼前厅廊下避雨的人们，双手紧紧捂着耳朵，猫腰侧脸，两眼斜盯着那条稍纵即逝的银色巨蟒，期待着随之而来的滚滚雷声。先是一个比洗脸盆还大的火球，画出一道红红的斜线，像是奥运火炬从天空疾速传递，接下来就是一声炸响，清脆尖锐，没有拖泥带水的尾音。

"哎呀，树劈了！"有人高声尖叫。

人们一齐把目光集聚到了操场东南角的那棵大槐树上。雨变小了，一股不浓不淡的青烟不紧不慢地在细雨中升起。一些好奇的男生女生，撑开伞冲进雨中，跑向那棵冒烟的大槐树。

"不好了，劈死人啦！"

"吓死我啦，那里躺着个死人！"

有人往前挤，有人往后退。有人认出了死者："呀，是柳馆长！"

"谁？哪个柳馆长？"

"就是学校图书馆的副馆长老柳！"

"他怎么会跑这儿躲雨？"

"天呢，快喊人吧？"

"真死了呀？叫救护车！"

有胆大的凑上前去，用手贴着他的口鼻处。"死了，一点呼吸都没了！"

"脉搏呢？"

"也不跳了！"

"没救了，你瞧这脸都烧黑了，七窍流血。"

"一个大活人怎么会让雷劈了？"

"老柳是个老实人、大好人，咋会遭雷劈呢？"

"别胡说，人都死了，还说那个？"

"我又没说啥呀，老人老话说，坏人才遭雷打嘛！"

"迷信！胡说八道。这世界上坏人多了，个个都活得比咱好！"

学校保卫部门、医护人员和警察先后赶到了事故现场。老柳确实死了，没有一丝生命迹象。现场勘察初步排除他杀，没有任何搏斗扭打痕迹，胸部烧了个洞，显然是被雷电击中。离老柳左手边约两米远处，发现了一个老式手提旅行帆布袋，里面装有四十二本笔记本，有牛皮纸软封面的，上面印着"工作日记"四个红字，也有硬皮和塑料皮儿的，颜色不一。警察认定包里的东西属于死者的私人物品，从笔记本内容上判断是老柳使用的记事本，应归还死者家属。不像后来校内某些大嘴巴传言的"包里装的都是馆藏孤本、善本书"，"他经常往家里偷书，都是值钱的古籍，让老婆在网上公开拍卖"，等等。

据柳馆长的同事们说，老柳是个老实人，平时见人三分笑，不太喜欢多说话。为人低调，甚至有些谦和过度。遇人总是点头哈腰，跟年轻学生说话也一口一个"您"字。除了心胸狭窄，爱算计，贪图一瓜两枣的小便宜外，没啥大毛病。一年前，馆藏的一些珍贵古籍不见了，馆长很着急，曾跟分管此项工作的副馆长老柳谈过话，还对他发了火，但此事后来不了了之。警察调查过，找不到任何外人入室盗窃的痕迹，做了内部排查，也没获得有价值的线索。馆长担心此事若张扬出去，定会引起媒体炒作，只好采取息事宁人的和事佬态度，和老柳分别背了个行政记过处分，就算是"管理不善、领导失察"，没再进一步追究。

老柳之死纯属意外。这种雨天被雷电击中的小概率偶然事件谁都听说过，只是发生在熟悉的人身上一时不好接受。老柳的老婆和儿子虽然跟学校哭闹了三天，多要了几万块钱后心情平和了下来，说是不搞什么遗体告别仪式了，一切从简，火化了拉倒。"这死鬼不知背着我干了什么缺德事了，撂下我们娘俩自个儿跑到西天享清福去了。"他老婆平常就很泼，没人敢搭她的话。

火化之后的第二天，老柳老婆突然闯进了图书馆馆长办公室，哭着喊着，见东西就砸，骂了满屋子脏话。她揪住馆长不撒手，又撕又挠，又啃又咬，馆长的脸上手上留下了一道道血印子。她让馆长偿命，说不要钱只要老柳。老柳早已烧成了灰，哪能再活过来？她不管，她就是要活人："因为是你，还有你们这群王八犊子害死了他！这是谋杀，是你们杀了他！就是你，你就是凶手！我要告你们，要让警察来抓你们！把你们统统枪毙！你们打击报复！"

"你这不是无理取闹、血口喷人吗？说话得有证据！"有人站出来制止她的歇斯底里。"证据？有！当然有！你们的小辫子都在我手里攥着呢！你们睁开狗眼看看，这就是证据，白纸黑字，一桩桩一件件都写得清清楚楚。"她从帆布旅行包里掏出了一大摞各式各样的笔记本，抛向空中，散落在办公室的地板上、沙发上和桌子上。围观和劝架的几位工作人员纷纷弯腰捡起来翻看，老柳熟悉的娟秀字体再一次映入了眼帘。

"你们睁大狗眼看仔细了，大声给我念出来！这就是你们的罪证，谁也跑不了。"老柳老婆折腾累了，一屁股坐到了地板上，两条腿下意识地来回蹬蹬。

"念呀，大声念出来呀！你们咋变他妈哑巴啦？"她喘着粗气扯着嗓子吼道。

"1982年3月23日下午4点20分许，我去厕所小便时，听到了正在蹲坑的张建立和王大刚议论说1957年的'反右'斗争搞过头了。关键一句：王大刚说，我饶不了那几个当年打死我爹的王八蛋！这是怀恨在心，借机发泄对党的不满。张建立还说，文史阅览室的赵霞屁股又圆又翘，真想摸一把。下流！"

"谁让你念那一段了，念近的，念这两年的。那些新本本！"老柳老婆抡起胳膊指挥着。

"2008年8月20日，早晨上班时在电梯里，图书编目部郑红星说，这奥运会哪天才能完，这交通管制也太严了，堵了三小时，以后别再开了。打肿脸充胖子，劳民伤财嘛！危险、思想倾向明显偏右，应开除党籍。"

"这个也不用念了,挑那些管用的!"

"你们听这一段。这是老柳上个月记下的。'中层干部会上,馆长在传达上级文件时一直皱着眉头,结束时还长长地叹了一口气,心中不满之情溢于言表。同日,校长来馆调研,馆长在汇报工作谈到困难时竟然冒出了句"这活儿没法干了",这是典型的悲观畏难情绪,是"三观"出了问题。'"

"我来念一段。'2011年7月12日,星期二。外文阅览室的赵小雅挺着大肚子在三层走廊里与古籍室的钱某某说说笑笑,眉来眼去。她结婚才五个月,但从肚子的大小来判断,那孩子至少有六个月。显然是婚前行为,而且到底怀的是谁的孩子?值得怀疑。'"

"这段挺逗的。'今天工会给每位职工发月饼六块。我觉得我的月饼比别人小,经反复比对掂量,至少有两块小于其他四块。我立即去找张主席理论,他解释说:柳馆长,这怎么可能呢,都是学校食堂做的,一个模子压出来的,不会有大有小。再说了,这都是随便领取的,你就别斤斤计较了。你一个大馆长,还在乎这点小渣渣?他说话明显带有嘲讽的口气,令我十分气愤。这是原则问题,是关乎公正的问题,凭什么欺负老实人?最后他说,这里还剩下十几袋,你随便挑。我毫不客气,把袋子一一打开,挑了两块我看着顺眼的。我再次声明,我柳某人不在乎月饼的大小,而是在乎自己的尊严!'"

"这段有点意思,是说我的,还说我色眯眯地盯着他看。"办公室关大姐边说边笑。

"算了,算了,别瞎起哄了,真他妈的丢人,都是些什么

267

鸡毛蒜皮乌七八糟的东西，快把这些垃圾还给她，让她回家自己看去，别在这儿丢人现眼了！"馆长气得直哆嗦，一甩手把散落在桌子上的几个牛皮纸软皮日记本扑落一地。

"你们念，你们接着念！怕了是吧，不敢念了是吧，嫌丢人了是吧？我要把这些笔记本交给纪委、交给警察、交给媒体，让他们好好查查，让他们好好曝曝光。我就不信了，你们这群坏蛋就没人能治了？哼，等着瞧吧，我让你们吃不了兜着走！"老柳老婆一蹦一跳地喊叫着。

"你爱到哪儿告就到哪儿告，想给谁看就给谁看，只要你不怕丢人就行！"馆长气得摔门而出。

老柳老婆不依不饶地先后去了纪委、检察院和公安局，最终没有得出她想要的结论——老柳被谋杀或被逼自尽。因为没有迹象和线索表明，他的领导或同事走了老天爷的后门，"买凶杀人"让雷公电母暗杀了他。

渐渐地，老柳老婆不再隔三差五地跑到学校闹了。她开始信佛了，闲着没事就去庙里烧香、诉苦、祈福。有一次，她向庙里的住持哭诉了大半天，把老柳之死的冤情原原本本地唠叨了一番。老和尚双目微闭越听眉头皱得越紧。临了劝慰道："阿弥陀佛，罪过罪过。你家男人，已归西方极乐世界，这是福报啊！你就不必过于执着，要学会放下。我给你指条明道，把这些本本烧了吧，一了百了！"

"那可不行。老柳正打算把日记本交给什么巡视组呢，他那天冒着大雨拖着旅行袋就是要去上级部门告发他们呢，没曾想让他们给谋害了。这可都是证据啊，是他花了几十年搜集的，怎么能一把火就给烧了呢？那可不行！"

"女施主，你男人不是要去告状的，他是想在大槐树下烧掉这些东西的，你就遂了他的愿吧！他不想把这些东西留存于人间。"

老婆犹豫再三，听从了大师的建议，含泪要把这堆本本扔进香炉里化成灰烬。

"不、不、不，阿弥陀佛。不要在这里烧，让佛祖眼睛清静些吧。你还是把它拎回去，在那棵大树底下烧了它，让别人心里也踏实些，他们会为你男人祈福的。"

老柳老婆当晚就按照老和尚指引的方式跪在大槐树下点了把火，还绕着火堆画了个大大的圆圈，她听老人说，这样"这些字句就不会让外人看到"。

又过了半个多月，警察上门带走了老柳老婆。原因是她在网上拍卖了十三本盖有学校藏书章的宋版善本图书。

软卧车厢

他拖着拉杆箱子在月台上走了好远才找到二号软卧车厢。门口负责检票的那位漂亮的列车员主动向他打招呼："您好！"伸手接过他的车票看了一眼，又把票递给身后站在踏板上的另一位高个儿女乘务员，转身微笑着说了句："请上车。"并帮他把行李箱拎到车上交给了那位高个子的乘务员。

他分别向两位姑娘说了声谢谢，便在高个儿乘务员的引导下走到车票上标明号码的软卧房间，她想把他的旅行箱放到行李架上，他连忙婉拒："不用了，谢谢。我自己来，先把洗漱用品拿出来。"

"那您先休息，火车还要等10分钟以后才发车，"她抬手看了看腕表，"您有事请叫我！"

他环视了一下包厢，一共有四个铺位，他本想问乘务员这间包厢是否满员，但她一转眼就消失了。他把行李往铺位下面一塞，并没有急着打开箱子取出路上用的水杯、牙刷和毛巾，因为他发现软卧房间内各种旅行用品一应俱全，卧具也显得高档整洁，比普通的硬卧车厢明显上了几个档次。

他坐在铺位上，仔细打量着这个精致舒适的封闭空间，心情十分舒畅，甚至有些激动。"太好了！"他独自一个人拍起了巴掌。这是他第一次享受坐软卧的待遇，若干年前陪领导出差时他进过软卧车厢,那是为了帮领导拎行李,而且当时软卧房间的设施条件不如现在的好。如今,也就是此刻他以领导的身份心安理得地坐在这里,由此而产生的那种异样的亦真亦幻感觉,真是难以描摹。很满足?很得意?很开心?很幸福?这一切都源自个人奋斗,是成功的体现。如果没有职务上的晋升,哪有这一系列待遇上的变化和心情的快乐?职务就是一张纸,一张任命通知。"任命",就是听任命运的安排吧?自从上周任命通知发下来,同事们统统改口称他为"李局"了,虽然准确地说,是"副局级巡视员",非领导职务,但级别高了,相当于"副司级",在省里叫"副厅级",若在市里就是副市级了。一个从大山里走出来的孩子,经过近四十年的努力挣扎,承受了多少压力和心酸,终于熬到了"李局"的尊称了。他的内心充满了感激,不论是对他上司、组织,还是命运和上苍,他都一遍遍说着谢谢。小时候,爷爷曾预言他长大了会有出息,会当大官,老人摸着孙子光秃秃的小脑袋十分肯定地鼓励他:"你好好念书,得学会认字和打算盘,长大了能当村主任,说不定还能当乡长呢!"村主任他见过,披一件绿色的棉大衣,是全村唯一有资格穿那种颜色和款式大衣的人,他认为那就是"官服",没有京戏里做官的官服花哨。至于乡长,在他童年的记忆里从未见过,他知道那比村主任官大。他还听说过县长,爷爷和父亲也没有见过,眼下自己比县长的级别还高。自从大学毕业,他就分配到了北京的一个大机关工作,从端茶倒水拖地擦桌子起步,到别人喊自己为"李局",一路艰辛地熬过了近40年,虽然再过7个月就退休养老了,但他很知足,不用与当年的小伙伴相比，即使与大学同学和多数同事相比，他自我感觉也良好。想到这些，他的眼眶里溢出了泪水，此刻他多想老婆孩子能与他同行，让她们娘儿俩也能坐在软卧包厢内开开眼界，听他讲讲自己的奋斗史，共同分享他修成"副局"正果的喜悦。当然，这次不行，这趟属于公差，不允许携带家属。他心里盘算着，等春节回老家时，要捎上老婆、女儿和女婿，一家四口正好住在同一个包厢内，不用与别的客人合住。届时还能与女婿好好聊聊，摆出点老丈人的架子，用事实说话让他懂得作为男人在事业上应该不懈追求的基本道理。

这位被同事喊作"李局"的男人，抬起胳膊看了看手表。"哟，差一分钟就开车了，难道没别人坐软卧了？"他看了一眼空下的其他三个卧铺，嘴里自言自语地念叨着，"就我一个人一间？那也太奢侈了吧，再说也没人陪着说说话。"

就在这时，那位高个儿乘务员拉开了厢门，她笑吟吟地说："对不起，有乘客来了。"她侧过身子，一位矮胖子挪了进来。看年纪也不小了，头发几乎掉光了，油亮细滑的头皮在车顶灯的照射下泛着亮光。乘务员替他把行李放到了顶柜上，笑容可掬地向他介绍车厢内的设施如何使用以及晚餐开饭时间等等。他好像没听见似的，皱着眉头，满脸严肃，一屁股颠到床上，喘了口粗气，连眼皮都不抬一下，根本没瞧见李局的存在。

火车开动了，矮胖子身子往后一仰躺在了铺位上，两眼望着天花板，鞋也没脱。

李局觉着眼前这位乘客挺没劲的，性格肯定很内向。如果一路上两人在一个狭小的空间里就这么憋住，实在不是件愉快之事。他试着跟这位将与自己"同居"一夜的矮胖子打声招呼："先生，您把鞋脱了多好啊！"

李局刚才开口喊他先生的时候心里就犯了纠结：这位是干什么的呢？若是当官的至少是个司局级，正副不好说，处级以下不能违规坐软卧，但称领导没把握。若是开企业的，那就算是有钱人了，自己掏钱买票，别人管不着，那喊老板更合适。到底是领导还是老板呢，说不上，还是叫先生稳妥一些。

但那人耳朵好像有毛病，喊先生他没有任何反应。李局顿觉很没面子，自己先尴尬了。他本想不再搭理他了，可待了一会儿又憋不住："同志，出差呢？"他发现那个死胖子身子动了动。

"嗯？"胖子稍稍歪了歪脑袋。

"您出差？"李局提高了音量。

"嗯。"那人用鼻子哼了一下，又把脑袋正了正，两眼盯着车厢上方。

"您把鞋脱了躺着舒服。"李局又补了句。

"噢。"那人一动没动。

除了火车轮子轧在铁轨上发出的金属摩擦声，车厢里只有一阵沉闷。

李局从手提包里掏出本杂志，坐在靠窗的小桌板上消磨时光，他不想再跟这个胖子主动说话了。

包厢外面有人敲了几下门，没等回应，乘务员便开门进来送水了。

矮胖子趁机跟服务员说:"这枕头太硬了,给我换一个。还有这床单也脏了,你看看。"他指了指白床单的两个小黑道,正是他皮鞋跟蹭过的痕迹。

"好的,先生。您看上铺的枕头是不是软一点,我给您拿。"姑娘踮起脚尖把上铺的枕头拿下来递给他。

"也挺硬,没有再软乎的吗?"他不高兴地咕哝着。

"没有了,先生,都是一样的,对不起。床单我马上给您换。"姑娘满脸堆笑。

服务员很快给胖子重新换了床单,他这才脱了鞋又仰着躺下。

李局无奈地摇了摇头,把目光转向了窗外疾速后移的景色。

矮胖子躺了一会儿,显然没有睡意,坐起来拍打了几下那个枕头,嘴里嘟囔着,抱怨枕头硌疼了他的后脑勺。

"您把毛毯叠起来垫在脑袋下面吧!"李局忍不住多了句嘴。

"那盖什么?"他没抬头。

"上铺没人,毛毯闲着呢!"李局笑了笑。

"噢,"矮胖子从上铺拽下毯子卷叠成枕头试了试,"舒服多啦!"他侧过脑袋冲着李局似是而非地笑了笑:"我头一次坐这种软卧。"

"我也是。"李局说。

"还是坐飞机好!"胖子说。

"是啊,我本来也想坐飞机,坐'动车'也行,都比坐这趟火车快。我头一次坐软卧,以前没坐过,想体会体会。"李局最怕没人说话。

"噢。"矮胖子没有继续聊下去的意思。

"躺着总比坐着舒服,就一晚上,睡一觉儿就到了。"李局还想聊。

"噢。"那人没接茬。

"您要茶不?这里有开水,我带着茶。"李局起身从包里掏出小茶叶罐,正准备给自己沏杯茶。

"噢,不用了,我喝矿泉水。"胖子终于坐了起来,从手提箱里拿出瓶水。

"您是出差开会?"李局又问了句,他记得上车时问过了,而胖子没有正面回答。

"不,回趟老家。老母亲去年走了,回去看看。"胖子拧开矿泉水,仰脖喝了一小口。

一定是位做生意的商人,不是什么领导。车票钱是自己掏的,公家副局长以上才可以坐软卧,李局心里有数了,他一下又放松了,心情快乐了起来。

"是吗,老母亲多大岁数走的?"

"八十六。"

"哎呀,那是高寿啊!人都有那一天,能活到八十六岁不容易啊!您这做儿子的也算尽了孝心啦!"李局安慰他。

"不孝,不孝。她本来还能再活几年的。唉,不说啦!"矮胖子叹着气。

"看长相您年龄也不大吧?"李局特别想聊天。

"应该比你大，快六十了！"

"不会吧，您看起来也就五十出头。"李局故作惊讶状。

"哈，早没那个年龄喽！"他伸了个懒腰。

"那咱俩说不定同岁呢，您属啥？"李局生怕他伸了懒腰又躺下。

"属狗。"

"真巧，我也属狗。"李局表情很激动，以为全天下只有两个人属狗，而他终于找到了另一位与自己同属相的人。

"噢，你也不显老。"矮胖子又打了个哈欠。

"哎呀，太巧了。咱俩竟然同岁，说不定月份也一样呢。您几月？"

"八月。"

"真的假的？我也八月。"

……

李局话匣子一打开，就像他机关里的抽水马桶一样，坏了一个多月了，关不上，总是哗哗啦啦地淌水。于是，他把想对老婆孩子和至亲好友说而一直憋着没机会讲出来的一番话统统地倾诉给同行的这位陌生人。

他讲了自己的出身，小时候受的苦，工作以后遭的罪，遇到的挫折和自我奋斗的曲折经历，以及对人生的各种感慨，毫无保留地讲给眼前的这位"属狗的"胖子听。他知道，像这种唯利是图的商人，除了有点钱（而且肯定不会有马云那么多钱），不会有其他见识，尤其在当官的面前，他们只有点头哈腰的份儿。李局越讲越有兴趣，全然不顾矮胖子时不时地打个哈欠。

"真不容易。"矮胖子得知他为自己能晋升副局级而深感骄傲时,不失时机地赞扬了一句。

"啊,是啊,确实不容易。大机关里千军万马争抢着过独木桥,像我这样的草根出身也没啥背景,能有今天也算上对得住祖宗,下对得起子孙了!"这是李局由衷地感慨。"你呢,说说你的经历,别光我一个人说呀。"李局觉着应该客气一下。

"我?没啥好说的,这几年很失败。"矮胖子摇摇头、摆摆手,表示无话可说。

"很失败?咋个失败法?做生意赔啦?说说嘛!"

"不说了,不说了,有点犯困。"

"说说呗,有啥不好说的?你说说,老哥我帮你分析分析,说不定还能帮你出点主意哦!虽然咱俩同年同月生,但我生日比你大6天,那也是你哥呀,对不?"李局的兴奋劲儿一直持续着。

"真的很失败,都是让老婆孩子和亲戚朋友害的。"胖子又叹了口气。

"他们干吗要害你呢?"

"唉,都是为了钱呗!"

"这个我懂。做生意的,都以为你很有钱,亲戚朋友谁能不盯着你,不是这个跟你借点,就是那个跟你要点,七大姑八大姨、侄子外甥小姨子,八竿子够不着的,也跟着起哄,今儿个孩子交学费了,明天买房子付首付了,后天老丈母娘生病住院了,他们找谁借去呀,肯定都跑来找你。这种事太常见了。

但他们总不至于让你破产吧？这根本谈不上失败！"李局说到这里，特意伸手拍了拍垂头丧气的矮胖子的肩膀。

"事情没那么简单！他们不断地让我替他们办事，咳，不说了。"

"能办就办，不能办就不办呗，那还能咋着啊？"

"问题是我都帮他们办了，结果……咳！"

"那不更好嘛，说明你有能力嘛！你知道现在普通老百姓办点事儿难死了，你有能力就帮帮呗，这不是好事嘛！"

"能有啥好事？尽是些祸害！"

"都是亲戚朋友的，不能这么说人家，怎么会是祸害呢？"

"唉，就是祸害。今天这个要开个矿，明天那个要弄块地，后天又要修高铁，还有一些更不要脸的，天天闹着要当官儿，找我的不是亲戚，就是朋友，剩下都是他们介绍的。你说我咋办？"矮胖子摊了摊双手。

"你、你，不，您，您是干啥工作的？"李局迷惑了。

"跟你一样，目前是副局长非领导职务。"

"那、那、那，那您以前呢？"李局突然结巴了。

"以前是正部长级，犯了错误给降到这个级别了。"矮胖子又一次叹气……

李局愣在那里，半天没缓过神来。他后悔今天选择了坐软卧，这不是自找的吗？

"妈的，这车真慢。要坐飞机早到家了，我这辈子再他妈的也不坐软卧了。"李局愤愤地骂了几句。

"洗洗睡吧！"好不容易，他自言自语道。

·我记不住你的名字·

我越来越为自己记忆力的快速衰退和瞬间消失而深陷焦虑。有些症状日益严重，导致我忧心忡忡，坐立不安。有时，我会在深夜熟睡中突然惊醒，大汗淋漓，大口呼吸。

我担心老年性痴呆的提前光顾，让自己过早地失去生活自理能力，那可是一件太悲催的事情了。我的导师三年前就患上了这种疾病，连老伴儿和儿女都认不出。我去年春节探望他老人家时，送给他一把电动剃须刀和一些水果，他拿起一根香蕉带着皮就往嘴里放，把我当成了楼下的小商贩，还语无伦次地跟我讨价还价。如果我也追随恩师的脚步，迅速进入痴呆行列，说不定在进门前就拿着那把剃须刀蘸上甜面酱嘎嘣嘎嘣嚼着吃了呢！

从导师家里回来后，我越发心情沉重。论年龄，我尚属中年，不至于如此着急吧？但记忆力怎么会变得这么糟糕呢？我觉得这事应该引起足够的重视，不能若无其事，自欺欺人。于是，我查阅了相关资料，第一眼看到的观点就惊出了我一身冷汗："现如今，记忆力减退已不再是老年人的专利，中年人也会出现这样的情况。"好吧，只能认了。还好，接下来的许多专家的见解让我稍稍舒了口气，他们分析了导致记忆力衰退的各种原因，比如说，长期抽烟喝酒对记忆力会造成伤害，有研究表明，吸烟会增进老年人患痴呆的概率。一咬牙，把嘴里叼的半根烟放在烟灰缸里狠狠地掐灭又把烟头从烟灰缸里拣出来扔到地上使劲地踩几下。本来就滴酒不沾，这回连抽屉里的一小瓶用于消炎的药用碘酒也扔进了垃圾筒。

当然，影响记忆力的原因很多，我已经记不住有多少种了。比如说，睡眠不好、压力太大、依赖电脑、身体疾病、脑袋受伤等等，我均一一对号，凡是不利于记忆力提升的毛病和习惯，我立马彻底改正。另外，遵照权威的建议，我开始强迫自己记一些外语单词和电话号码，背唐诗宋词、圆周率、名人生卒年月，听音乐歌曲，和老婆唠叨，外加做俯卧撑和引体向上，据说这些都是恢复和增强记忆力的有效方法。一段时间下来，家里的许多平常我不在意的针头线脑、花椒大料、扣子夹子包括妻子用的眉笔粉饼，我都能清清楚楚地说出它们躲在哪个犄角旮旯。去年七月二十一日那天早晨，在我上班跨出家门那一刻，听见老婆自言自语问自己："那二百块钱放哪儿了呢？单位上个礼拜才发的降温费，怎么一转眼就不见了呢？"我边走边回头告诉她："藏在你四十岁生日那天买的那双红色高跟鞋里了，是左脚的那只！"惊得她愣愣地站在门口半天没缓过神来。

回忆也有助于恢复记忆力。于是，我只要闲下来，特别是睡前躺在床上，脑子里便自动播放童年的一幕幕妙趣横生的画面。乡下的孩子断奶晚，我的儿时记忆便从哭喊着往母亲怀里钻的那一刻开始，一直延续到今天。早已遮盖于遗忘黑幕下的许许多多小细节，又梦幻般浮现于眼前。我惊喜地发现，回忆使人兴奋,回忆的过程就像自己重新活过一遍那样,从前的人与物、情与景,再一次让你身处其中,就连当时的声音、气味、温度都能重新听到、嗅到、感受到。当回忆进入初恋阶段时,我会深情凝视妻子那张已爬满细细皱纹的脸,竟然下意识地搂一下她松弛的肩膀或拥抱一下她那臃肿的身子。有一天下班回家时,还在门厅里突然冲动地吻了她。这一反常举动让老婆审问了我半个多月:"你到底在外面惹了什么祸?肯定是干了对不起我和孩子的见不得人的肮脏丑事!"

尽管做了这些努力,但我还是怀疑自己的记忆力出了某种障碍。我犹豫再三,最终下定决心去医院看看,因为有些疾病不能自我诊断。

医生非常专业,在简单询问了我的症状后,对我采取了一系列测试手段。他先是拿出一本厚厚的画册,让我辨识上面的花花草草,咱是从农村走出来的乡下人,小时候没钱治病,经常跟着大人到山上挖草药,又加上喜欢植物学,照片上的蒲公英、车前子、苦麻菜、君子兰、蝴蝶兰、水仙、杜鹃、贴梗海棠、春兰、金银花、龙船花、炮仗花、松叶菊、美女樱、百日红、九里香、美人蕉、凌霄花以及各种牡丹、芍药、月季等等,都是再平常不过的花卉了,我能脱口而出,准确无误。就连德国鸢尾、美国薄荷、荷兰菊等引进的洋花也难不倒我。

医生摇了摇头,又拿出一张硬纸片,上门写满了各种数字,像白布上撒了一层黑芝麻,毫无规律地散落着。他让我先看上十分钟,然后背给他听。我用了不到五分钟,就把纸还给了他,向他背念了一遍我所记住的数字,不知答对了多少。反正他长长地叹了口气，把那张纸片重重地拍在了桌子上，然后皱着眉头，冲着我嚷了一句："你到底记不住什么？"

"名字，就是人的名字，我刚才跟您说了，就是人名容易搞混，转眼就忘。跟人家聊了半天，却记不住交谈者的名字。"我真诚地回答。

"你老婆孩子、父母兄弟、亲戚朋友的名字也叫不上来吗？"医生的语气有些不耐烦，表情透着一丝嘲讽和恼怒。

"当然，这些都能记住，我老婆叫……"

"别说了，我不想知道你老婆叫什么名字，你说了我也弄不清对错，"大夫明显提高了嗓门，"这样吧，我再让你看看这个，看看你能不能叫上他们的名字。"医生边说边从抽屉里掏出一摞人物照片，让我一张张翻看并说出他们的名字。这太简单了，照片上的人物大多数是大家熟悉和敬仰的伟人和名人，即使我忘了自己的名字，也会永远铭记他们的大名。也有一些看上去是穿戴新潮、打扮怪异，非常年轻的面孔，我猜是孩子们当下尖叫追捧的歌星、影星或球星，我只好承认我压根就不知道他们姓甚名谁。医生好像真的生气了，因为他的脸色突然变得很难看。"你根本就没病，我是说你的记忆力没问题，比我的记忆力好多了。但我建议你去精神病专科再去仔细查查，要是有病，那也是精神病。"在我连声谢过走出诊室的那一刻，医生歇斯底里的吼声从背后传来："他妈的脑袋进屎啦，跑我这儿瞎胡闹！"我没敢回去问问，不清楚他在骂谁。

我并没听从医嘱去精神病专科医院做进一步的检查，要是万一让同事、朋友和家人知道我患了精神疾病那太丢人了。

倾诉是消减心理压力和缓解精神紧张的最为简单和省钱的治疗妙方之一。这是我从一本心理辅导书中读到的，我想试试。可我向谁倾诉呢？其实，我面对医生时都没有把自己的某些症状的真实细节向他和盘托出，只是告诉他我记不住那些刚与我交谈过的人的名字。我并不是要故意隐瞒什么，只是因为自己的职业习惯已长期养成，不能把与自己所从事工作相关的内容告诉他人，包括每晚躺在身边的爱妻。

既然找不到倾诉对象，我就自我倾诉吧！我要在黑暗中面对自我，自问自答。

趁着老婆带着儿子回娘家，那天夜里，我独自坐在狭小的书房里，拉上厚厚的窗帘，关掉刺眼的台灯，在黑暗与寂静中，我依稀听到了脉搏与灵魂发出了强弱起伏节奏明快的律动，黑夜像一面镜子，能让孤独的我显出原形。我默默地问自己，我记不住哪些人的名字呢？有些似曾相识的面孔开始浮现于脑海中，原来是他们！我只能记住他们的模糊脸庞和身影，却忘了他们的名字。这到底是为什么？

也许问题出在这里，很有可能与我的工作密切相关。我长期在组织人事部门工作，就像王蒙那篇著名的短篇小说《组织部新来的年轻人》一样，我研究生一毕业就被选调到这个部门工作。记得刚报到那天，副部长曹大姐就笑着跟人介绍：瞧啊，这就是组织部新来的年轻人！那时确实年轻，记忆力超强，机关里的男女老少没几天就混熟了。那些年，接触和考察过的干部基本上过目不忘，直到此时此刻依然能随口喊出他们的名字。后来随着年龄的增长，记忆力一点点开始退化。尤其是近些年，疾速衰落的记忆，使我陷入了深深的纠结和恐惧之中。

实际上，我在部里承担的业务非常单纯，压力并不大。我只是负责与干部谈话，是对干部进行考核和考察的一个小环节。谈话对象大体分为两类：一是列入后备的年轻干部和列入考察对象准备选拔晋升、拟任的干部；二是干部的年终考核和任期届中与届满的考核。考察和考核干部的环节与程序分多个步骤，我不必一一细述。我只负责与由组织或领导已经确定的人选进行一次程序性的谈话，听一听谈话对象的自我介绍和自我评价，帮助组织和领导了解一下干部本人的自我认知。谈话时间长短不一，没有明确的要求。多数干部的口才非常棒，一张嘴便滔滔不绝，这样时间就会长一些，我只管听和记，一般不提问、不插话，对我个人而言，每一次都是我珍惜的学习机会，因为很多同志讲得太精彩了。

扼要举几个例子吧，比方说，绝大多数谈话者称自己最大的特点是"大公无私""全心全意为人民服务""一心扑在工作上""把事业发展摆在首位""吃苦在前""秉公办事""廉洁用权""把群众疾苦时刻放在心上""从不贪图一丝一毫的个人利益""老实做人、干净做事""敢于同一切不良现象做斗争""绝对忠诚""信念坚定""五加二、白加黑""常年加班加点""很少与家人见面""一年都没跟家人好好吃顿饭了""孩子见面叫了声叔叔""父母弥留之际不在身边"等等，不再细说了，我的眼泪已夺眶而出了，我不想打开灯，我用一张面巾纸擦擦脸颊。算了，就让它在黑暗中尽情流淌吧,没人会笑话我。

是的,总有人会谈到自己的不足,这些不足同样令人心里酸楚。"不爱惜身体,那可是事业本钱啊""对不起父母,对不起老婆孩子""不重视教育,从没接送我正在读高中的儿子""学习上抓得不紧、马列经典著作读得不深不透""上进心太强,成绩过于突出,容易引起别人的猜疑,甚至是嫉妒恨""有些理想主义,凡事追求完美,给同事和下属造成压力""性格有时急躁,总想让所有人跟自己一样把一切都献给党""眼睛里不揉沙子,看不得消极腐败现象,批评人不留情面""是个直性子的人,说话直来直去,秉公直言,得罪人啊!"

这么多年来,我听过成百上千位干部如此坦诚地自我评价,着实令我感动。谈话前我本来知道他们的名字、年龄和基本情况,可每每在细细倾听他们的自我介绍时却浮想联翩,思绪会飘向远方,联想起其他的人物和事迹,很难聚精会神地跟着他们的思路坚持到底,所以当谈话者终于停下时,我往往呆呆地愣在那里,两眼恍惚迷离地看着对方而无言可说。与我并坐在一起的负责文字记录的同事偶尔会用胳膊肘碰我一下,我这才回过神来,草草地说:"老雷同志,谢谢您的介绍。耽误您时间了,今天的谈话就到这儿吧!谢谢啦!"

尴尬总是在分手时出现,谈话者会笑着纠正:"哎呀,错了错了,我姓郭,叫郭某某,不姓雷,您看您真是贵人好忘事!"这种窘境真让我脸上发烧,我连忙道歉:"对不起、对不起,我口误了,我以为您叫雷锋呢!"

类似的尴尬发生过多起,有一次把一位徐某某误叫成了孔繁森，还有一次把一位即将走上领导岗位的苏某某喊成了焦裕禄，幸亏这几位都是人人皆知的英雄模范，如果把谈话的干部误认成某些臭名昭著的坏蛋，那后果将不堪设想。

事情就是这样。不管怎么说，把别人的名字叫错都是很失礼的，会给对方造成一定的轻度伤害，对于领导者而言，这更是一种冒犯。好在绝大多数干部不跟我一般见识，他们心胸宽阔如海，不会计较这等细琐小事。上周在一次会议上，我就迎面碰上了一位前几年我曾谈话考察过的干部，而且叫错了他的名字。如今他已走上了更高的领导岗位。那天偏偏不凑巧，我本来已经早早地坐到了会场的倒数第三排，偏偏一阵尿急，我赶忙跑了趟卫生间，出来时正巧碰上了这位领导要走向主席台。显然他的记忆力非同一般，他似乎一下子就认出了我，脸上挂着平易近人的笑容，还主动地把手伸出来让我握，我一时受宠若惊，双手紧握那只温暖柔软的大手，一股激动的力量让我脱口而出："领导好！对不住，我记不住您的名字！"

领导十分大度地冲我点了点头，无比宽容地跟我说："没关系，我也不记得你的名字了。"

我如释重负地松开手，这正应验了医生所说的那句话：记忆力衰退这种症状并不是你一个人所独有。

·目标正前方·

交给我的任务非常明确：监视一个人白天的行踪。

"你盯住他就行。从早晨八点到下午五点，九个钟头，多出的那一小时算你加班，给补贴。他在哪儿你就在哪儿，他去哪儿你就跟到哪儿。对，就这么简单，尽量别让他发现了。"上司就这么当面交代我的。

原先执行这个任务的兄弟因病换岗了，当得知由我来接替他的工作时，情绪异常激动，双手紧紧握着我的手，哽咽着说："谢谢啊，谢谢啊，真的谢谢你！"

"这有啥好谢的，头儿说了，这是临时工作，等你身体好了，再把岗位交还给你！"

"啊，不，虽然是临时任务，你可得有长期心理准备呀。我这身体算是废了，不可能再回归原岗位，小兄弟你就踏踏实实地干吧！"他抽出一只手用力地拍了拍我的肩，另一只手使劲地抖动我的胳膊。

说出来很丢人。我执行任务的第一天就让"对方"发现了。被监视者是一位60来岁的男子，跟我父亲的年龄相当，在我眼里就是个老头儿。他住在居民楼一层，紧邻街边，隔一条十米宽的马路，便是闹闹哄哄的便民市场，各类小饭馆、小商铺密密麻麻地挤在一起，一字排开，还有理发馆、洗衣店和配钥匙的修鞋修包修伞的混搭成一片。我选择了一家卖早点的包子铺的左侧作为"蹲坑",跟老板娘借了马扎,坐在一个土制的大冰柜旁,既像是卖冰棍的,又像是路边歇脚的顾客。这个位置与我的监视对象距离很近,能直接看到他的楼门栋,只要目标一出门,便能即刻发现。

那是夏末秋初的季节,天气依然很热。上午十点多钟,阳光逼出了我身上的汗水。我用随手携带的一本杂志,心浮气躁地扇了起来,眼睛却不敢离开那个门栋。目标果然就出现了,从楼里走出,先左右看了看,便快步迎面走来。他直接走进包子铺,买了两屉小笼包,还要了两碗豆腐脑,边付钱,边跟老板娘闲聊了几句转身走出门口。就在迈出门槛的那一瞬间,我俩四目相遇,他冲我点了头,满脸笑意:"你来了,换人啦?"他显然知道答案,不需要我回答,就匆匆穿过马路进了楼。我尴尬地呆站在那里,一脸窘态。

我赶紧向上司报告,说我已暴露了身份。上司骂了我句"笨蛋"。然后又安慰我:"没事儿,暴露就暴露了吧,你接着盯!"

按要求我每周要向上级书面报告"目标"的行踪。期间若有意外或突发情况,需及时电话报告。"我只负责白天,那么晚上他出去了怎么办?"我上岗前曾请示过领导。"那就不归你管了,有人负责晚上监视。你准时上班、准时下班,到点就走,谁与你换班你不用操心了,你也不要打听。你们都与我单线联系!"

好吧,到了下午五点,我再次看了看表,分毫不差,把马扎还给了老板,并告诉她我明天自己带一个。她笑着说,这马扎是你前面的那个兄弟留下的,你就接着用吧!噢,看来她也知道盯梢这件事儿!我不好意思地挠了挠后脑勺。

接下来每一天,我总是八点到岗,呆坐在包子铺前,坐累了就站起来走走,目光却锁定于目标可能出现的楼门。他几乎每天都是十点左右出来买早点,看来这老头儿也是个老懒猫,我想起小时候我就不喜欢早起,常被老妈骂为小懒猫。每次进出包子铺,他都会向我微笑着点点头,有时还问句"早啊!",我也向他点头示意,但没搭过话儿。

光阴在无聊中缓缓消失,两个月长如半辈子。深秋的早晚凉意浓浓,我已从半截袖T恤衫换成了厚夹克。目标两个月内没出远门,整天猫在家里,上下午顶多各出来一次,除了买早点,偶尔也只在楼对面的商贸区里转转,那是我最盼望的时刻,可以尾随其后,陪他四处走走逛逛。他转一圈便又踱进屋里了,我只好又回到原位。老板娘忙里偷闲会跟我聊几句:"这个怪老头也不到外地走走,旅旅游多好啊,成天闷在家里,就不怕憋出病?前些年他经常外出,你前面那个兄弟还跟他去了趟桂林、三峡、九寨沟和长白山呢,人年岁大了,懒得动啦!"

一天,她还主动向老头儿提建议:"您老不打算到三亚住两天,这天气眼瞅着冷了,听说海南那边的冬天可舒服啦!"老头笑了笑:"不去,不去,人老了爱图个清静,海南那边海滩上跟煮饺子似的,除了人就是人,没啥好玩的!再说了,人越老越抠门越节省,出去旅游一趟也得花不少钱呢!"

"您老一看就是有钱人，攒那么多钱有啥用啊？再说您老两口才能花几个钱，在家里吃穿用不也要花钱吗？"老板娘逗他。

"不，不，不光我老两口，别人陪着也得花钱嘛！"他笑着朝我努努嘴。

"人家又不花你的钱！"她也冲我挤挤眼。

"算了，公家钱也是钱啊，咱不能给国家添麻烦！"他边说边冲我拍拍手，做出孩子似的鬼脸。

开包子铺的老板娘比我大几岁，我先喊她大嫂，后改称大姐。她男人少言寡语，负责后厨粗活，柜台前招呼客人的事情由女人出头。大姐性格开朗，说说笑笑，干活儿手脚麻利。她有时见我枯坐久了，便主动搭个话："大兄弟，你起来活动活动吧，东边又开了家台球厅，我替你盯一会儿，你去打几下球呗，怪累的！"

"没事儿，不累。"

"咋不累呢，闲坐着最累人了！我要是像你那么成天坐着，早就落下毛病了。"她过来拽了我一把，"去转转吧！"

"那大姐你可帮我瞅着点。"我边转身边叮嘱她。

说实话，就这么一天天地闲坐着确实挺熬人。这两个月光是砖头厚的大书我已经看六七本了，一天下来头晕脑涨，四肢酸软。

大姐建议我说，你不如摆个烟摊，卖卖香烟，既可打发时间，还多少能挣几个零花钱。我想想也是，这至少也是一种伪装，电影里的盯梢特务常干点什么做掩护。于是我就弄了辆三轮车,摆上了烟摊。市场管理员和工商、城管以及其他小商小贩对我都挺照顾,没人感觉诧异,也没人找我麻烦。那个"目标"老头儿正好也吸烟,买早点时顺便再要盒烟,每天一包,相当于每天准时向我报到一样,态度和蔼,脸上总挂着心满意足的笑容。

我每周依然按要求给我的上司写一份书面材料,报告目标的行踪,把老人日复一日地从家里走出买早点和绕着小市场溜一圈的情况不厌其烦地重抄一遍,呈送上去。但我从未收到来自上级的反馈意见和新的指令。

我跟市场上的小商小贩们混熟了,几乎变成了他们中的一员,谁家的老人病了,孩子偷东西了,老婆跟人跑了,摊主之间闹矛盾了,顾客跟商贩争吵打架了等等大小事情,常常请我出面帮忙,我都尽我所能给予帮助和调解。他们热情地跟我打招呼,叫我"大哥""老弟""叔叔""舅舅""大侄儿""哥们儿",也有直接喊我"老大"的,甚至有大妈大嫂张罗着替我介绍对象。春节时,包子铺大姐回家过年,还把包子铺托付给我,让我帮她打理,我只好替她卖了一个月的包子。

当写完第100份报告时,我才意识到我执行"临时任务"已经两年了,我决定找上司当面做一次汇报。我托大姐替我"盯"一上午,不能出错,她爽快地答应了:"你就放心去吧,那老头跑不掉的。"

直接分管我的上司半年前就调走了,听说去了另外一个单位,远离本市,事先我并不知道。我只好向新任主管汇报。新上司说,那是秘密任务,有纪律要求的,都是单线联系,你不用向我说那么详细,我不想知道我不该知道的东西。你还是回到原位,继续你的工作,并设法与你的上线取得联系。"可我这是临时任务,原先说好的。"我期待新领导给我重新调整岗位或分派工作。"不行,服从命令听指挥。"他冷冷地扔下这句不容置疑的指示。

大姐见我一脸的惆怅,善解人意地跟我搭腔:"大兄弟,想媳妇了吧?我有个表妹人长得可俊了,性格也是个过日子的人。相中她的小伙子能排成一队,可她挑来挑去挑花眼了,一晃今年都二十六了,她妈也就是我老姨为她都急出了病,住了好几回院。我把她介绍给你做媳妇呗,知根知底的,管保你们小两口日子过得和和美美。"我心里正烦着,没领她的情:"问题是法律不允许呀,那叫重婚罪。我儿子都上幼儿园了,下辈子吧!"大姐脸红了:"哎呀,真不好意思,我还当你是钻石王老五呢!"

我继续执行我的监视任务,同时在烟摊旁又增加了一个书摊,专卖收废品送来的书籍。"目标"老头买了烟并不转身就走,而是坐在书摊旁的矮凳上聚精会神地看书,不时地点燃一支烟,很投入地吸着。开始时能读半个钟头,再往后时间就长了,能读两个钟头。久而久之,他说他眼睛不舒服,坐在那儿抽烟,不再看书却帮我卖起了书。每卖出一本,他都会笑着把钱冲我抖一抖:"瞧,又挣了两块钱!"

五年过去了,我一直想方设法寻找失去联络的上司,但始终未接上头。没人能提供他的具体工作地点和联系方式。我只好把每周撰写的监视报告放在家里,以备后查。

小市场开始整顿，要求所有散摊统统进入新建的塑钢大棚，摊位整齐划一。临街的小铺门脸重新粉刷，清理了店外私自摆放的桌椅和货柜，禁止侵占马路。我的烟摊和书摊无处摆放，市场管理员说包子店右边的那家修伞修包小铺正好不干了，动员我租用了那个铺面，而且还给我办理了营业执照。这间房子有二十四平米，我又扩大了经营范围，除了卖烟和书，又增加了饮料，还开始出租录像带。透过售货窗口，我能清楚地看到对面"目标"居住的房间。老头不再帮我卖书了，他生了场大病，却不肯住院，只好请医生上门诊治。他老伴儿常跟我抱怨，说儿女定居美国，谁都指望不上。有几次老头儿从床上滚到地上，老太太慌了，还招呼我进屋帮助搀扶。还有一次他昏倒在厕所里，也是我帮着叫的医生。病愈后，目标又出来活动了，他每天上下午各出来一趟，步子明显迟缓。吸烟量也减少了一半，由此前每天买一包，变为每两天买一包了。

包子铺的大姐准备回老家了，她说父母瘫痪在床身边没人侍候。她特意找我商量，两口子为此还请我喝了顿酒。她的意思是想把店面转让给我，说价钱可以商量，只是希望我留下三个打工的伙计。她的铺子有八十平米（后厨包括在内），挤一挤能摆下十张餐桌。我不好意思拒绝她的好意，也就答应了。半个月后，她全家回了东北，我就成了包子铺的新老板。过了些日子，紧挨着包子铺的那家馄饨馆的老板也找我，说是孩子该上小学了，因为没有本市户口，只能回安徽老家入学，孩子太小，老家没人照顾，所以也想把铺面转给我，我算了算价格，还算便宜，就借钱把馆子盘了下来，在我看来包子、饺子、馄饨都属于"亲戚"关系，既然能卖包子，也就能捎带着卖馄饨，反正一只羊是放，两只羊也是放。

生意比预想的还红火，十几年下来我又盘了几家店，都是卖小吃的，便民市场临近马路的那条街，成了远近有名的风味小吃街，东西南北的不同风味一应俱全。整条街的店面几乎都归在我的名下。原先卖烟和书的小店，改成了我的办公室，写字台冲着窗台摆放，正好可以看到监视目标的一举一动。我的职责是执行任务，不能因商业经营而忘却了本职工作。我仍然每天记日记，每周写材料，二十年过去，所写的报告已经积攒了厚厚的一摞。

目标出现的频率越来越少，在他老伴儿张罗给他过八十岁生日时，我主动要求在我的店里办，我请客。但老太太说，他已经走不出屋了，只能在室内扶着床和家具挪动几步。我让厨师做了几个小菜，连同生日蛋糕一并送去。老头儿目光有些呆滞，脑袋有时清楚有时糊涂。我跟他简单地交谈了几句，他好像既认识我又不认识我。完全卧床后，老爷子又坚持了三四年，八十七岁那年离世了。

"目标"的失去令我十分茫然，那种感觉很复杂也很奇怪。屈指算算，我竟然监视了他二十六年，可他到底是谁呢？我真的不知道。为什么要监视他呢？我也不知道。我曾经盼他早死，我好重新调整岗位，又怕他出现意外，中断我的工作。关键是我手里上千页的"周报"材料交给谁呢？那位当年交给我任务的上司如同人间蒸发般消失得无影无踪，而根据规定我又只能把材料上报给他。

我失去了目标，内心充满了虚无感。一年前就听说上面要拆除这个存在多年的便民市场，要在市场的位置建一个休闲公园，里面要配置单杠、双杠等体育器材，供居民锻炼。

传说变成了真实。有关部门找我谈话，希望我对市场拆迁工作给予支持和配合，具体说来就是让我带头先拆，先拆者能获得奖励，而我辖下的店铺最多，是顺利完成拆迁"攻坚战"的关键。"没问题，只要政策合理我随时听从政府指示。"我爽快地拍了胸脯。三个月后，那里所有的摊位、铺面均被拆除，我雇的员工得到了妥善安排，而我本人也得到了数额可观的赔偿和奖励。

当年接受临时任务时我才二十八岁，如今已年过半百，两鬓斑白。按工龄和年龄计算，我可以申请提前退休了。于是我打了报告，上级很快同意了我的请求并办理了相关手续。总结一下自己的职业生涯，其实就一句话：一辈子只执行一次"临时"任务——监视了一位我根本就叫不上名字又不了解其身份的老头儿。

我把这个平淡乏味的故事发到了网上，竟然还有人阅读。有几个跟帖很有意思，现附录如下：

[差一点被小米呛死]说："傻×，你是不是盯错人啦？应该盯隔壁老王吧？"

[糊里糊涂混日子]说："哈，跟俺的名字一样！"

[抽烟不吐圈]说："那目标是你上司的岳父吧，专门让你照看吧？"

[发财不眨眼]说："你到底是商人还是密探？"

[正义之剑划破脸皮]说:"呸!浪费纳税人的血汗钱!"
　　[窗台晒太阳的苍蝇]说:"你的任务还没完成呢,应该去另一个世界监视他!"
　　[喝酒不吐骨头]说:"纯属瞎编,不值一驳!"
　　……

·无法澄清的谣传·

在一切社会事务中,舆论是最终的权力。

——伯特兰·罗素

因为头一天夜里应付五场饭局,多喝了几杯,县委谭书记早上走进办公室时,眼睛仍然有些红肿。他站在办公桌旁,一边草草地收拾了一下文件夹,一边冲着刚走进门的秘书小丁说:"快通知司机大魏,把车开到大楼门口,我要马上去省城,到省纪委开个紧急会议。"

秘书像根木桩似的呆立在那里,半天没有应答。书记抬头瞅了他一眼:"小丁,你咋啦?病啦?怎么脸色那么难看?额头怎么汗乎乎的?"秘书愣了愣神儿,反问了一句:"您要去哪儿?""你耳朵塞驴毛了?去省城,去纪委!快去叫车!"书记把一个文件夹重重地合上。"噢!噢!噢!"秘书魂不守舍地"噢噢"着,失去了往常那股机灵利索劲儿。他平时对书记的吩咐始终保持着快速的应答:"是!好的!领导,我马上落实!""是!是!是!领导!我立即照办!"而今天一反常态,木木呆呆的,这让谭书记的心里犯嘀咕。这小子到底遇到啥难事了?

临上车前,书记还特意叮嘱秘书,让他给县长通报一声,

"告诉他我中午就赶回来!"

从县城到省城走高速公路仅需一小时车程,可大魏却开了整整两个钟头。这条路大魏一年要跑近百趟。用他的话说那是"闭上眼睛都能开到"。今天他竟跑错了路,提前从高速出口下了辅路,气得书记大吼大叫:"我恨不得一脚把你踹下去!"书记还威胁说:"一回县城就换了你,你他妈的爱干啥干啥!"大魏越挨骂越慌张,不是踩错油门就是换错挡,有两次差点钻到大货车底下,三次险些撞上路间隔离桩。下了辅路后又发生了刮碰,赔了对方三百块钱。等到省委大楼下了车,谭书记冲着大魏就狠狠给了一拳:"操你妈的,你想害死我呀!等回头再找你算账!"若不是纪委领导急着找他,照谭书记的脾气,肯定不会只打一拳只骂一句了事!

望着书记走向省纪委大楼的背影,大魏脸色煞白,满头大汗,他把脑袋拱在方向盘上呜呜地哭了起来。

二

丁秘书按照书记临行前的交代,犹豫了半个钟头,便向县长报告了谭书记被省纪委书记叫去开会的事情。县长在电话那头说,你还是到我办公室来一下吧!

面对神情慌张手腿有些发抖的丁秘书,县长皱起了眉头,"书记啥时去的? 开什么会? 他还跟你说了什么?"秘书又重复报告了一遍,他觉得好像已向县长说过一百遍了。

"你觉得他真是去开会了吗?"县长也问一百遍了。

"说不好,我感觉书记摊上事了!"

"摊上什么事?"

"说不好,反正就那些事呗!"

"哪些事儿?"

"说不好,就那些事儿!"

"到底是哪些事儿?"

"不知道,反正就那些事儿!"

……

县长不耐烦地挥了挥手:"那你快给他打个电话!问问他几点回来?"

"打过了,他不接!"秘书眨眨眼,一脸的恐慌。

"接着再打!"县长眉头拧成了一团。

"您打吧,我打他不接!"

"我不打,你打!"县长提高了嗓门。

"好吧,我再试试看,有信儿了我再向您报告!"秘书一边掏手机,一边向门外走去。

过了十二点,书记仍未回到县委。秘书向县长汇报说,书记的电话一直无人接听。

"再等等,他的会可能还没结束!"县长说。

等到了下午两点,仍不见书记的踪影。县长开始急了,决定立即召开县委领导班子会议,他以副书记的名义亲自主持。

县长简单地向班子成员通报了书记被省纪委临时叫去"谈话"一事的来龙去脉,还把他在两个小时内通过各种渠道了解的一些情况向各位领导做了透露;可以确认的是,今天省纪委并没有召开什么县委书记参加的会议。因此，省纪委找谭书记一定是"谈话"，而不是"开会"。"谈话"与"开会"是完全不同的两个概念，"开会"属于正常情况，而"谈话"则意味深长。根据最近一段时间的观察，被省纪委找去"谈话"的几位邻近县区的书记或县长，均有去无回，最终转交至检察院接受调查，继而受到起诉和审判。所以，各位县委领导班子成员神情各异，一致赞成县长的分析和判断，认为书记此去凶多吉少，恐怕再也见不到面了。

会议室里烟雾缭绕，桌上摆放的"禁止吸烟"牌子已失去了警示作用。有两位从不抽烟的常委也从别人那里要了根烟，叼在嘴上。会场的气氛紧张而压抑，在烟雾的笼罩下，每位参会者的脸色都显得灰暗青黑。经过一番七嘴八舌的讨论和表态，县长概括提炼了大家的共识并形成了如下意见：一要严格保密，决不能将此次会议的内容向外头透露半个字；二要坚守工作岗位，每位领导都要以高度的责任感做好本职工作，做到秩序不乱，人心不散，各司其职，守土有责；三要密切注意舆情变化，及时报告相关信息。在未得到上级明确指示前，不得接受任何媒体采访；四要严格排查重点人物，尤其是可能对谭书记有意见和矛盾的干部群众以及长期越级告状的"上访专业户"；五要对书记的家属（主要是妻子）采取适当的保护和监视措施，既不能使其受到攻击，也要防止隐匿外逃；六要相信组织相信领导，不听谣、不信谣、不传谣……十要分工负责，各包一摊。

意见恰好凑足了十条，县长说这有十全十美的寓意。其他人也附和着笑了几声,场内的气氛也平添了几分轻松。县长还补充说,今天的会议书记不在,所以不能算常委会,形成的意见也不好叫决议。那叫什么会呢?政府办公会?班子碰头会?情况通报会?舆情分析会?似乎都不妥当贴切。宣传部部长建议说,就按时间命名吧,叫"四一三"会议为好!他终于把不久前参加干部培训时学到的有限的历史知识派上了用场,他的依据是,我们党历史上有许多会议是按照开会地点命名的,比方说"古田会议""遵义会议""瓦窑堡会议"等,也有按照时间定下来的,比如著名的"八七"会议……县长急着散会,赶紧打断他的长篇大论,连声说好、好、好,就这么定了,就叫"四一三"会议,但心里还是不太舒服,"四一三",又是"死",又要"散"的,妈的,这数字并不吉利。

三

"谭书记被抓"的消息在极其保密的状态下迅速传开并被无限放大,到下班前,全县各委办局以及乡镇、街道各级干部几乎无人不晓。在不足三个钟头的时间内,从"谭书记被省纪委叫走谈话",极速演绎成"被留置""被逮捕"。"被抓捕说"的场面相当惊心动魄,与影视剧中的某些场景情节十分接近。有说是穿着夹克衫的纪委干部在他办公室逮捕的,有说是穿着便衣的警察从饭店酒桌上把他直接架走的,有说是法院和检察院联手采取行动的,有说是动用了武警和防暴警察,还开了枪,打断了一条腿,因为他当时手里拿着凶器,负隅顽抗,竟劫持了一名歌厅小姐,而抓捕现场就是在歌厅的一个隐秘的房间里,当时他正趴在一位未成年歌女的身上忙乎呢,是警察扑过去硬把他从女孩体内拔出来的……抓谭书记的原因也各不相同。首先是说涉嫌老城区改造的拆迁款;其次是县里搞个不伦不类的经济开发区,他从中弄到好几亿;再次是去澳门狂赌,赔了县财政九千万;又次说他家里拥有金条二百多公斤,还有十几套别墅、私藏枪支、大麻以及康熙皇帝当年狩猎时使用的佩剑;还说他包养二奶三十余位,光鹿鞭、虎鞭、狼鞭、驴鞭、牛鞭就吃了一卡车……

四

黄昏降临,落日的余晖慢慢被黑色的天幕吸尽。县城中心区十字街两条主要街道灯火通明,道路两侧的商店、酒馆、发廊、洗浴中心、歌厅、成人药房、电子游戏厅和占据人行道一字排开的烧烤摊、麻辣烫、降价衣帽鞋袜热卖点以及其他各类小吃大排档等人声鼎沸,热闹非凡。夜幕下的繁华与喧闹是县城独有的奇特景象,比阳光灿烂的白天更富有本能的冲动和欲望的放纵。

谭书记坐在车里,隔着玻璃兴致勃勃地观看路边那充满无限活力的经济繁荣场景,一股骄傲之情直窜胸腔。他让司机尽量放慢车速。此时此刻,此情此景,让他想到了《清明上河图》。车子缓缓前行,眼前的街景犹如慢慢打开的一幅色彩绚烂、描绘细致的精美画卷。他觉得这幅画面无疑是自己政绩和成就的形象展示。在任县委书记的四年间，除旧布新，把破烂陈旧的老城区统统拆尽，打造成具有现代气派的新兴城市。几座用霓虹灯过度装饰的玻璃幕墙的高层大厦在夜色中闪闪发光，十字街心高高耸立的崭新不锈钢雕塑，抒发着谭书记在仕途上的凌云壮志，那直插云霄的利剑，正是他自己内心的写照。这支剑的高度正好与天安门广场上的人民英雄纪念碑相同，他曾笑道："这寓意着与中央保持高度一致。"他把这几座大厦和连同那闪着凛凛寒光的金属雕塑，视为"丰碑"，是自己业绩的丰碑。

一阵阵鞭炮声打断了书记的思绪，路边的许多店家门前正在燃放烟花爆竹，围观的人群兴高采烈，手舞足蹈，嘴里还高喊着什么口号。他问了司机一句："今天是啥日子？不过年不过节怎么放起了鞭炮？"司机似乎也是一头雾水，答了句："是谁家办喜事吧？"书记说："哪有一家办喜事，全街放鞭炮的？"话音刚落，一颗"二踢脚"直接蹦到了车窗上，书记吓了一跳："妈的，谁他妈的吃了豹子胆了，敢往我的车上扔鞭炮！"他刚想让司机大魏停车问罪，又接二连三地飞来了炸开的鞭炮和矿泉水瓶子、啤酒瓶子、水果、鸡蛋等杂物，书记慌了，命令司机快踩油门。好在前方并无人拦截，车子总算驶出了闹市。

五

谭书记怒气冲冲地拨通了公安局局长的手机，命令他立即出动警察赶到出事地点，抓捕滋事者。局长在电话的另一端发出了奇怪的颤音："书记，您您您被放出来了，真的是您吗？"谭书记光顾着骂人了，把烂熟于心的各种脏话全都喷射了出来，根本没听见对方说了什么。直到最后，他才搞明白，今天全城燃放鞭炮的原因是庆贺他被纪委带走了！

　　书记的愤怒犹如火山喷发。在连夜召开的县委常委（扩大）紧急会议上，他一连摔碎了四个瓷杯。他指着县长的鼻子，骂了八辈祖宗，又当众扇了政法委书记两个耳光，踹了公安局局长三四脚。对其他领导班子成员也连吼带打，给这个一拳，踢那个一脚。还把传言中已经畏罪自杀的秘书拽进了会场。当面澄清其所谓"书记一直不接电话"的说法，书记把手机拿出来给大家看，根本就查不到秘书和公安局局长在下午给他打过电话的记录。秘书不得不如实交代，说他根本就没有给书记打过电话，因为，他以为书记真的被抓了，没敢打电话，怕自投罗网，受到牵连。公安局局长趁机一拳把秘书的鼻子打出了血："你这个王八蛋，谎报军情，竟敢背叛书记！"

　　经过一番混战之后，谭书记有气无力地瘫坐在椅子上，下达了最严厉的指示：成立专案小组连夜查找谣言源头，要对造谣者、传谣者绳之以法，立即出动警察，严惩那些燃放鞭炮并向其车子投掷杂物之徒，将这个事件定性为严重扰乱社会治安和破坏社会稳定的恶性刑事案件；明天上午，安排书记出席某场招商引资的签字仪式和某项工程的开工典礼，此两项活动由县委办公室和宣传部联合牵头，至于是招什么商、引什么资、开什么工，均由宣传部和新闻中心策划，场面要大，规格要高，书记讲话要长，镜头要多，县内各新闻媒体要头条发表，同时要邀请市、省以及中央媒体驻省市的记者到场。

等到谭书记情绪趋于平稳，已是凌晨四点半了，天色开始变浅，东方泛起了白光。他用相对缓和一些的口气告诉在场的各位领导，说今天上午（其实已是昨天），他先去省纪委谈了话，下午又到省委组织部去了一趟，同样是谈话。领导谈的主要内容，就是自己的职务变动问题。"经省委研究，决定任命我为市委常委兼纪委书记！"他提高了嗓门，并用目光扫视了一圈儿。大伙愣愣地发着呆，等谭书记自我宣布后，会议室内死一样沉寂了三四秒钟。还是县长最先缓过神来，他率先鼓起了掌，大伙儿这才如梦醒般跟着鼓掌。谭书记也不由自主地拍起了巴掌，低温状态的脸上慢慢地绽放出笑容。"祝贺祝贺，热烈祝贺！"县长一脸灿烂，急步上前双手紧紧握住书记的手，上下晃动。其他人员也紧随其后，依次与书记握手，甚至拥抱，此前的各种辱骂、耳光、拳头和踢踹均化作一缕轻风，在晨曦中迅速消失得无影无踪。

在接下来的两天，谭书记参加各类活动并讲话的报道密集出现于县广播台、电视台和县委县政府的官方网站上。

到了第三天，上级正式宣布谭某某升任市委常委并任市纪委书记。县里搞了一系列隆重的欢送仪式。城里的出租车司机们"自发"集聚起来，数百辆汽车披上彩绸排成长龙，绕城三圈，鸣笛向谭书记致敬。中小学放假一天，师生们志愿列队十字街道路两侧手持鲜花欢送书记履新。许多大楼、商铺的门口都挂起横幅，上面写着："敬爱的谭书记，我们舍不得您！"

"谭书记，全县人民爱戴您！""谭书记，您是总书记的好干部！""谭书记，我们为您而骄傲！"从20层高的凌云大厦顶层沿着玻璃幕墙垂下的巨幅红绸最引人注目："谭书记，您是人民群众的父母官！"

六

谭书记走了，走得风风光光。

然而，私下里人们还在起劲儿传播着书记落马的谣言——大街小巷，商务酒楼，茶余饭后，人人都在议论着他被纪委抓走时那惊心动魄的场景，情节越传越离谱，罪行越来越邪恶，几乎所有人都是整个事件的目击者。偶尔也有个别人提出质疑，试图澄清真相，比如说，曾经有人问过：他后来不是高升了吗？电视报纸上现在还经常能看见他呢！

"那是重名了！我们楼里有三个叫王宝的呢！长得像的人多的是，我见过有两个人长得一模一样，不是双胞胎。一个在城东，一个在城西，两人互相不认识。"

"谭书记抓走后就审判了，没出一个月就枪毙了！"

"不是枪毙，是打一种针，毒死的。"

大伙儿七嘴八舌地争辩着。

也有人反驳说，那他老婆还在县卫生局当局长，正常上班呢！

"那个狐狸精早逃到美国了，听说后来让一辆垃圾车给撞死了！"

"是被绑架了,又遭了强奸,还给撕了票!"

"我家有个亲戚去香港,他亲眼看见那女人领着孩子一起跳的海,没人救,淹死啦!"

最不可思议的是,这种议论越来越肆无忌惮,甚至会当着当事人的面编排臆造。司机大魏和丁秘书已经习以为常了。机关大院的许多人凑在一起惟妙惟肖地描绘谭书记原先的秘书和司机如何畏罪自杀的细节,而根本不在乎秘书和司机是否在场。这两个活生生的人,似乎早已随着谭书记的"被抓"和"枪毙"而一同死去了。

司机大魏不得不调离政府车队,自己开起了出租车。而秘书小丁则调到了县地方志办公室当了副主任。他俩都曾在别人议论自己的时候辩解过,但毫无意义,人们无视他们的存在,都说:"我们又不是说你,你干吗那么敏感?""我们是骂他的秘书,又不是骂你!""你是他的司机?别瞎说了,他的司机事发当天就跳楼啦!""你什么时候当过他的秘书?他的秘书是个女的,这你也敢冒充?"……

传言和议论久了,小丁和大魏似乎也麻木了,不再跟人急赤白脸地争辩了,甚至也确信那种种传言是真的,偶尔还会插嘴附和,补充一些鲜为人知的细节。总而言之,书记被抓了,秘书潜逃了,司机自杀了,这些"事实"是毋庸置疑的,也是人人皆知的。就连县志办的丁副主任——这位跟随书记多年的当事人,谣言中的主要人物之一——也在当年的县委大事记上亲笔写下:"4月13日,县委书记被省纪律检查委员带走!"

七

时间已经过去了两年，谭书记落马的故事仍在县里流传，成为百姓茶余饭后最热衷谈论的话题之一。与此同时，传言中的那位当年的县委书记（如今的市纪委书记）仍活跃在政坛上，并频频出现在市里的电视新闻和其他媒体中。两种舆论共存并行，井水不犯河水。

一位二十多年前从该县考出来的大学生，毕业后留校任教，并成长为一名在传播学领域颇有成就和名气的教授。出于对家乡的执着关注，怀着一腔浓浓的乡愁和一股不可遏制的学术冲动，他多次返回县里，认认真真地进行了实地调查，访谈了数以百计的干部、职员、教师、医生、商贩、出租车司机，包括书记当时的秘书以及他过去就认识的同学、朋友和街坊邻居。这位教授还专门拜访了已升任的市纪委书记谭某某。据说，谭书记很愉快地回答了教授的提问，并开玩笑说："谢谢你有胆量与两年前已被枪毙了的死人面对面交谈！"

教授运用现代传播理论和先进的研究方法，详细梳理了"书记被抓"传言从萌芽到发酵和爆炸式扩散最终演变成人人都深信不疑的"真相"的来龙去脉，深入剖析了导致谣言迅速而广泛、持续传播的心理、社会、文化、历史、政治等诸多原因，其结论是"真相有多种，民意是其中最重要的一种"，也就是说在某种意义上，"谣言便是真相"。他的这份研究报告发表在一份新创刊的杂志——《东吴学术》上，却没有引起学界的太多反响。但在论文发表一个月后,教授做了一个长长的梦:家乡原县委书记、现任市纪委书记真的被逮捕了!梦中的抓捕情境和被捕者所犯的罪行与当年百姓对他的种种谣传和"诬告",完全一致。他的司机和秘书,也一个跳了楼,另一位失踪了。他立即打电话给在县里工作的一位同学讲述了自己的梦境,同学告诉他,这不是梦,你讲的故事是活生生的真事,那位谭书记确实被抓走了,这回不是民间传言,两天前,官方媒体也发了消息。

·请帮我找个好司机·

公司给我配了辆二手车。办公室主任告诉我说车况不错，配置很高，价格又便宜。车是从政府公拍会上竞价抢到手的，原先的车主是一位级别较高的官员，因犯了错误被降了职，车就受到了牵连，被送到了专场拍卖会上公开示众贱售，与其他成百上千辆类似性质的车辆接受同样的处置。

当然是辆豪车啦，屁股上贴着 A6L 的档次标识据说是后来换上的，它的实际身份更高贵。之所以要隐瞒出身，是因为原主人平时处事低调谨慎，不愿意张扬显摆。

车开到公司后，我兴冲冲地跑到了楼下迎接。初次见面时，那车一副灰头土脸、疲惫衰老的样子，跟我对它的想象与爱慕相距甚远，令我十分失望。办公室主任赔着笑脸安慰我："老板，您放心，这车上的灰尘泥土一洗一擦就掉了，我马上开到洗车店，用不了一个钟头您再看，绝对让您满意。"

他确实没有忽悠我，等我再次见到这辆车时，用一句套话说，叫作"简直不敢相信自己的眼睛了"。经过一番梳洗打扮，它立马变得官气十足，透着一股有权有势的霸气和傲气，就像某些获得晋升昂首挺胸走上主席台的新任官员一样气派自信。"好！"我拍了拍主任的肩膀，连声赞道，"这车买得好！高端大气上档次！你小子挺有眼力嘛！"主任受到了表扬，当然相当得意,又手舞足蹈地夸耀了一番这辆车的内在品质,这正是我担心的。经他一介绍,我才知道它的各项性能均不逊色于刚出厂的新车。我笑着说,"你太夸张了吧,寡妇怎么一下子变处女了呢?"主任的脸红了,搓着手说:"您一试就知道了!"

由于我不会开车,公司只好从人力市场上为我招聘了一位专职司机。主任亲自去面试,最终选上了一位驾龄长、技术好、路况熟的老司机。这位司机五十多岁,原先是开出租车的,干了近三十年。半年前辞了职,原因是年龄大了,身体越来越差,自从他的一个同事在等红灯的那一瞬突然猝死后,他便经常感到心慌,怀疑自己的心脏也出了毛病,自我诊断说是"心脏衰竭"。他辞职后,本打算彻底歇了,可是没几天就闲得挠墙。他给我开车的头一天就跟我打开了永远也关不上的"播放机",诉说出租车司机这个职业之苦之累和鲜为人知的危险(被抢、被偷、拒付费、被醉酒和神经病的客人殴打)。反复出现在他嘴边的话里,"我他妈就是个奴隶""连挖煤的都不如""就是个骆驼祥子""每天一睁眼就欠公司250块钱""妈的,没白没黑没礼拜天""老板没一个好东西,不,我不是说您""这社会算他妈完了""我他妈的就盼着打仗""原子弹扔到我家房顶才好呢,要死一块死"等等,从家长里短讲到时事政治和国际关系,没有他不知道的。汽车一发动,他的嘴就同时张开了,车停了,嘴还没关上,追着我抱怨控诉着世道不公命运不济,听得我头昏脑涨,有明显的晕车反应,有两次刚跨出车门,便哇哇大吐。

这位师傅的另一个特点更是让我无法忍受,每次我一坐上车,他头一句是"老板,去哪儿啊?"当我告诉他目的地后,他跟着就问:"怎么走啊?"我很纳闷:"我哪知道怎么走,你是司机难道不认路?""噢,对不起,对不起,我出租车干惯了,总得先问客人,怕人家说我故意绕远。"于是,他会就这个话题跟我唠叨半天,骂打车的客人越来越不好侍候,还能举出许多生动的例子,说有一回怎样怎样,另一回又怎样怎样,都是"好心没好报",本来是替乘客着想,尽量走捷径,抄近路,有时怕堵车,急着去机场赶飞机,多跑个百八十公里的事情也是有的,但乘客经常不理解,大吵大闹,拒绝付费。"能打车都他妈是有钱人,越有钱越他妈抠门,要省钱你他妈干吗不挤公交坐地铁?您说这话对不对?"对于这类他心里早已有明确答案的问题,我没法回答,只好掏出耳机假装听音乐。

尽管我对他以往的经历和遭遇充满同情,但仍然对他的有些习惯和行为难以理解和接受。虽然他不再每次都问我"怎么走"了,但由他自己做主选择行车路线时却常常要在路上花费更长的时间。有一次,我应邀去赴朋友儿子的婚宴,那家酒店我很熟,离公司只有一站路,步行也用不了二十分钟,他却花了整整一个钟头,我故意闭上眼睛装着打盹,实际上在偷偷观察他的一举一动,结果发现他绕着酒店转了四圈。我当然急眼了,生气地骂了他几句。他红着脸赔着笑,连声道歉:"对不起,老板,您大人不计小人过,我这脑袋进他妈屎了,还以为是开出租车呢!"我并未因此而解雇他,因为那段日子我业务多,天天都在外面跑,没工夫搭理他。但没过几天,他却主动炒了我鱿鱼,撂挑子不干了。理由是:"给您开车,比他妈干出租还累,身体扛不住,心脏衰竭的老毛病又犯了!"

第二任司机是一位老同学推荐的。那天,有位初中时的同学约了个饭局,却碰上了大雨天气,我只好挤公交往饭馆赶,路上堵得一塌糊涂。离饭店还差两公里,车被没膝深的积水泡熄火了,瘫在了大坑里。全车的乘客被迫蹚水自救,我还来来回回背了好几位小孩和老人,包括一位穿着时尚打扮妖艳的美女。那几位老人和孩子都非常客气,说了一连串的"谢谢谢谢"。而那位美女却一脸理所当然的矜持表情,我只好习惯性地脱口而出:"谢谢哈。"她十分不屑地瞅了我一眼:"算了吧,你占了我的便宜,我就不计较了。"

等赶到饭店,那几位哥们儿已经准备散场了。他们说你太讲究了,只买单不吃饭,我连忙赔不是,把挤公交堵在路上的过程讲了一遍。"挤公交,你的车呢?"我那位同学问。我只得又讲了一段那位从劳务市场上聘用的"奇葩出租车司机"的故事。他们边听边笑边嘲讽我,又多喝了一瓶白酒。老同学告诉我,他有一位老乡原先是武警,专门给部队的领导开车,两年前复员回到了农村老家,一直过不惯乡下的生活。前些日子还找过他,托他帮助在市里找个活儿干,说干什么都行,苦活累活无所谓,只要能有个吃饭的地方就行。他能干什么,就会开车呗!"今天算你走运了,这么巧的缘分。我这老乡年龄正好,才三十出头,当过兵的人都训练有素,开车技术好,懂规矩,守纪律,反应快,绝对服从命令,你就放心用吧!我这就给他打电话,让他明天就到位。"

"好啊,好啊,还是老同学惦记我,你帮了我个大忙,来,我敬你酒,你喝一杯,我喝三杯!"我不仅多喝了酒,还替他买了单。

这位姓霍的退役军人(我叫他小霍)确实素质精良,站有站相,坐有坐相,第一次见面就"啪"的一声给我敬了个军礼,声音洪亮地来了句"首长好",吓了我一激灵。每次开车接送我时,都笔直地站在车旁,敬礼、问好、开车门,动作麻利。行车时路上一言不发。有时我感觉沉闷了想跟他聊聊天,便主动与他搭话,他的回答基本上仅有一个字:"是!"偶尔会多出两个字:"是,首长!"

小霍优点很多,但作为司机他有一个致命的弱点,所以只给我干了一个月便另谋他路了。

这位给所谓首长开过多年专车的"老兵",其驾驶技术很过硬,什么路况都敢开,就是不遵守交通规则。拐弯、超车、并线的规矩,避让公交专线、紧急停车带,甚至是红灯停,都统统不在他眼里,只要手一放在方向盘上,就犹如身处无人之境,目中无人,不管不顾,开车的头一天,就吓得我出了几身冷汗。当我提醒他时,他正视前方,目不转睛地响亮答道:"是,首长!"却依然不减速、不避让,不顾及其他车辆和道路标识。

我不得不让他先靠边停车,问他为什么开车如此野蛮。

"是,首长!"听了我的一番训导后他回答得简洁干脆。

"什么就'是'了,你别叫我首长!"

"是,首长!"

"我再说一遍,不准叫首长,我只是个小商人,普普通通的老百姓！你先回答我，为什么不守交规？"

"是，首长，因为我们是军牌！"

"怎么成军牌了？我这车不是军车，哪来的军牌？"

"是，首长，以前好多老板的车也挂军牌！"小霍终于说了两句完整的话，我明白了。

"那警察拦住了怎么办？"

"是，首长！警察不敢拦！"

"摄像头呢？那些自动记录的影像和数据怎么办？最后还不是得挨罚！"

"是，首长！军牌号码不在信息系统内，查不到！"

"怎么可能，摄像探头明明照下了啊！"

"是，首长！那也没问题，有人会铲掉！"

"以后请你记住，这辆车不是军车，我更不是首长，现在跟几年前的情况不一样了，即便是军车军牌，照样要接受交警指挥，绝不准违规驾驶，你听懂了吗？"

"是，首长！不，是，领导，小霍记住了！"

从那天起，在我不断的提醒下，小霍开车规矩了许多，但不时会忘记自己的当下身份，而肆无忌惮地任性开起来，多次被警察拦下扣分并罚款。最后一回，差一点车毁人亡，他竟敢在十字路口闯红灯，我当时正打盹，虽然躲过一劫，却使南北方向的两辆车迎面相撞，幸亏没出人命，但治伤赔车和罚款花了不少钱，差一点让我这个小公司破了产。更为严重的是，小霍的驾照被吊销，五年内不准开车上路。他被拘留了十五天才放出来，只好回老家在村子里开拖拉机运运砖了。

办公室主任很快又替我物色了一个新司机。按照他的说法，现在的司机非常好找。因为公车改革了，有数不清的司局级以下的官员都不准配专车了，大量的司机转岗转业或提前退休，挑啥样的都有，有给乡长、科长开过车的，也有专门为司长、局长、厅长服务过的。我建议还是找个级别低的，他最终选定的是一位远郊县给财政局副局长（据说相当于副科级）开车的中年汉子。这位姓高的师傅，长得矮胖，脸大眼小。他倒没啥大毛病，就是两只小眼睛总盯着我的手，愿意帮我拎包。每次我应酬或办事，从写字楼或饭馆出来，他都会兴奋地迎到大门口，两眼不瞅我的脸，只往腰部看，每见我双手空空，就有一种极其失望的表情瞬间涌上宽大的脸庞。

"没带包？"他会问。

"没带，出来谈个事儿，带什么包？"

"噢，我怕您忘了！"

有时他还带着嗔怪的口气关心我："您怎么今天又两手空空？"

"啥意思？跟朋友吃个饭也要拎个包？"

"没啥意思。我是说，您光吃饭，他们就不送点啥？"

"送啥？你这是怎么个套路？"我很奇怪他的问话。

"咳，真没啥，我就是那么随便一问。我跟您说实话吧，我在县里开车那会儿，我们领导不管是在县里开会、出门吃饭，还是到乡下调研，等完了事儿人家都大包小包给一些土特产呀、纪念品呀，有时候后备厢塞满了，就得往前后座上放，连我们这些司机也有一份儿。不像您这样，到哪儿都空着手。

习惯了,我也就随便那么一说,您别往心里去。"高师傅在公司里干了三个半月就主动辞职了,他说离家远,挣得又少,而且又没机会替领导拎包搬箱子,不如守着老婆孩子做点小买卖。

第四位司机打眼一看就知道是一位见过大世面的人,走路不慌不忙,说话不紧不慢,相貌堂堂,举止得体,气质不俗。吸取前三位司机的教训,办公室主任这回下了细功夫,多方打听了解,各种比较筛选,最后选定的这位,曾经多年在地方为副市长开车,后因领导升任某权力部门规划司司长一职而随之进京。公车改革的新规定,取消了原来就违规配备的车和司机,司长本人也受到了处分。

我对这位新聘用的司机格外器重和尊重。人家毕竟服务过大领导、见过大场面,我这种出身卑微的小老板自然是敬三分、让三分。我让人力资源部门按公司中层管理者的标准给他发工资,除了不参加中层干部会议外,其他待遇参照执行。头一个月,我们俩相处极其融洽,他不多言多语,也不卑不亢。相比较之下,在许多场合他比我更像老板,脸上挂着某种与生俱来的傲气。有两次我走到车前,下意识地为他开车门,搞得我俩都很尴尬。

我出入的场所一般都是些小公司、小单位、小饭店、小酒楼、小茶社,这些地方他都不大熟悉,要从网上查询行车路线,由导航系统引领才能找到。时间久了,我每次一说去哪里哪里,他就皱着眉头,摇摇脑袋还长长地叹口气。这让我心里隐隐有些不快,我担心自己好不容易才治愈的自卑心理再次复发。为了缓和某种说不出的隐性紧张气氛，我试图跟他随意聊聊家常，包括生意上的事情。他的口吻总有一丝不屑的意味。他跟我谈论的场所，都是些我只听过而从未去过的类似于国宾馆的高门大院，他所认识和熟悉的人物更让我心存敬畏！而他经历过的许多事件（不是事情）更让我心惊肉跳。交谈得越多我对他越是敬重，我恨不能替他开车，让他坐在我的位子上，可惜我没有驾车的本领。他不经意间讲的故事，使我对自己有了重新的认识和评价，一句话：我这辈子算是白活了。有一回我为了点小生意跟一家竞争对手起了点小摩擦，坐在车上与对方通电话时甚至互相骂了几句。就这么点儿事儿，激怒了我的这位司机老爷，他边开车边回头冲我嚷上了："你真够孙子的，这种王八蛋就一刀剁了他，比拍死个苍蝇还他妈简单！跟他费什么唾沫?！"唬得我半天没吱一声。后来，他跟我道了歉，说是过去侍候领导久了，养成了坏脾气。他还给我详详细细地支了几招，即摆平和搞定这次纠纷的"最终解决方案"，提出只要给他两百万，去托关系，两天内就让那个竞争对手从"地球上消失"。他的建议可能确实有效，但我听了毛骨悚然，犯罪哪行啊？再说了，我要争的那个项目利润不足二十万，用二百万换二十万，他的数学是他妈谁教的？

我越来越想解聘他，但心里总是不踏实。这家伙背景太深了，关系太硬了，我岂敢轻举妄动。那段时间，我一碰见办公室主任气就不打一处来，火就往脑门上窜，这他妈哪是雇用司机，这明明是花高价请个爷爷供养着嘛！

秋天到了，西山的红叶红透了。有一天下午，这位司机爷突然神神秘秘地小声通知我,说是有一位大人物要接见我。一听名字,我都快尿了。

"谁、谁、谁?是、是、是……?"我真不敢说出那个大人物的名字,我这张普通草民之嘴若敢直呼其名,那简直就是一种亵渎,至少是轻度冒犯。

"那有什么呀,我跟他很熟,他对我非常关照。"

"不、不、不,我真的不敢,我这两天拉肚子,万一那时憋不住咋办?"我心里发毛,咚咚直跳。

"噢,那就算了。狗尿苔摆不上台面。哼,我知道你这辆车原来是谁的,你根本就压不住。"没等我缓过神来,他踱着方步,哼着小曲转身走了。

那天下午以后,我再也没见过他。他的不辞而别让我如释重负,偶尔也会从噩梦中惊醒。大概过了一个来月,办公室主任悄悄地跟我咬耳朵,说是有人讲那个司机爷被弄进去了,可能与他原先的领导有关,那位司长大人涉嫌严重违纪正在接受组织调查。

公司办公室主任又开始为我张罗找一个好司机,我坚决予以制止。我下定决心去了驾校,两个月后很顺利地通过了考试,拥有了属于自己的驾照,如今我自己给自己当司机,新手上路,其乐无穷,兴奋劲还没消退。只是前天在等红灯时,猛然想起那位司机爷说过的那句话:"哼,我知道你这辆车原来是谁的,你根本就压不住。"虽然我不迷信,但心里总是犯嘀咕,我打算卖掉这辆历史不清白的二手车,买一辆物美价廉的国产新车,踏踏实实地行驶在熙熙攘攘的车流之中。

图书在版编目（CIP）数据

一个人的合唱/劳马著．—北京：中国人民大学出版社，2019.3
（劳马作品集）
ISBN 978-7-300-26523-0

Ⅰ.①一… Ⅱ.①劳… Ⅲ.①短篇小说-小说集-中国-当代 Ⅳ.①I247.7

中国版本图书馆 CIP 数据核字（2018）第 281595 号

劳马作品集
一个人的合唱
劳　马　著
Yi Ge Ren de Hechang

出版发行	中国人民大学出版社		
社　　址	北京中关村大街 31 号	邮政编码	100080
电　　话	010-62511242（总编室）	010-62511770（质管部）	
	010-82501766（邮购部）	010-62514148（门市部）	
	010-62515195（发行公司）	010-62515275（盗版举报）	
网　　址	http：//www.crup.com.cn		
	http：//www.ttrnet.com（人大教研网）		
经　　销	新华书店		
印　　刷	涿州市星河印刷有限公司		
规　　格	148 mm×210 mm　32 开本	版　次	2019 年 3 月第 1 版
印　　张	10.25 插页 2	印　次	2019 年 3 月第 1 次印刷
字　　数	203 000	定　价	55.00 元

版权所有　　侵权必究　　印装差错　　负责调换